あ らす

ATLAS

No.48
2023

参加型の総合文芸誌

西田書店

あとらす48号　目次

新刊案内

山崎洋仕事集

四六判／608頁　**定価（本体4500円＋税）**

丘を越えて
海を越えて

ユーゴスラビアからセルビアへ。大国に翻弄され続けた国に生きた60年。その活動と思索の集大成。

「戦争は真実が死んだときにやってくる」

……本書387頁より

著者はブランコ・ヴケリッチ、山崎淑子を両親として東京に生まれ、1963年、自主管理社会主義の研究のためユーゴスラビアに向かう。以来60年、ベオグラードから、内戦、制裁、空爆など激動する世界を見つめ、ジャンルを違えて発言してきた。本書はその集大成である。〔巻末／後記〕「山崎洋君のこと」にその生涯が記述される。

デザイン◉桂川　潤＋古藤祐介

東京感傷紀行

青木桂作

友人の見舞いを兼ねて何年かぶりに東京に行ってきた。目指す病院はかつて私もお世話になり、近くに移築したことは聞いていたが、かくも立派になったものよと驚いた。

それより驚いたのは界隈の変貌ぶりだった。文部省の古色蒼然とした建物は残されていたものの、金毘羅宮の背後に聳えるビルをはじめ、超高層ビルが文字どおり林立し、なお工事中のビルが幾棟かあって昔の面影はまったくと言ってよいほど失せてしまった。

こうした光景をみれば日本の経済はまだまだ余力があるのではなかろうかと思いたくなるが、一方で、果たしてそれは実情を映しているのかと疑念もわいてくる。私の住む地方都市はさびれるばかりで、メインの通りはシャッター通りと言われて久しいが、こうした現象は日本全国至るところに見られるらしいから、東京だけが特異なのではなかろうか、と思い、現在も営業している懐かしい書店に入り、書棚を眺めたが「ああ、ここも変わってしまったなぁ」と感慨にふけった。当時のビジネスマンや役人とは気質が変わっているのだから書棚もそれを映すのが当然であろう、と慨嘆する自分を戒め、許された面会時間を待った。

幸い彼の術後の経過は順調で思いのほか心身のダメージは感じられなかった。先に待っていてくれた夫人も安心した様子で退院が近いと嬉しそうだった。長居は患者を疲れさせるだけなので、点滴を受けている手をそっと握り、階下のコンビニのテーブルで夫人とお茶を飲み、私の近況を伝えて病院を辞したが、がんというやつは油断できないから退院後の再発を案じながら地下鉄で上野に向かった。

上京の目的の一つは東京国立博物館で開かれている「国宝展」を観ることで、週末を避けて予定を組んできた。ところが、入場券売り場で支払おうとしたところ、予約制でネットの申し込み以外は入場できないという。さらに係員の女性は「ローソンでも申し込みができます」と素っ気なく言い放つ。私は呆然として会場を立ち去り、公園を歩き出したところ、動物園の看板を目にして誘われるように入った。

園内は閑散として実に何十年かぶりに檻の中の動物たちと対面した。みんな惨めであった。オオワシはじっとうずくまり、ヒグマはたえまなく同じ個所を歩きまわり、シロクマは狭い水槽を窮屈に泳ぎ、サル山ではいくつかの群れが生気なく、こちら側を見つめている。私はオオワシが滑空する様を見たいのだが、ここのオオワシはどうも飛べないように羽根の一部が切られているらしい。どだい、上野の動物園はせますぎるのだ。そのことを動物園で働く飼育係の皆さんは分かっているはずであろうに、と私は公園を後にした。

お山を下りた後の行き先は決めてある。黄昏時の昔ちょっと馴染んだ酒場が次のコースだ。店構えはまったく変わっていないこの酒場で、幾人かの馴染み客の訃報に接した。今日はそんな人たちを肴にしたいし、亭主の顔も見たいと思って暖簾をくぐった。

店内も変わりがない。品書きにも変わりがない。変わったのは亭主がいないことだった。カウンターの内側で難しそうな顔をして燗をつける亭主は、文楽が好きで、白鵬の張り手が嫌いで、相客が馴れ馴れしくすることを好まないのだが、時には破顔一笑。その顔が何ともよくて、私は無性に会いたくなったものだ。訊けば腎臓を患ったのを機に引退したとのこと。教えてくれたのは亭主の甥御さんで彼は以前から伯父さんを手伝って店にいたから、いわば世代交代。この交代は常連客にとって納得された様子が、隣客との会話からも十分に伺え、また私をしっかり覚えていてくれて、お銚子三本の間に、この店で語り合った友人を偲ぶこともできたのは、一日の終わりとしては上出来といわねばならない。

上野近くのビジネスホテルに宿をとった翌日は早起きして恩師と友人二人の墓参り。一人は隣駅の寺に眠っているので、再び山を越しその納骨堂を目指した。住職も識った仲だが、声をかけるには早すぎるので、そっと線香をあげて辞去し、恩師ともう一人が眠る霊園に向かう。

この霊園は都心から遠く、電車を乗り継いでおよそ一時間強。広大な墓地に眠る二人だが、さほど離れていないのが幸いし、先ずは恩師、次いで友人の墓所を巡ってお参りした。墓前で言うべきこともなく、焼香の後しばらく佇んで別れを告げ、都心に引き返す。

次の目的は郷里をともにし、近所同士でいわば初恋の人との約束だ。二年前に連れ合いを失くした直後に大腿骨を骨折し、三か月の入院を余儀なくされたことは聞いていたが、いまは杖を手離せないが元気にしているとの電話があったのを機に、彼女が住む近くまで出向くことにした。

会えばお互い愛称で呼び合い、近況を語り合い、彼女も少し飲んで、幼い頃、小中学校の頃、結婚前後、子育ての頃など話は尽きなかったのだが、一人暮らしとなった彼女の話し相手となれたことを奇しくも縁としてその町を後にし、再び上野のホテルに向かい、私の二泊三日の旅は終わった。

追記　初めて投稿する小文に、「あとらす」編集部から表記のタイトルが提案された。いささか面映ゆいのだが、変わるべきものも思いつかないのでこれを受け入れた。

バイロイト紀行

中井紅弥

ワーグナーは、19世紀を代表するドイツの作曲家、思想家です。

中世の歴史や伝説を取り入れ、神秘的、幻想的な舞台を演出するのを「ドイツロマン派オペラ」と言いますが、ワーグナーは、まさに「ドイツロマン派オペラ」の頂点に立つ人でした。ワーグナーのオペラは、モーツァルトやヴェルディのオペラと違って、構想から脚本、作曲を一人で作った総合芸術なのです。楽劇と呼ばれています。

ワーグナーはライプツィヒに生まれ長い創作活動と流浪の時代を経て、バイエルン国王ルードヴィッヒ二世に見いだされ、王の庇護のもとバイロイトに祝祭劇場フェスト・シュピーレを建てます。この劇場で毎年七・八月に音楽祭が開かれ、世界中からワグネリアンと呼ばれるワーグナー愛好家が集まりワーグナーの音楽に酔いしれるのです。

祝祭劇場

私は三回、バイロイトを訪れワーグナーの楽劇を鑑賞しましたが、初めて行った一九九二年の旅行が一番印象に残っています。

私が祝祭劇場フェスト・シュピーレを訪れたのは、バイロイト地方に早い秋の訪れを感じる八月の中旬、息子との二人旅でした。

そのころ私はまだ会社勤めをしていたので、長い夏の休暇を取っての少々気のひける旅でした。

飛行機でフランクフルトに着き、そこからバイロイトまでは汽車の旅です。フランクフルトではＪＡＬに勤務していた従姉妹の娘に行く先案内してもらい、ミュンヘン行きのホームにたどり着くことができました。

ミュンヘンまでヨーロッパの都市間を走る国際特急列車ＥＣのコンパートメントに乗り、息子とほっとひと安心してくつろぎました。途中ニュルンベルグ駅でバイロイト行きのローカル線に乗り変えるのですが、ローカル線とは言え超モダンで小ぎれいな車両です。遠くに教会の屋根が見える牧歌的な風景の中を一時間、とうとうバイロイト駅にたどり着きました！　東ドイツとの国境に近いひっそりした田舎の駅です。駅の売店で飲んだ白麦ビールのおいしかったこと！　日本からの長旅の疲れを一気に忘れさせてくれるものでした。

日本でいえば長野県にある田舎の小駅と言ったところでしょうか。

駅からタクシーで五分とかからない所の「ローミユウレ」という三角屋根が宿泊先。窓辺に赤い花が咲くこじんまりした田舎風ホテルでした。窓の下にせせらぎの音が聞こえていました。

ニーベルングの指環

このホテルから「ニーベルングの指環」の公演を四日間かけて通うのです。「ニーベルングの指環」は通称「リング」と言われます。ライン川の川底でラインの乙女たちが守っている指環。この指環を持つものが無限の愛と権力を手に入れることができると言う楽劇です。
序夜は「ラインの黄金」
第一日は「ワルキューレ」
第二日は「ジークフリート」
第三日は「神々の黄昏」
この四演目が一日一演目ずつ上演されます。一演目に八〜十何時間もかかる長大な楽劇なのです。終るのは深夜です。私は毎夜真っ暗の夜道を歩いて宿に帰りました。長いドレスにパンプス姿で歩くのは、並大抵ではありませんでした。
この舞台に、片桐仁美さんが唯一日本人歌手として、居並ぶ欧米の女性歌手に交じり健闘されていました。片桐さんは大阪出身の、日本を代表するアルト歌手。ワーグナー協会例会で独唱してくださったりしたので馴染深い方です。舞台上をレーザー光線が走る暗示的なシュールな舞台に、片桐さんは戦う乙女ワルキューレの一人として縦横無尽に走り回っておられました。

チェルノブイリ・リング

公演のある日は、劇場の正面バルコニーでその日のライトモチーフがトランペットで三回吹奏され、開演を知らされます。それを合図に劇場内に入るのですが、外から重い扉を入るといきなり客席ホール、ロビーなどはありません。

フェスト・シュピーレの座席は、お尻が痛くなるような木の椅子。遅れて席につこうとすると、すでに座席に座っている人に立ってもらわないと席にたどりつけないほど間隔が狭いのです。

開幕と同時に劇場内は暗黒の闇にすっぽり包まれます。オーケストラは舞台の下に隠れていて、そこから一筋の光も漏れてきません。暗黒のしじまの闇の中から静かに音がわき起こってくるのです。ホールそのものが音響のるつぼと言ったらいいでしょうか。私はまさに音のるつぼの真っ只中にいました。

その年の「リング」は、バレンボイム指揮、クプファー演出で「チェルノブイリ・リング」と言われるものでした。

一九八六年にチェルノブイリで起こった最悪の原発事故を映し出すテレビ画像を、群衆が見入るラストシーンが心に焼き付いています。

幕間は一時間。その間、緑の林を縫って別の館の食堂で食事をしたりして思い思いの時間を楽しむのでした。

牧歌的な町

オペラのない日、牧歌的な静かなバイロイトの町を散策し、ワーグナーが暮らしたヴァーンフリート荘に行ったり、ワーグナーとコジマ夫人のお墓を訪れたりしました。

お墓には、日本人も多く訪れ、たくさんの花が手向けられています。私も小さな花束をお墓の石の上にそっと置いて偉大な作曲家の冥福を祈りました。街の古本屋を訪ねて、昔のプログラムを探し出したりもしました。

「ヴァーンフリート荘」（中井桃太郎・画）

またバイロイトを早朝たちミュンヘンやニュルンベルグに遠出もしました。バイロイト駅のプラットフォームでミュンヘン行きの時刻表を首っ引きで見ていたら親切にいろいろ教えてくださる方がいました。名刺をいただくと何と、磯山雅先生。バッハの権威と言われた音楽学者です。恐縮するやらありがたいやら。その後大阪のいずみホールの支配人など歴任されたので何度かお目にかかりましたが、残念なことに早逝されました。

私はこの旅行の何年か後二回バイロイトを訪れました。日本とドイツの架け橋的存在の歌手、岡坊久美子さんがワーグナーの最後の楽劇「パルシファル」のクンドリ役で黒い羽をつけて歌われたのも強烈な思い出ですが、やはり最初に行ったこの旅は、心にインクが染み入るように深く静かに浸み込んでいます。

ドイツ人ですら手に入れることの難しいチケットを、ワーグナー芸術を探求するワーグナー愛好者の会、ワーグナー協会に入会して順番を待ち続けること何年、やっと手に入れた、私の生涯の宝物の旅でした。

（終）

カタルーニャの今・二〇二二年末まで

岡田多喜男

カタルーニャはスペインの北東に位置し、フランスとの国境に接する州ですが、スペインからの独立問題を抱えています。私は、あとらす三十八号、三十九号、四十二号で、この問題を取り上げたのですが、今回はこれらを振り返るとともに、その後、二〇二二年に至る迄のカタルーニャの現況を概観します。

一　何故カタルーニャは独立を望むのか

昨年九月に他界した法政大学名誉教授田澤耕さんは、日本におけるカタルーニャ研究の第一人者でしたが、カタルーニャが二〇一〇年代に入り急に独立の気運が高まった理由を、こう語っていました。

「彼らが独立を強く望むようになったのは、第一に、スペイン政府が、彼らの民族としてのアイデンティティを踏みにじるような行動を繰り返したこと、そして、カタルーニャが政府に多額の税金を吸い取られながら、相応の見返りが無いことが原因である」（中央公論二〇一五年二月号）

スペインでは、独裁者フランコが一九七五年に死去すると、民主化が始まり、一九七八年には新憲法が制定され、これに呼応してカタルーニャ州でも自治憲章が制定されましたが、この自治憲章が二〇〇六年に二十六年振りに改正されました。この改正時にカタルーニャは自らを〝スペイン国の中のネーション〟と位置付けることを目指していたのですが、中央政府の猛反対に遭い、結局〝カタルーニャはネーションである〟という条文は本文から削除され、憲章の前文に記載するに留められました。この他にも、税制や言語教育などで、重大な妥協を強いられた末の新自治憲章が、スペイン下院、上院で承認され、二〇〇六年六月のカタルーニャ住民投票でも承認されました。

ところが、当時は野党だった右派政党の国民党が、憲法裁判所に、新自治憲章は違憲との訴えをし、二〇一〇年、同裁判所はこの新自治憲章の多数の条項を違憲とする判決を下しました。妥協を強いられた挙句、漸く国会で承認された自治憲章が憲法裁判所で違憲とされたことで、カタルーニャの人々は怒りました。同年七月十日に大規模なデモが行われ、〝我々はネーションである。我々が決める〟という標語が掲げられ、百五十万人（警察発表では百十万人）が参加しました。

更に九月十一日のカタルーニャの「国民の日」にも、大規模なデモが行われました。毎年この日に行われるデモは、二〇一四年にはピークを迎え、百八十万人（地元警察発表）の参加をみました。田澤耕教授は「バルセロナの人口が約百六十万人であることを考えれば、この数のすごさが分かるだろう」と記していました。

二　カタルーニャの独立宣言

二〇一七年十月一日には、カタルーニャで住民投票が実施され、「カタルーニャが共和国として独立国家となることを望むか」が問われました。中央政府のラホイ首相は、これも違憲だとして断固反対を表明し、投票の妨害のため国家治安警察をカタルーニャに送り込みました。この弾圧で投票率は四十三パーセントにとどまりましたが、独立賛成票は九十パーセントを記録しました。この結果を受けてプッチダモン州首相は、「私は、民衆の、カタルーニャが独立国家であって欲しいという委託を受け止める」という言い回しをし、且つ、「独立を数週間棚上げし、交渉の可能性を探る」と付け加えました。しかし中央政府のラホイ首相はこれを拒否、明確な独立宣言があれば、憲法第一五五条を適用しカタルーニャの自治権を停止すると断言しました。

十月二十七日にカタルーニャ州議会が、〝住民投票の結果を尊重し、カタルーニャが共和国を形成する〟ことを議決しました。すると、ラホイ政権は、直ちに憲法一五五条を発動し、プッチダモン州首相を解任、州議会を解散し、あらためて十二月二十一日に議会選挙を行うよう命じました。

プッチダモン州首相は逮捕の危険を察知し、十月三十日に数人の閣僚とともにベルギーに脱出しましたが、国内に残ったジュンケラス副首相や閣僚、議会議長らは収監されてしまいました。

三　二〇一七年十二月二十一日の州議会選挙とトーラ州首相就任

中央政府の命令により十二月二十一日に実施された州議会選挙では、中央政府の思惑がはずれ、百三十五議席の過半数の七十議席を独立派が占めました。ただ、新首相の選出は難航しました。

前首相のプッチダモンはベルギーに亡命していましたし、彼に代わる後任候補者達もすでに収監されていたり、すぐにも収監されるばかりだったりでした。結局、プッチダモンの率いる選挙連合ジュンツ・パル・カタルーニャ（共にカタルーニャ）から出馬した州議会議員だったキム・トーラが二〇一八年五月十八日に州首相に就任、その閣僚名簿が中央政府に承認された時点で、憲法第一五五条の適用は撤廃され、カタルーニャは自治を回復しました。

四　逮捕された独立派政治家たちの裁判

逮捕された政治家、民間活動家十二人については、最高裁で審理されることになりましたが、検察は二〇一八年十一月二日、驚くべき過酷な求刑をしました。

中でも九人のリーダーたちに対しては、国家に対する反逆罪などで十六年から二十五年におよぶ禁錮刑と罰金を求刑しました。

最高裁での審理は二〇一九年二月十二日に始まりました。カタルーニャでは、スペインからの独立と共和国設立のプロセスをEl procésと呼んでいますので、この裁判は「プロセス裁判」と呼ばれています。

二〇一九年十月十四日に最高裁の判決が下りました。反逆罪ではなく、騒乱罪などの罪で九年〜十三年の禁錮刑でした。

九人への判決は、ジュンケラス元副首相が禁錮十三年（騒乱罪＋公金横領罪）、ルメーバ元外務相、トゥルイ元首相府相、バッサ元労働相が禁錮十二年（罪状は同上）、フルカディ元州議会議長が禁錮十一年六ヵ月（騒乱罪）、フォルン元内務相、ルイ元地域相が禁錮十年六ヵ月（騒乱罪）民間人の二人、サンチェスカタルーニャ国民会議代表、クシャット文化協会代表が禁錮九年（騒乱罪）でした。

検察は反逆罪などで禁錮十六年から二十五年を求刑していたのですが、反逆罪ではなく騒乱罪にとどまりました。ＥＵ諸国に、国家に対する反逆罪の規定が無いということが考慮されたようですが、しかし過酷な求刑だったことには、変わりはありません。

五　トーラ州首相の失脚とペラ・アラゴネスの州首相就任

二〇一九年四月のスペイン議会選挙の際、トーラ州首相がカタルーニャ政庁に、収監されている独立派のリーダーたちの釈放を求める黄色いリボンを掲げているのを中央選挙管理委員会が咎め、撤去を命じたのですが、トーラは、〝表現の自由〟だとして従わなかったため、不服従の罪で告訴されてしまいました。高裁が十二月十九日に、トーラに一年半の公職停止を言い渡し、トーラは控訴しましたが、二〇二〇年九月二十八日に最高裁が同じく一年半の公職停止の判決を下し、トーラは失職、副首相のペラ・アラゴネスが首相代行を務めることになりました。

そして、新州首相を選出するためのカタルーニャ議会議員選挙が二〇二一年二月十四日に実施されました。その結果、政党の議席獲得数は次の通りです。（カッコ内は従来の議席数）

議席総数		百三十五
カタルーニャ社会主義党	ＰＳＣ	三十三（十七）
カタルーニャ左派共和党	ＥＲＣ	三十三（三十二）

共にカタルーニャ党　Junts　三十二（三十四）
ボックス党　VOX　十一（〇）
人民統一候補党
　CUPとGUANYEM連合　九（四）
PODEMとPEC連合　八（八）
市民党　C's　六（三十六）
国民党　PP　三（四）

PSCが第一党になったものの、独立推進派のERCとJuntsが組んで、州議会議長にはJunts党首のラウラ・ボラスがすんなりと選出されましたが、州首相の選出は難航しました。新議長のボラスが、ERCのアラゴネスを首相に指名したのですが、議会における信任投票でJuntsが二度にわたり棄権したのです。そして漸く、五月十七日に、ERCとJuntsがアラゴネスを首相とする連立内閣を作ることに合意、五月二十一日に議会でペラ・アラゴネスの首相就任が可決されました。百三十五人の議員の内、独立推進派の七十四人が賛成（ERC三十三、Junts三十二、CUP九）、反対は六十一人（PSC三十三、VOX十一など）でした。五月二十四日にペラ・アラゴネスは新首相に就任しました。翌日に就任した閣僚十四人のうち七人がERC、七人がJuntsという独立推進派の二政党の連立内閣でした。

カタルーニャ左派共和党ERCは、一九三一年に創設された左翼政党で、かつてフランセスク・マシア、リュイス・クンパニィス、ジュゼップ・タラデリャスといった傑出した政治家を擁した時期がありましたが、今般久しぶりにERC党首が州首相に就きました。

六　サンチェス首相のカタルーニャへの対応

スペイン中央政府のラホイ首相（国民党）は、閣僚の汚職により、議会の不信任投票で失脚、代わって社会労働党の書記長ペドロ・サンチェスが、二〇一八年六月に首相に就任していました。しかし、二〇一九年の国家予算案に賛成が得られなかったため、サンチェス首相は議会を解散し、四月二十八日に総選挙を実施しました。社会労働党PSOEは、第一党を占めたものの過半数には達せず、十一月十日に再選挙が実施されました。下院の議員総数三百五十に対し、PSOEは百二十でまたも過半数には遠く及びませんでしたが、今回は急進左派政党のPODEMOS（カタルーニャではPODEM）の支持を得、かつ、カタルーニャ左派共和党ERCが反対せず棄権に回ったため、二〇二〇年一月十三日に第二次サンチェス政権が発足しました。PSOEとPODEMOSの連立内閣です。

サンチェス首相は、カタルーニャの独立には断固反対の立場ですが、政権成立に際しERCが反対せず棄権したこともあり、強権的な国民党のラホイ政権とは異なり、カタルーニャには一定の配慮も示しました。二〇二一年六月二十二日には、閣議が、収監中のカタルーニャの政治家、活動家九人の特赦を決定し、ジュンケラス元副首相など九人は二十三日に出所しました。ただ、彼らは大赦を求めていたのですが特赦にとどまりました。

二〇二一年七月二十七日には、中央政府とカタルーニャ州政府間の政府間協議で、政治の極度な司法化をさけ、カタルーニャの独立運動procésを裁判にかけることを減ずるための法改正を目指すこと、カタルーニャ語を公用語の一つとして促進することが同意されました。

七　Juntsの政権離脱とアラゴネスの新内閣

アラゴネス内閣はカタルーニャ左派民主党ERCと、共にカタルーニャ党Juntsの連合でしたが、いずれもカタルーニャの独立を目指すとはいえ、Juntsは中道右派の立場で、亡命中のプッチダモンが率いるのに対し、ERCは社会主義政党ですから政治思想が違います。中央政府に対するスタンスにも差があり、Juntsはサンチェス政権に非協力的ですが、ERCは同じ社会主義政党としてサンチェス政権の成立や予算案の可決などにも協力し、サンチェスからも協力を引き出す現実路線を取ってきました。

カタルーニャ議会議長についていたJuntsのラウラ・ボラスが、かつてカタルーニャ文学協会の協会長だった頃の汚職、横領、文書偽造を問われ、二〇二二年七月二十八日に議長を解任されたこともきっかけになり、JuntsとERCが決裂しました。Juntsは党員にERCとともに政権に留まるべきかを問うたところ、五十五パーセントが反対を投じ、十月七日、Juntsの閣僚全てが辞任してしまいました。独立派政党による連立内閣の終焉です。

アラゴネスは、直ちに内閣改造を行いました。新内閣の閣僚のうち十一人がERC系、三人はカタルーニャ社会党、カタルーニャ欧州民主党、PODEMOSの元議員・役員で、アラゴネスは、カタルーニャ住民の八〇パーセントを代表する、「カタルーニャの為の内閣だ」と語りました。しかし、議会総議席百三十五人中ERCは三十三人に過ぎないので、今後の議会運営の多難が予想されます。

八　プッチダモンの動き

二〇一七年十月にベルギーに亡命したプッチダモン前州首相を、反逆罪、公金横領罪で裁くため、スペインの最高裁判事が欧州逮捕状をベルギーに送り、スペイン送還を求めました。しかし、ベルギーの刑法には反逆罪の規定がなく、送還の場合には横領罪などでしか裁けないことが判明したため、この欧州逮捕状は取り下げられました。

ついで、二〇一八年三月に、プッチダモンがドイツに立ち寄った際、スペインの最高裁判事は欧州逮捕状をドイツに送りました。これに対し、ドイツの裁判所は七月に至り、公金横領罪の容疑についてのみスペインへの送還に応じると決定、スペイン最高裁はこれを受け入れ難いとして、欧州逮捕状はまたしても取り下げられました。

更に、プロセス裁判判決が出た直後の二〇一九年十月十四日、スペイン最高裁判事が三度目の欧州逮捕状をベルギーに送りましたが、今回は反逆罪ではなく騒乱罪容疑に変えられました。しかしプッチダモンは、二〇一九年五月に行われた欧州議会選挙に立候補して当選していましたので、議員不逮捕特権に護られました。彼と共に亡命した元閣僚のクミンもこの選挙で当選、更に落選していた元閣僚のプンサティも、英国から選出された議員が同国のEU離脱により失職した際、繰り上げ当選を果たしました。

プッチダモンは、かねて設立していた民間団体「カタルーニャ共和国の為の評議会」の大集会を、二〇二〇年二月二十九日に、フランスのパルピニャンで行いました。クミン、プンサティ共に、欧州議員の不逮捕特権に護られてフランス入国が可能になったのです。かつてはスペイン領土だったこの都市での集会に、カタルーニャから二十万人もの人々が参加しました（主催者発表）。

二〇二一年九月二十三日、プッチダモンが、イタリアのアルゲロ市での集会に赴いたところ、同国の警官に拘束されてしまいました。しかし裁判所は、欧州裁判所がプッチダモンの不逮捕特権についての決定を下す迄は、裁判をサスペンドするとして、プッチダモンのスペインへの送還を拒否、彼はベルギーに戻りました。

二〇二二年七月十四日には、欧州司法裁判所TJUEの法務官が、スペイン最高裁のリャレーナ判事を支持し、ベルギーはプッチダモンの本国送還を拒めないとの意見を出しましたが、法務官意見には拘束力はありません。プッチダモンは、二〇二二年四月八日に、北カタルーニャのリバザルタスにおいて、カタルーニャ共和国内閣の閣僚を発表しています。自らが首相で、トニ・クミンが副首相、以下九人の閣僚の名簿でした。

九　刑法改正

二〇二二年十二月十五日の下院で、騒乱罪の廃止、それに代わる加重公共秩序阻害罪の導入、横領罪の軽減などの刑法改正がなされました。議員総数三百五十に対し、賛成は百八十七、反対六十四、棄権一でした。国民党PP、市民党C'Sは投票に参加せず、VOXは反対票を投じました。

サンチェス首相が、カタルーニャのアラゴネス州首相と話し合った結果の刑法改正だったのでしょう。

すると、サンチェス首相は、「今般の刑法改正により、カタルーニャの独立運動procésはもはや終了した。暗黒の時代の三つの要素、すなわち独立派の団結、独立派の一方的な独立志向、独立派の憲法無視はもはや存在しない」と発言しました。これに対しては、アラゴネス州首相が、すぐに、こう反論しました。

「サンチェスがどう望もうとも、彼が私たちの信条を変えることはできません。我々が何者なのかを諦め、我々の政治的信条を諦めるような同意に達することが出来るなどと考える者は、カタルーニャで起こっていることを理解していないということです。」procésは終わっていないと反論したのです。

十　グリーン・エネルギー回廊にかかわる三国合意

二〇二二年十月に、スペインのサンチェス首相、フランスのマクロン大統領、ポルトガルのコスタ首相がスペインのアリカンテで会合し、二〇〇三年に検討が開始されたMidCatプロジェクトを放棄し、バルセロナとマルセイユ間の海底パイプラインに置き換え、グリーン水素やガスを運ぶことで合意に達しました。MidCatプロジェクトは、バルセロナ北部からピレネーを通り、カルカソンヌ東部までの百九十キロのパイプラインで、フランスとスペインのガスネットワークを繋ごうとする計画でしたが、フランスは、昨今の環境問題、採算性の観点から強硬に反対に転じました。

二〇二二年十二月九日、この三首脳が今度はバルセロナで会談し、H2Medと名付けた計画に合意しました。ポルトガル北部とスペイン北部のプラントを結び、バルセロナとマルセイユ間の海底パイプラインで水素とガスを運ぼうというもので、EUの資金援助も得て、二〇三〇年の完成が目指されることになりました。

オランダの哲学者スピノザは「セファラド」の血筋だった

大河内健次

一.「セファラド」とは何か

「セファラド」といってもすぐわかる人は数少ないだろう。古代ユダヤ人がディアスポラ（民族離散）により各地に散って行ったが、中世までにイベリア半島（スペインおよびポルトガル）に住みついていたユダヤ人の子孫をセファラド（単数ではセファルディ）と呼ぶようになった。もともとはヘブライ語でスペインを指す地名で旧約聖書オバデヤ書に現れている。英語で北ヨーロッパを中心に居住しているユダヤ人を「アシュケナジーム」と呼び、アジア、アフリカ大陸出身のユダヤ人を「スファラデイーム」と呼ぶようになるのはイギリスの中近東委任統治以降のことであって、ここでは古来の「セファラド」の意味で使っている。

ユダヤ人というとドイツのナチスによるユダヤ人迫害にすぐ連想が働くが、世界史を思い起こせば古代紀元前六世紀のバビロニアによるユダヤ王国の民族の離散を想起するかもしれない。一四九二年のスペインによるユダヤ人追放は追放されたユダヤ人の数が約二十万人と多かったこと、ユダヤ人はスペインではムーア人を中心とするイスラム人勢力との関係も悪くなくおよそ八百年におよぶイスラム人のスペイン支配の間、比較的安定した生活を享受していたことから、この追放はユダヤ人の歴史の三大災難の一つに数えられている。スペインにおけるユダヤ人は決して新参者という訳でなく西暦前、千五百年以上前から居住していたのにスペインのレコンキスタ（国土回復運動）により十五世紀末イスラム勢力を地中海のかなたに追いやるとともにカトリック王連合はユダヤ人にカトリックへの改宗を迫り、応じない者はすべて追放処分としたのだった。

二、『セファラド』という小説

小説『セファラド』はスペインの現代作家アントニオ・ムニョス・モリナが二〇〇一年に発表した小説で、二〇一三年イスラエルのエレサレム賞を獲得し、同年スペインで最高文学賞といわれるアストゥリア皇太子賞をも受賞した。そして、世界の約三十ヶ国で翻訳された原書では五百四十一頁におよぶ大著である。

私はこの小説『セファラド』の邦訳に取り組んでいるが、この作家の名前を知ったのは二〇〇五年と二〇〇六年にスペインのある大学の夏期大学に短期留学のときだった。その頃、欧州各国語の外国人のための教育レベルを統一しようという動きがあり、テキストのレベルについても種々議論されていた。夏期大学はこの種の運動に携わっている教授連が直接講義をするとのことで、受講者には受講デプロマを授与されるので人気が高く、各国の大学から教授連が集まっていた。ある昼休みに将来、現代の若手作家でノーベル文学賞を取れるものは誰かということが議論されたが、人気のあった作家の一人がムニョス・モリナだった。それ以来少しづつ彼の作品を私は読んで来たが、一向に邦訳されないので、私自身で翻訳をすることを決意し、一昨年十一月この作家の処女作である『鏡のある館』を翻訳出版した次第である。

この小説は十七の独立した短編小説から成っている。系譜からいえば米国のウイリアム・フォークナーに繋がる作家でフォークナーがその作品『野性の棕櫚』で試みた相互には異なる内容の小説を章毎に語って行き、音楽の対位法のように総合的効果を狙う様式をこの作家もこの作品で採用している。中世の文学や例えば近代初めのセルバンテスのドン・キホーテのように小説の中に小説があるように読んでもいいし、それぞれの章を短編小説のように読んでも構わないが、十七の章は大別すると次のグループに分かれる。

第一に著者の出会ったセファルディの話および接した人々の話でフィクション化されたものも含むもの。多くは一人称の語りのもの。

第二章「コペンハーゲン」は作家会議で出会った女流作家サフラの話で、デンマークへ亡命後叔母を探しにパリに戻ったときにナチスの恐怖の追体験をした。第六章「おお、そうと知っていた君よ」はスペイン領事の計らいでブダペストから無事タンジールへ避難できた話。この章の詳細は後述する。第十七章の中のローマで出会ったルーマニアの作家エミール・ロマンの話。第四章「そんなに押し黙って」と第十五章「ナルヴァ」は第二次世界大戦中ドイツの恩義に報いるためフランコ将軍がレニングラード戦線に派遣したスペイン義勇兵の話。フランコと対峙していた共和党政府の要人で内戦終了後ソ連へ亡命した者がいたが、第十二章「シェラザード」は亡命していたスペイン共産党総裁イバルリ・パシオナリア（女性）の末娘イマヤ・イバルリの話。第十章「セルベール」は同じく共産党幹部の夫人がソ連亡命を拒否し、スペインに留まったことに纏わる話。第十一章「どこへであれ人は行くとしても」は著者がマドリッドの旧市街に居住していた頃見聞した麻薬中毒患者やSIDA患者など生ける屍のような人物群を描く。やがて強制移動させられたがユダヤ人に対する強制収容と似た追放だった。

第二に著者の自伝に類するもの。

第八章「オランピア」は地方都市の役所勤めの悲哀、たまにマドリッドに出張し、昔の恋人に会う。第十六章「お名前をお聞かせください」はまさに役所勤めのときの体験を綴ったもの。第一章「サクリスタン」は著者の出身地の小さなマドリッド在住コミュニティの話。第五章「ヴァルデムン」は著者の夫人の体験で夫は著者自身。

第九章の「ベルグホーフ」および第十七章「セファラド」は著者自身および著者の分身ともいうべき医師の体験を語っている。

第三に歴史上の人物に絡むもの。

第三章「待機する人々」は逮捕されるまでの恐怖を語る。第七章「ミュンツェンベルク」はレーニンにより見出され、スターリンにより殺害されるまでの恐怖を描く。また、歴史的人物のエピソードは各章で適宜語られる。歴史上の人物を描く場合、小説の内容としては著者の独自の創作といえるものは少なく、このことは著者は「あとがき」で述べている。オーストリアの作家エリック・ハックルはこの作品の歴史的人物の記述は正確さに欠け、しかもホロコーストのような歴史的大事件を陳腐化し、現実の歴史的人物の劇的体験とフィクションの人物を混在させ、ファシズムや共産主義に絡むドラマにすることが小説家に許される権利があるかどうか疑わしいとしてムニョス・モリナを告発した。これに対しムニョス・モリナは小説上作者と語り手が分離していること、作家には歴史的事実を越えた文学的誠意が許されるはずだとして反論した。著者は以下に述べる資料を参考にして各章毎に異なる語り手を登場させ、平易な口承文学的世界を作り上げて行ったことを「あとがき」で解説している。

すなわち、スペインからの十五世紀末の追放状況についてはイスラエルの現在の首相ベンヤミン・ネタニャフの父でシオニスト運動家ベン＝シオン・ネタニャフの「スペイン十五世紀の異端裁判の起源」ヘンリーケイメン「スペイン異端裁判」等。

ナチズムとソ連の共産主義により引き起こされた地獄のような暗い事実については次の作品を土台にしている。

『希望に抗した希望』（ナジェージダ・マンデリシュターム）
『明るい夜　暗い昼』（エヴゲーニヤ・ギンズブルグ）
『極限に面して——強制収容所考』（ツヴェタン・トドロフ）
『私は証言する——ナチ時代の日記』（ヴィクトール・クレンペラー）
『これが人間か』『休戦』『溺れる者と救われるもの』（プリーモ・レーヴィ）
『罪と罰の彼岸』『自ら手をくだして、自死について』（ジャン・アメリィ）

また、国際共産主義コミンテルンの立役者ミュンツェンベルクがスターリンにより、ついに殺害されるまでの悲劇は『無知の終わり』（ステファン・コック）『幻想の過去・20世紀の全体主義』（フランソワ・フュレ）『目に見えぬ文字』『スペインの遺書』（アーサー・ケストラー）。

フランツ・カフカとその恋人ミレナ・イエセンスカの悲劇についてはカフカ自身の「ミレナへの手紙」ミレナと強制収容所で友人になったマルガレーテ・ブーバー＝ノイマンの「ミレナ」によっている。

三・哲学者スピノザについて

小説『セファラド』においてオランダの哲学者スピノザは「セファラド」の血筋であることに触れている。ここで私がスピノザを取り上げる理由は哲学者スピノザのイメージと我々の考える一般のスペインのイメージとが余りにかけ離れているように思われ、意外だったからである。ここでは小説『セファラド』、昨年十月に刊行された國分巧一郎の『スピノザ』および私が会員となっているスペインのリオハ大学図書館のオン・ラインで利用できる資料を探りながら哲学者スピノザのルーツを探って見たい。

(三・一) ルーツ

スペインの中央にあるカスティーリャ・レオン自治州の北の外れのカンタブリア州に接するブルゴス県の北端にEspinosa de los Monterosという小さな町がある。現在は人口二千にも満たない町だが、十五世紀末のユダヤ追放の際、多くのカトリック改宗者のユダヤ人が出たことで知られている。Espinosa は英語やオランダ語では「E」が取れて「Spinosa」になる。（例えば英語のspirit はスペイン語ではespiritu という）この小さな町は台地であるカスティーリャ地方から山がちとなるカンタブリア地方への通路として知られ、古くから古代ローマ人、ヴィシゴト族の居住地であった。さらに時代を遡るとアルタミラ洞窟などが至近距離にあり、中世時代の遺跡も多い。小説「セファラド」ではその著者がローマで出会ったルーマニアの作家エミール・ロマンに「セファラド」の追放について述べさせている。

「彼らの祖先が一千年以上前から住んでいた国から、追放者に与えられた猶予期間である二ヶ月の間に退去するように強いられ、財産や家を取り急ぎ処分し、その二ヶ月の猶予期間を果たして古代のディアスポラの再来のように退去した。」

著者は自分の生まれ故郷のウヴェダを想起し、ユダヤ人街につき次のように書いている。

「私の生まれ故郷の町にユダヤ人の家のある地区があり、アルカサルと呼ばれていたが、部分的に城壁に囲まれた空間を占めていた。そこは中世の城のあったところだが、その城塞はもともとはムーア人のものだった。（中略）彼らにはユダヤ人の金融、管理的手腕、工芸の熟達さが必要だった。（中略）従って、（キリスト教の）野蛮な大衆からユダヤ人を保護することに関心があった。」

イスラム勢力とユダヤ人はこのように補完関係にあり、さらに言えば交易および医療技術の面でも有用で、イスラム勢力を排除しつつあったスペインの権力者、貴族たちにもユダヤ人の特質を利用することが引き継がれており、ユダヤ人は一定の地位を得ていた。

ユダヤ人はまず異端裁判の厳しくないポルトガルに逃れたが、その中にスピノザの祖先も含まれていた。上記エミール・ロマンによると「何世代かカトリックに服従していたが、その後オランダに移住し、移住先で再びユダヤ主義を表明した。例えばバールーフ・スピノザの家族である。彼らは余りにも急進的な知性の持ち主で如何なる教義にも従うことなく公式にユダヤ人共同体からも追放されたが、スペインから追放されたユダヤ人の血筋の出であった」。

ポルトガルに移住したときにEspinosa がEspinozaと「s」が「z」に変わった。カトリックに服従していた時代には「マラーノ」（「豚」の蔑称）とよばれた改宗者は「結局改宗によっても不寛容の炎は消えないことを知る」。（國分著「スピノザ」）この辺のことを上記エミール・ロマンは次のように語っている。

「キリスト教の転向を選んだものは受け容れられたであろうか。しかし、それは役に立たなかった。捨てた宗教により迫害を受けることがなくなったとしても、今度は血筋により責められることになった。そして残った人々は立ち去った人々と同じように異邦人となった。新しい宗教により兄弟であるはずの人々から軽蔑されたからである」。

スピノザの祖父イサーク・スピノザはポルトガル南部の都市ヴィディグエイラ（Vidigueira）に住んでいたが、異端審問の危機が迫った。イサークは兄のアブラハムと共にポルトガルを去ることを決意し、一族でフランスの港町ナントに移住し、貿易業を始めた。兄のアブラハムは早く一六一六年に当時の貿易の中心地だったアムステルダムに移り住んだが、後にイサークはロッテルダムに移住、一六二七年死亡した。息子のミゲル（MiguelともMichaelともいう）はアブラハムを頼ってアムステルダムに移住して引き続き貿易商を営んだが、ユダヤ教に復帰した。一六三二年十一月哲学者バールーフ・スピノザは二番目の妻の子として生まれたが、ミゲルにとっては第二子だった。「バールーフ」は「祝福された者」を意味するヘブライ語だが、同じ意味のポルトガル語の「ベントー」ラテン語の「ベネディクトゥス」と三つの名前で呼ばれていた。「バールーフ」は七歳の頃からユダヤ教の学校に通い、ヘブライ語、聖書、ユダヤ教を徹底的に教育された。「バールーフ」の才能はユダヤ人コミュニティの有力者に知られるところとなる。「バールーフ」はオランダ語よりスペイン語やポルトガル語の方が楽だった。ヘブライ語と律法学教授のモルティエラに特に目を掛けられ、ラテン語は二十才になってからラテン語学者、医者、演劇人だった元イエズス会士のフランシス・ファン・デン・エンデンおよびその娘に習った。

一六五四年父ミゲルが亡くなった。ミゲルは妻が次々に病で倒れたため三人の妻を迎えることになり合計六人の子に恵まれたが、成人に達するまで三人の子供が亡くなった。バールーフは長男の兄に早く死なれ、弟のガブリエルと共に「ベントー&ガブリエル商会」の経営に携わることを余儀なくされたが、当時、第一次英蘭戦争が勃発し、貿易取引の経営は苦境にさらされ、父親の残した債務に苦しむようになったことから、彼自身は父の遺産を引き継がないことにして、この商会をガブリエルへ譲渡した。その頃、バールーフの周辺に彼は神を物体と考えているとのうわさが広まり、國分著「スピノザ」によれば、「聖書の中には神を物体と考えると不都合になるようなことは何一つ書かれていないと主張したため、スピノザは破門となり、家族を含むユダヤ・コミュニティの全成員との接触が禁じられた」。

（三・二）破門後の生活

スピノザが破門された一六五六年夏から現存する最初の書簡の日付一六六一年八月二六日までの五年間の彼の生活はほぼ不明といっていいが、アムステルダム南部の寒村アウエルケルクに滞在したとされている。そこにはスピノザに援助をさしのべることのできる人々が住んでいたと言われている。その中の一人にレンブラントの有名な絵画「テュルプ博士の解剖学講義」（一六三二年）のテュルプ博士を挙げるのはどの伝記でも共通のもののようである。スピノザは生活のため手に職を付けるため二つの技術を身につけた。一つは素描画家としてであり、もう一つはレンズ職人だった。スピノザはアムステルダム時代レンブラントと同じ地区で暮らしており、オランダ絵画の黄金時代に生きていたのである。レンブラントは自画像というジャンルを勃興させた立役者であり、スピノザにも自画像が残っている。レンズは十七世紀の初めに考案され、オランダのこの技術は世界をリードしていた。当時、それは最新のテクノロジーであり、しかも、彼はレンズ磨き技師としても腕の優れた玄人だった。

一六六一年夏、ライデン郊外のレインスブルフという村に引っ越した。その年、ドイツのブレーメン出身の神学者で科学にも造詣の深かったハインリッヒ・オルデンブルグがスピノザのもとを訪ね、その後書簡を交わすことになり最大の書簡集を残すこととなった。

一六六三年に『デカルトの哲学原理』が刊行された。その頃、ヨハネス・カセリウスという青年を同居させており、その口述筆記が下地になっている。すでに『知性改善論』は執筆済みであり、『エチカ』も書き始めていたが、その年のうちにハーグ郊外フォールブルグに転居した。そして、一六六五年『エチカ』の執筆を中断して、神学者や民衆が自分について抱いている無神論という誤った見解を排撃し、哲学することの自由を擁護するため『神学・政治論』に取り組み、筆禍を避けるため匿名でさらに発行地まで偽って出版された。

一六七〇年『エチカ』の執筆を再開し、七五年にはこれを完成させたが、七七年には肺結核または肺気腫のため没した。四十四才だった。レンズ磨きのためガラス粉を吸い込んでいたのが原因とされる。晩年には政府の年金も支給されたが、生活を支えたのはレンズ磨きであり、ドイツのハイデルベルグ大学の教授就任要請にも応じなかった。スピノザは思想については妥協がなかったが、多くの友人に親しまれ、聖人のような質素な生活を送った。（ステゥアート・フェルプスおよびアンソニー・ゴティリエブ）ピーター・セラリウスは急進的新教信者で豊かな商人だったがスピノザの金銭的支援を惜しまなかった。一六七六年ライプニッツはハーグを訪れ、『エチカ』について話し合った。また、レンズに関する議論の書簡が残っている。

スピノザの『エチカ』以下すべての著作は友人たちの手によって遺稿集として出版された。既刊は『デカルトの哲学原理』と『神学・政治論』のみであり、『神学・政治論』は禁書となっていた。

（三・三）デカルトのコギト命題と小説『セファラド』の語り手の主体等について

スピノザは『デカルトの哲学原理』を『方法序説』の解説のつもりで書き始めるが、すぐコギト命題の矛盾に気がついてしまう。「私は考える。故に私は存在する」の第一真理には大前提の隠されている三段論法であるのに、最初の大前提が次のように省略されている（國分著「スピノザ」）というのである。

記

「考えるためには存在しなければならない」（大前提）
「ところで私は考えている」（小前提）
「故に私は存在している」（結論）

「私は考える、故に私は存在する」（Cogito,ergo sum）という命題は、「私は考えつつ存在する」（Ergo sum cogitans）という命題と意義を同じくする単一命題なのである。

このデカルトのコギト命題は論理的には循環論を免れなかったかも知れないが、確かに近代のある時期までは人間の自我を神の支配から解き放ち、何ものにも左右されない自発性をもたらしたのは事実だった。しかし、時代が進み個人の自我に限界が見えてくると、構造主義が登場して来て、近代哲学は見直されることになった。

ここで例えば、レヴィ＝ストロースが『野性の思考』でサルトルをコギトの虜囚だと批判するとき、背後にスピノザの考え方があったとか、むしろ自我の確立を説明するために精神医学者のジャック・ラカンが出て来て構造主義を深めたとか、近年のスピノザ・ルネッサンスの中でドゥルーズの考え方を抜きにしては語れないなどと議論を進めて行くつもりは私にはないし、それは私の力量を越えてしまう分野である。

私は小説『セファラド』の語り手の主体の考え方など著者の意欲的な試みに少しでもアプローチし、この小説の本質に迫って行きたいと考えるものである。


一六〇五年セルバンテスがドン・キホーテを刊行し、第五章で「私は自分を誰であるかを知っている」とドン・キホーテに言わせた。彼はかつて「キハナ或いはケサダ」と呼ばれていることも、他の人々には「淋しき姿の騎士」であり、自分は「キホーテ様」であることを知っていた。彼には自我の意識が明解で、確かにデカルトに通ずるものがあった。時代が進んで、アルチュール・ランボーが一八七一年五月イザンバール宛の手紙で「私は考える、というのは誤りです。ひとが私を考えると言うべきでしょう。私は一個の他者なのです」と書いた。ランボーはここで「私」というものを絶対的なものと信じて書かれた詩は「主観的」なものであり、古めかしい。ここでランボーは「見者」という一種のヴィジョンを導入させている。また、一九五六年ノーベル文学賞を受賞したフアン・ラモン・ヒメネスは「永遠」という題の詩で「私は私ではない。私は「この人」です。」と詠った。主観を離れた永遠への意識が感動している自分を客体化した。


このように文学でも主体の捉え方は変遷を見せてきたが、小説『セファラド』は第十四章などで「君とは何か」で疎外される人々について二人称で議論している。何故二人称なのだろうか。

ジャン・アメリーがベルギーのアントワープで拘束されるとき、彼を最初に拘束した男はゲシュタポらしくなく普通の表情をした男だった。従って、誰でもゲシュタポになり得るのだ。また、ユダヤ人だとして拘束される人々も典型的ユダヤ人の風貌をしていない。

そもそもユダヤ人の風貌という決まったものはない。誰でも名指しされればユダヤ人になり得るのだ。同じく、この小説のエピグラフ（表題）になっているカフカの「審判」のように罪を犯していなくとも裁判で罪人とされれば、罪人になり処刑されるのだ。従って、「君」とは語り手および著者、同時に読者である君も含むものだ。何も確かなことのない不安、さらに誰でも陥るかも知れない不安がある。ここに二人称で読むこの小説の不安があり、怖さがある。

十七章という異なる短編の小説で、ムニョス・モリナは異なる語り手を企画するという思い切った企てをした。それにより語り手は単なる一人称でなく、君、彼、君たち、そして、彼らと異なる人称に折り曲げられ、前述の通り「口承文学」として耳で聞きやすい構造となった。『セファラド』は語られた歴史の集合である。語りはフィクションの要素を含み、ある人（たち）から他人（たち）へ話が移転し伝えられるとき修正、是正、独自の調整、現実化がなされる。一人の読者はすべての読者であり、小説の中で基本的な話し手ともなり、私、君、君たち、彼らの間を揺れ動くこととなるのである。

同じ十四章で、自分の部屋を持つことの重要性について語られ、劇作家フェデリコ・ガルシア・ロルカのサン・ビセンテの別荘、アルルのヴァン・ゴッホの部屋、トリノのプリーモ・レーヴィの部屋、さらにスピノザの部屋に考察が進む。ここにスピノザの部屋についての記述を一部引用して見たい。

「（前略）フェルメールの絵のように窓から明るい灰色の光が入っており、そこには悪天候から住人を守る部屋があり、住人は仕事に没頭しているがそこには何か外の世界の広さを思わせるものがある。（中略）バールーフ・スピノザはレンズの曲線を形造っているが、それは人間の目では見ることができないちいさなものを彼に見せていた。彼の知性以外には何の助けも借りずに秩序、世界の物質、自然法、神の厳格なる神秘を包含したものを彼は追求しようとした。その神は彼をシナゴーグから追放し、放棄した彼の先人たちのものでもなく、キリスト教でもない。彼はオランダより非寛容な国で生きたとしたら、ひょっとして燃え尽きていたかも知れない」。

國分功一郎は前述「スピノザ」でフランスの哲学者マルタンの指摘として、ヨハネス・ファン・デル・メール宛ての一六六六年の手紙はフェルメールはもともとこの名前であってフェルメール宛の手紙であったとし、二人の交流を裏付けている。しかも、「天文学者」と「地理学者」の絵画の人物のモデルはレーウェンフックといわれているが、むしろスピノザにそっくりの人物だとしている。前掲の通り著者のムニョス・モリナもスピノザにフェルメールの絵に似た明るさを彼の部屋に感じ取っているが、浅田彰がいうように「スピノザの哲学はレンブラントの闇の絵画よりフェルメールの光の絵画に近い」。

次にムニョス・モリナは過去の記憶の問題に注意を払う作家であるが、小説『セファラド』ではひと頃流行した「時―空論」（ロシアの作家ミハイル・バフチンのクロノトポス論）を応用した章がある。第五章「ヴァルデムン」である。語り手の夫人の叔母に死が迫っているので、夫人の故郷に車で出掛ける。夫人が道路から昔見慣れた風景を見ると、見ている空間が過去の時間に変質する。そして昔の家の事物が如何に彼女の記憶に結びついているかを知るのである。やがて叔母が亡くなるとその家の扉は閉められ、少しづつ夫人の心から離れて行き幼時の記憶も消え、家族としての集団的記憶は歴史的記憶に変質してしまう。

この章の前段で夫人の早く亡くなった母親のことが語られる場面がある。文章の流れでは母親が直接一人称で自分は病気であることを「直接法現在」の時制で語り、母親が生きていたとき自分の病気および家族との関係を話す記憶の経過については「不完了過去（線過去・半過去）」で語る。このような細かい文法的置き換えからこの小説の急進的且つ現代的な主観的存在を感じさせ、十九世紀的なアイデンティティとは異なるものを感じるのである。

四．最近台頭著しいスペインの極右政党　ヴォックス（Vox）のスポークスマンのイバン・エスピノサ・デ・ロス・モンテロスは哲学者スピノザと同じ家系の出か

哲学者スピノザのことをパソコンでスペインのサイトをいろいろと探っていたら、偶然にIvan Espinosa de los Monteros と出会った。しかもブルゴス県の地方紙情報を探ると哲学者スピノザは確かに一族に違いないということだった。しかし、この家系は祖父は侯爵でドイツのナチス時代にフランコ政権のドイツ駐在大使になった家柄である。父親のカルロス・エスピノサも侯爵を引き継いでいるが、若い時ノースウェスタン・シカゴ大学に留学しMBAを取得、国営企業を管轄するINIの要職を勤め、フェリペ・ゴンザレスの社会労働政権時代には国営イベリヤ航空の社長となり、以後政府および民間の数々の要職に就任している。

「マラーノ」と呼ばれた改宗ユダヤ人の家系でスペインに残存した一族がどのような変遷を経て貴族の地位に登りつめたのだろうか。父のフル・ネームはCarlos Espinosa de los Monteros y Bernaldo de Quiros というが、Bernaldo de Quiros というのはイスラム勢力に最後まで抵抗し、レコンキスタ運動の中核となったアストゥリヤ地方で、十三世紀まで辿れる名家である。十五世紀のユダヤ追放以降の厳しい異端裁判を潜り抜けてこれまでの五百年の間にどのような軌跡を辿ったのだろうか。身分の流動性は一般には低いといわれるスペインだけに興味を惹かれるものがある。

ところで、スペインには近代になって十五世紀のユダヤ人追放を一つの歴史的恥辱としてユダヤ人追放処分を修正し、取り消そうという運動が興った。そして、一九二四年に「セファラド」のスペイン人国籍回復法案が成立するのである。ナチスによるユダヤ人弾圧の勢いが増す中で、欧州各地のスペイン大使館は「セファラド」のスペイン国籍回復運動を繰り広げ、決して少なくない「セファラド」のスペイン国籍を

回復させ、命を救った。

何故、ドイツのナチス政権はこれを許容したか。フランコ政権は欧州での中立を宣言したが、前述の通り内戦時代のドイツの恩義に応えるため共産主義のソ連とだけ戦うために青師団と呼ばれる約四万五千人のスペイン義勇兵をソ連のレニングラード戦線に送ったのである。フランコと対峙した共和党政権を武器と金融で支援していたのはソ連だった。

小説『セファラド』に奇跡的にこの戦線から生還した老将校の話を第四章「そんなに押し黙って」および第十五章「ナルヴァ」で取り上げている。ナルヴァは当時ソ連領だったエストニアの第二の都市の名でバルト海の真珠といわれていたが、老将校は若いときたまたまドイツ将校に招待されたダンスパーティでの恋の物語を語るのである。

尚、「セファラド」に対するスペイン国籍回復法は現在でも有効であり、手続きさえ踏めば、「セファラド」はスペイン国籍取得可能である。今でも、ときどきスペイン政府はキャンペーンを展開して国籍復活を促しているほどである。

ブダペストでスペイン領事から救われたセファラドの国籍復活の一例として、第六章「おおそうと知っていた君よ」の物語を最後に挙げ締めくくりとしたい。

サラマ氏はブタペストから父親とともに、当時スペインの植民地だったタンジールに逃れ、繊維・服飾品の店を開いて成功する。一族はスペインでは古くから栄えたトレードに家があったが、その家の鍵を五百年も保持してきた。「セファラド」であることを誇りとしており、商売の傍らスペイン文芸センターの館長をしているとして、たまたまタンジールに旅行に来て出会った著者に対しボードレールの詩「行きずりの女」を口ずさみながら若かりしときの実らなかった恋を話すのだった。「おおそうと知っていた君よ」の題はこの詩の一節から取っている。サラマ氏は列車を降りようとする若い女をエスコートすることもできた。しかし、できなかった。彼はスペイン留学中の頃自動車事故を起こし松葉杖の男になっており、それが彼女にわかればおそらく恋に敗れることを意識したからだった。

「南洋」・「戦争」そして父

川本卓史

——古手紙整理してをり亡き人の手紙は
ことにしみじみとして——

上田三四二

第一章　父の手紙と昭和の戦争

（第一節）

人生の店仕舞いの年齢ともなり、かねて身辺整理の必要を痛感していました。整理しないといけない私物に書信があります。生前の母が海外に暮らす私に書き送ったものなど、なかなか捨てられません。手許には、母宛てのものもあります。例えば、学校時代の同級生で親しかった秩父宮勢津子妃からの手紙です。

昭和二十年八月、広島の中国地方総監府に勤務していた父川本邦雄は原爆のため四十二歳で死去し、母は五人の幼い子供を抱えて突然寡婦になりました。そのことを知った勢津子妃からの、友人の悲しみを労わり励ますお悔やみ状もその中の一通です。巻紙に毛筆で書かれた心のこもった手紙を、母は生涯大事にし、最後まで捨てられなかったのでしょう。

私が居なくなったら散逸してしまうだろう、どうしたものかと考えていたところ、一年前の雑誌「あとらす」に勢津子妃の回想録『銀のボンボニエール』（主婦の友社）を紹介する機会があり、その中で手紙の存在にも触れました。秩父宮夫妻が宮の療養を兼ねて晩年を過ごした御殿場の住まいがいま記念公園の一部として保存されており、記念館もあります。思い立って公園の園長に「あとらす」を送り、連絡を取ったところ関心を持ってくれて記念館で預かろうという話になりました。私信ではあるが内容的に問題なく、特別展を開催する際は展示を考えようとも言ってくれて、母も喜んでくれるかなと安堵しているところです。

母宛てには、父の手紙もあります。全て海外からです。これはいずれ処分するしかないだろう、それならこの機会に、父が生前書いたその他の資料とともにもう一度読み返し、文章に残しておきたいと考えるにいたった次第です。ということで今回は私事が多く、一般向けではない内容になることをお許し下さい。

なお、手紙や著書などの引用にあたっては読みやすさを考慮して適宜現代仮名遣いなどに改めました。現代では不適切な表現もありますが、そのまま引用した場合もあります。年代の表示にあたっては適宜、元号と西暦とを併用し、使い分けました。

＊

明治三十六（一九〇三）年生れの父は昭和の初め、大学を出て役所勤めを続けました。広島に赴任する前、三十代の半ばからは、「海外における移民・植民・および海外拓殖事業に関する事務を管掌する」拓務省の南洋課長をしていた時期がありました。

当時、「南洋」という言葉が使われました。拓務省南洋課の所管地域は、ほぼ現在の東南アジア諸国（以下の括弧内に当たる、仏領インドシナ（略して「仏印」、現在のベトナム、ラオス、カンボジア）、英領マラヤ（現マレーシア）、英領シンガポール、米領フィリッピン（ただし、すでにアメリカから将来の独立を約束されていた）、オランダ領東インド（略して「蘭印」、現インドネシア）、英領ビルマ（現ミャンマー）などを含みました。独立国だったタイを除いては、英米仏蘭の「植民地」ないし「海外領土」でした。

戦争前から日本はこれらの地域と経済交流があり、当時約四万人の日本人が居住していたそうです。農業・水産・商業が主だったが、ゴムや麻の栽培、豊富な鉱物資源の開発に関わる企業も進出していました。父は現地の日本人の活動を調査し、この地域と日本との結び付きを深めるにはどうしたらよいかなどの事務を担当していたのでしょう。課長時代に二度出張する機会があり、滞在は延べ九ヵ月になります。

最初は、昭和十三（一九三八）年八月から三ヵ月、フィリピン、蘭印のボルネオ・ジャワ・スマトラの三島、英領マラヤ、タイ国の各地を視察し、二度目となる最後は「第二次日蘭会商」の随員の一人として昭和十五（一九四〇）年九月から半年、バタビヤ（ジャワ島にあり、現在のインドネシアの首都ジャカルタ）に滞在しました。

これらの海外経験で得た知見や体験をふまえて、「南洋」についての文章を専門誌に載せたり、雑誌が企画する座談会に参加したり講演をしたりした記録が、数多く国会図書館に保存されています。昭和十七（一九四二）年には、『南方への指標』（朝日新聞社）、『大南洋の話』（偕成社少年少女文庫）という二冊の著書を出しました。

父は海外出張に当たって、船上や滞在先のホテルから、妻や子供たちにまめに手紙や絵葉書を書いたようです。それらの多くは空襲で東京の家が全焼した時に失われ、母は九通を何とか残すことが出来ました。広島で夫を失い、子供を抱えて疎開地を転々とする中で、それらを懐かしく、孤独な自分の支えとして何度も読み返したことでしょう。死後、遺品として私の手に移りました。

（第二節）

本稿を書き進めるに当たっては、私なりに太平洋戦争の歴史を振り返る必要があります。とくに、「戦争」に突入する前後の日本の南方進出の動きを中心に、簡単に理解しておきたいと考えます。以下は『大東亜共栄圏、帝国日本のアジア支配構想』（安達宏昭、中公新書、二〇二二年）と『資源の戦争、「大東亜共栄圏」の人流・物流』（倉沢愛子、岩波書店、二〇一二年）からの引用を主に、年度を追って整理します。父が参加した「日蘭会商」（注：「会商」とは交渉の意味）の記述もあります。

（一）一九三九年九月、ヨーロッパで第二次世界大戦が始まる。「当初、大きな戦闘はなかったが、日本の貿易に与えた影響は大きかった」。

「一九四〇年春にドイツは攻勢に出た。オランダを占領し（オランダはイギリスに亡命政府を樹立）、フランスを屈服させて親独政権をつくった。日本はこれを蘭印と仏印の両地域に進出する好機と捉えた」。

（二）「第二次近衛文麿内閣はヨーロッパでの戦争への不介入政策を大きく転換させ、東南アジアへの進出を強めた」。

一九四〇年七月二六日には「基本国策要綱」を閣議決定した。「八月一日、松岡洋右外相はこの要綱について説明する記者会見で「当面の外交方針は大東亜共栄圏の確立を図ること」と述べ、その範囲を「広く蘭印、仏印等の南方諸地域を包含し、日満支はその一環である」とした。ここで初めて大東亜共栄圏という言葉が登場する」。

（三）「九月二七日に日独伊三国同盟条約が締結され、日本は独伊のヨーロッパでの新秩序建設における指導的地位を、独伊は日本のアジアにおける新秩序建設における指導的地位を相互に認めた。（略）実体は、世界再分割の協定だった」。

（四）これに先立ち日本政府は、八月一六日「南方経済施策要綱」を閣議決定した。

「その基本方針では、南方への経済政策について日本を中心とする経済自給圏の完成にあると謳っていた」。

具体的には、まずは重要物資を確保するための各地域からの輸出保障、次いで南方地域での日本企業の活動に対する制限の撤廃と鉱業権その他の企業権益の獲得、この「二段構えの政策」を採った。

（五）一九四〇年九月には、「小林一三商工相を代表とした経済交渉、いわゆる第二次日蘭会商が蘭印のバタビアで始まった」。石油、ゴム、錫の対日輸出の拡大やオランダの鉱山会社の株式取得などが話し合われた。

「しかし、九月二七日の日独伊三国同盟の締結後、蘭印の態度は冷淡になっていく」。

同年の一二月には元外相の芳沢謙吉が新たな代表となり、交渉は継続された。しかし、蘭印側のハードルは高く、翌一九四一年五月一四日の日本案に対する六月六日の回答は要求を大きく下回り、交渉は「打ち切り」となった。

（六）「結局、経済交渉によって東南アジアの戦略物資供給の中心地である蘭印を日本の経済ブロックに組み込み、経済自給圏を確立する試みは失敗に終わった」。

「こうして、日本は交渉から武力による威嚇で経済自給圏を形成する方向に大きく舵を切った」。

その第一段階として、同年七月二日の御前会議で南部仏印進駐が「確認され実行に移された」。

「しかし、南部仏印進駐は、アメリカの反発を招き、在米資産の凍結と石油の対日禁輸の措置を受け、蘭印もアメリカの行動に同調して資産凍結と民間石油協定を停止した。経済封鎖を受けた日本は、武力により南方地域を占領し企業進出を実現して、排他的な経済自給圏をつまり大東亜共栄圏の形成に走ることになる」。

（七）この時期には、「日本にとっては戦争という武力的手段による資源獲得以外の選択肢はほぼありえなくなっていた。一応ワシントンでアメリカとの外交交渉が続けられていたものの、日本国内では南方侵攻作戦を想定して軍の編成が進められ、また英米蘭の本国およびその植民地の在留邦人に対しては引き揚げ勧告が出された。しかし、引き揚げが完了しないうちに、一九四一年一二月八日の開戦を迎えることになったのだった」。

そして、「日本軍は、短期間で資源豊富な英領マラヤや蘭印などの東南アジア地域を占領した」。蘭印について言えば、「日本軍は一九四二年一月一一日に攻撃を開始する。（略）二月中旬までにスマトラ島、ボルネオ島などを占領し、（略）ジャワ島に三月一日から侵攻を始め、九日に蘭印軍を降伏させた」。

第二章　手紙そして『南方への指標』

（第一節）
二回の「南洋」行きで書かれた父の手紙に戻ります。

一回目は昭和十三（一九三八）年、三十五歳の彼にとって初めての「南洋」旅行でした。手紙には、見るもの聞くものすべて珍しい、新しい土地を歩く初体験の思いが素直に語られます。

例えば、「家は一体に床が高く出来ている。日本の二階がこちらの一階に相当する。それからどこの家に行っても必ず天井にヤモリがはい回って虫を追っている」とか、「熱帯の果物がたくさんある。ことにドリアンを食べずして南洋の果物を語るべからずとかで毎日出てきたが、始めはちょっとへきえきした」や、「食事は洋食と日本食が半分ぐらい。領事館や日本人会が歓迎会を開いてくれて日本食にも与ったが、缶詰類が多い。餅も缶詰、漬物も鰻もみな缶詰だ」など留守宅の妻に伝えます。

現地に進出している日本人の活動を視察し、これらの地がこれからの日本にとっていっそう重要であることを確認するのが出張の目的ですから、あちこち精力的に移動し、フィリッピンのダバオに五泊、英領北ボルネオ（現マレーシア）のタワオには二週間近く滞在しました。海外で苦労しつつも熱心に活動している在留日本人へのまなざしが妻にも報告されます。

開拓農地や水産会社、ゴムやマニラ麻を栽培する会社などを見て回りました。ダバオとタワオには拓務省から派遣された技術者が駐在していました。ダバオには日本人が二万六千人いて、活況を呈している、日本人学校が十二校もあるが、施設は劣り、遠くから通う生徒もいて治安を懸念する声もあり、日本政府の支援が必要と思うと述べます。

タワオでは、ゴム会社の支配人宅に滞在しました。「日本人の農地は全部廻ってみた。方々に広く散在しているので、自動車か海岸に近くランチ（注：モーター・ボート）に揺られて行くか、又は徒歩で行くかだ。ある時は、ジャングルの中を一時間ばかり雨にぬれながら歩いたこともある。このジャングルの中には山ヒルがいていつの間にか身体についてきて血を吸うのだ。（略）またこの地方を廻っている間に猿の自然に群れ遊ぶ姿やリスが梢をわたり歩く風景や、珍しい鳥の鳴き声や異様な姿ではい廻る大とかげなど南洋特殊の自然に接することが出来た」。

ボルネオ水産会社の漁業根拠地はタワオから六十海里離れた沖合のシアミル島という島にあり、彼は漁船で六時間かけて訪れて一泊しました。そこで「日本人の女工が六十人余り居る」ことに驚き、「こんな所に迄来て日本人が開拓事業に心魂を打ちこんでいるのだ」との感慨を洩らします。

そして、彼らが語ってくれた物語を「林房雄にきかせたら立派な小説にするだろう」と書きます。林房雄は当時知られた小説家で父と旧制高校時代の友人でした。

いまシアミル島はマレーシア有数のリゾート地で、日本人の若者にも人気の高いダイビングのメッカとのこと。父の手紙には、「周りの海を一周したが、海底が透き通って見えて実にきれいだった。竜宮城の絵そのままだ。サンゴ礁の林の中に踊り舞う種々の魚の姿が美しく陽光に映えて、手にとる様に見える」とあります。また、「昼食には船で釣り上げたばかりのカマスを刺身と塩焼にして出されたが実にうまかった。今日までの旅行中では一等おいしかった」とも。

＊

次は、二年後の昭和十五（一九四〇）年秋から翌年三月まで、「第二次日蘭会商」の一員としてバタビヤ（現ジャカルタ）に向かう船上や滞在したホテルで書かれた手紙です。

その中で、バタビヤ到着早々の十月十七日付の手紙の内容は他と大きく異なります。

この年の五月本国オランダはナチス・ドイツの攻撃を受けて降伏し、これを受けて蘭印では戒厳令を布いて同地でのドイツ人の動きに警戒を強めていたところ、九月には三国同盟が締結され、日本はドイツの同盟国になりました。蘭印政府は戒厳令に基づき、日本人の手紙類の検閲も実施したようです。

他方で、日蘭会商の開始直後、到着したばかりの随員の一人石本五雄少将が、敗血症のため不慮の死を遂げます。そこで某随員が、同氏の遺骨を日本に持ち帰る役目を担いました。

父は、一時帰国する彼に母への手紙を託しました。ですからこの便りに限っては検閲の心配なく書くことが出来たのでしょう、滞在先のホテル宛てやホテルから出す手紙は検閲されるから「日本の事情を知らせるようなことは書かないがよいと思う」と妻へ忠告し、「自分からも時局のことなどは書かない」と知らせます。

加えて、首都バタビヤが緊張した雰囲気にあることも伝えます。
・「大部分のオランダ人は、「オランダは再び立ち上がる」とオランダ語で書いたマークを胸につけ、自動車にも付けている」。
・「映画館に入ると最初に必ずウィルへミナ女皇（注：当時のオランダ国王）の御写真を映し国家を吹奏する」。
・「ドイツのスパイに対する防諜宣伝を行っている」。
・「例えばあるバーでオランダ人の青年と海員とが何か話込んでいると、その後ろでヒトラーの顔をしたボーイがこれを聞き込んでいる絵をかき、注意せよ！　とかいてある」。
・そして、「少しばかりの広場にも必ず防空壕を用意してある。どういう目的か日本人が確かめたところ、あるオランダ人は「曰く言い難し」と答え、他のオランダ人は「言わなくとも分かっているのではないかと答えた由」。
大戦当初のドイツは破竹の勢いで欧州を席捲しており、他方で前述の「年表」にもある通り、松岡外相が「大東亜共栄圏を確立し、そこに蘭印も含まれる」という、いわばよその国に手を突っ込む発言を行っていた時期ですから、日本に対する蘭印政府の警戒心は徐々に高まっていたでしょう。

しかし、他の手紙は滞在中のホテル・デ・インデスから投函されたものです。「なかなかの大役をおおせつかり責任重大を痛感」と感慨をもらし、「相変わらずのホテル生活」をどう過ごしているか、「週末も各地を旅行して見聞を広めている」、「先に帰国する人もいて、祖国を思うこと切なるものあるが、今のところ何時帰れるか全く見込みつかず」「子供達の手紙を懐かしく読んだ。みんな元気でいてくれ」といった内容が主になります。

随員同士の交流にも触れて、部屋が広いので、一種の「社交部屋となっている」。オランダ人とのいろいろな交流もあったようです。日蘭両国の関係はすでに緊張していたとはいえ、まだ戦争状態にはなく、交渉中の相手であるという仲間意識も働いていたのでしょう。

滞在三ヵ月を越えた昭和十六年一月二日の手紙があります。

「十二月に一週間、病気にかかり、しばらくは元気がなかった。この間は寝たり起きたりの状態が続いた。熱帯で病気になるとなかなか回復が遅い。現地人の給仕（ジョンゴスと呼ぶ。英語ならボーイ）相手では思う様に行かぬので、床屋のおばさんが時折やって来て色々と親切にしてくれた。日本旅館からオカユもとって食べた。（略）南方にあるスカブミという避暑地にも行って静養したのがきいてよほど元気がでた」。

大晦日や新春風景についても伝えます。「ホテルでは昨晩から今朝にかけて大変な賑わいで、夕食も相当馳走があったが、十時過ぎからダンスが始まった。白人の一流どころは大抵このホテルに集まる。ちっとも戒厳令下らしくない」。

残された父の最後の手紙は、同年一月十七日付です。ホテルでは洋食ばかりで「ミソ汁が恋しい」、夕食は三日に一度は中元という支那料理屋でとり、「安くてうまい」。そして「最後まで頑張るつもり」といった文言や、帰国に際しての土産の相談など、差し障りない内容に終始します。「バタビヤに居住する日本人は四百人ぐらいと少なくなりつつある」と伝える箇所に、わずかに時局の変化を感じさせます。

（第二節）

父はバタビヤから帰国して一年以上経った昭和十七（一九四二）年五月、『南方への指標』という著書を朝日新聞社から刊行しました。

刊行は太平洋戦争が始まって五ヵ月後、蘭印はすでに日本軍が占領して軍政下にあったため、「蘭印」に代えて「インドネシア」という呼称で統一されます。

また、二百八十頁の半分以上が、日蘭会商を含めて、インドネシア関連の記述です。

そして「序文」には、これまで、南方政策に関する私見や、南方における邦人活動の状況やその他一般の事情について、書いたり喋ったりした。そこで今回、「これらを取りまとめ、新しき事態に応じた修正を加えて上梓し、わが南方政策の辿り来った荊《いばら》の途を回顧したいと思う」とあります。つまり戦争前から発表した小論も含まれます。

本文はまず第一部「一般事情」の記述があり、「宝庫南洋の展望」と題する文章から始まります。

「かつてオランダのある学者が、オランダ国民にしてもし滅亡するが如きことがあったならば、後世の歴史家は、オランダが残した事業の中から、必ずつぎの二つの名前を選ぶ事を忘れないであろうといった。曰く画聖レンブラント、曰く

「南洋」滞在中の邦雄から妻への手紙

邦雄の著書二冊

インドネシア地方と。

（略）まことにその本国に五十八倍の面積を有するインドネシア地方は、オランダに取っては何物にも代えがたい宝庫であった。オランダがヨーロッパにおいて、比較的裕福な国として経済的に平和な生活を送り得たのは、実にインドネシア地方を植民地として有っていたために外ならない」。

そして続けて、

第一に、（インドネシアに限らず）「外南洋」一帯が資源に恵まれた「宝庫」であり、無尽蔵の資源の開発はこれからの課題であること。

第二に、地理的に近いにも拘らず、在住の日本人も日本からの投資資本も「余りにも少ない」こと。この地に投下された農業、鉱業関係の資本は推定約八十五億円だが、オランダ六十五億、英国十五億に対して「我国は僅かに二億円」である。「海外在留同胞」の総数は約百二十万人だが、満州、南北アメリカ、中国でほぼ全てであり、外南洋は四万人に過ぎない。

第三に、その理由として、欧米の植民地であり、入国、企業経営、営業や商品輸出の上で、色々な障害が加えられている。

最後に、にも拘わらず少数の日本人は長年にわたって、苦難を伴いつつ移住し、経済活動や開発に取り組んできた。

と総括した上で、昭和十三年の三ヵ月の出張で見た南洋各

地での日本人の活動に触れます。

例えば、「一般事情」中の「私の視たフィリピン」では四十頁にわたって日本と同国との長い歴史から始め、邦人の活動を伝え、苦難を思います。

「比島第一の高山アポの秀峰を望見しつつ、黎明をついて賀茂丸がダバオ港に入った時、これが三十余年にわたる邦人苦闘の地かと私は食い入るように湾内の風景を眺め、一種いうべからざる緊張の気にうたれ、感慨一入深いものがあった。三十余年の間には四千に近い同胞が異郷の露と消え去ったのであるが、その中約八百人は蛮族の犠牲となった人達である。(略)ダバオの麻耕地には、かような悲運に会ったわが同胞の尊い血が流れているのである」。

＊

「論叢《ろんそう》」と題して、南洋の現状や日本の政策について専門誌等に発表した小論十篇も再録されます。幾つか紹介します。
(一)「雑誌「蘭印情報」に寄す言葉」から
——「日本の南洋に求むるものは、真に平和的手段による経済的提携と、文化交流による親善握手とであって、これは日本人の誰しもがそう信じている所である」(昭和十二年九月)。
(二)「南方拓殖政策について」
——「南方諸地方の有する特異性の一つは、その大部分が欧米諸国の植民地である事である。(略)対南方政策は対英外交であるともいいうるのである」。

——「共存共栄を理想として、共存共利を図るように」。「合弁組織」や「先方における経済諸機関との協力」が大切。そして「住民大衆に就労の機会を与えることに留意せねばならぬ」(昭和十三年七月)。
(三)「南方への再認識」
——「英米仏を「持てる国」と呼ぶのに対して、日独伊等を「持たざる国」と呼ぶことが世界の常識となった」。

——「南洋の資源はまことに豊富である。(略)資源開発の方法は(略)あくまで平和的に、経済的手段によって共存共栄を企図するのである」。

——「外南洋地方には、少なく見積もっても六百萬からの華僑がいて、非常に大きな経済的勢力を握っている。(略)日支両民族の握手提携は、(略)外南洋においても同様に実現させねばならない」(昭和十四年五月)。
(四)「南方発展への努力」
——「南方への平和的発展策を力強く推進して行くことが絶対に必要であることは、国民の常識化したといえる。(略)しかしながら円滑に進んでいないのは、帰するところ国際関係の複雑性にある」。

——「(わが国は)(略)南洋の資源を開拓しその利用厚生を図ることが、ひとりわが国のためのみならず、各主権国のためにも、原住民族のためにも肝要であるとの確信に基づき、

（略）南方発展を要求しているのである」（昭和十四年九月）。
（五）しかし、このように、「平和的開発」「共存共栄」「華僑との握手提携」「原住民族のためにも」などを繰り返す父の論調は、以下の昭和十五年八月の小論「対南方拓殖政策の前進」では、「語調が強くなっている」と自ら認めています。
――「今や、「日・満・支を一環とし大東亜を包容する協同経済圏の確立」が、政府の基本国策要綱の一項目として発表せられ、外務大臣談には、「大東亜共栄圏の確立を期する」旨宣明せられている。

――「われらは先人苦闘の跡を偲びつつ、その血と涙に綴られた尊い体験を基とし、さらに飛躍的なる南方への発展を成し遂げねばならない」


このような文章を八十年以上経って読み返しています。そして、少なくとも昭和十四（一九三九）年までの文章からは、この地が欧米の植民地であることを認めた上で、日本も経済開発の一端を担いたいがあくまで平和的に実施すべきであるという、当時としては穏当な意見を述べていると思えるのです。

第三章　日蘭会商の「思い出」と「教訓」

（第一節）

本章では、『南方への指標』の中での、日蘭会商に関する記述を取り上げます。最初に、滞在中に見聞きしたことを記す「思い出」です。
（一）当時、蘭印は、国王に任命されたオランダ人の総督（チャルダ・スタルケンボルグ）が政治・経済・軍事の権限を掌握し、現地住民は下部組織を除き統治機構へ関与することは許されなかった。本書では「二十五万人に足りないオランダ人が七千万のインドネシア人を統治するのは、なみ大抵の苦労ではなかった」し、その統治に「賞賛する向きもあるし、極めて巧妙な愚昧政策として非難する向きもある」と報告します。
そして総督の地位は極めて高く、権限は広汎なこと、「民主主義のオランダ人であるに拘わらず、万事官僚的で、儀礼や格式を重んじる」ことを指摘します。

その事例として、両国の代表メンバーが集まる総督官邸での公式晩餐会で総督に二度会ったが、服装は「燕尾服が決まり」と言われて、急きょ指定された洋服屋に注文せざるを得なかったそうです。

その際、日本側メンバーは総督又はその夫人に対して、オランダ側は小林使節に対し、一人当たり十分前後の個々面接が行われた。父は総督に面接し、「自信のない英語ながら「総督は、一通り管内各地を巡視されたか」と逆に質問した。それから日本の米とジャバのそれとの比較論などやって、最後に昭和十三年、ジャバやスマトラを旅行してうけた、快適な印象を述べて」お礼の言葉としたとあります。
（二）交渉の相手となる蘭印側代表部の人たちの素描もあります。
一人だけ紹介すると、鉱山局長某氏は「（日本側の誰もが）この人には好評だった」として、官邸の晩餐会で隣同士に座ったときのことを書き残します。「日本に行ったことがあるか」と聞いたところ彼は、「まだ行ったことはないがあこがれをもっている。風景もよいが、それ以上に火山学研究が優れていることだ。世界に代表的な火山地帯は日本とイタリーとジャバだ。自分は部下の若い技師達を、研究のため日本へ派遣する計画をたてた。だが、戦争のために出来なくなった。戦争がすんだら、計画を実行したいと思っている」と答えたそうです。
（三）交渉の合い間には、両代表部の交歓が行われました。
蘭印代表部では、舟遊びや空の旅などいろいろ「われわれの旅情を慰めてくれた」。交歓のゲームとしては、ゴルフ、庭球、ブリッジなど。「日本側からは、野球と麻雀とを提唱したが、これは蘭側は全然だめだからと断り、その代わり蹴球ならといって来たが、こんどはこちらがこれは断った」「また、趣きをかえて、歴史を語り文学を論じ合うような、懇話会をやろうという企てもあったが、実現しなかった」。
（四）「インドネシア地方における二人の人気男」と題する短文もあります。
当地で「人気のあった世界的人物が二人ある。英国のチャーチル首相。他の一人は米国のルーズヴェルト大統領」。
そして、ニュース映画に表れるチャーチル首相の姿を見るオランダ人は一斉に喝采を送ること、十一月六日にはルーズヴェルトの三選確実を告げる新聞号外が発行されたこと、同三十日はオランダの独立記念日でありチャーチルの誕生日でもあり、市内の各戸に蘭英両国国旗が掲げられたこと、などを記録します。
（五）オランダ人のインドネシア統治策についての感想を述べます。その統治は「少数を以って多数を制するに、最も成功したもの」と言われている、現地住民の慣習を尊重する、オランダ語の修得を決して強要しない、反対にオランダ人がマレー語を修得した、しかし同時に、被統治者とは距離をおいて接し、むやみに近づけたり、親しくしたりしない、等々。
このような記述からは、まだこの時期は交渉相手であるオランダ人と広く付き合い、敬意も払い、観察し、是々非々に学ぼうとする姿勢が見られると思います。

（第二節）
「思い出」にみられる穏やかな論調と打って変わって、本書の「日蘭会商の教訓」の文章ならびに帰国後の外交協会での報告（「日蘭会商経過と蘭印の対日態勢」）では、厳しい交渉を苦く振り返ります。
・昭和十五年九月十二日、バタビヤにおける小林特派使節とオランダ人総督との正式第一回会見によって、交渉の口火を切った。しかし「如何せん、（略）内外の情勢は、交渉の円滑なる進行を妨げ」、昭和十六年六月十七日、「わが芳澤使節の、今次交渉を打ち切り使節団を引き上ぐる旨の通告により、協定成立を見ずしてその幕を閉づるに至った」。
・「この十カ月にわたる紆余曲折の跡をふり返って見るに、経済交渉と銘打たれたこの会商が、如何に国際政局の飛沫を浴びたことか。双方の要望は経済的事項であったとしても、これが判断の材料ともなるべき双方の国際立場は、根本的に違っていた」。
・六月の交渉決裂後は、「インドネシア地方の対日警戒、非友好的措置は（略）一層し烈さを加えて来たが、七月下旬米国に追随して、対日資金凍結令を実施してから、正に戦争前夜を思わせるかの状態に達した」。
このような道のりを父は「荊《いばら》の道」と評します。すなわち、
（一）日本側は石油の買い取りを最優先事項とする方針だったが、蘭印側は当初からこれに見合う経済的利益が日本から得られるかに懐疑的であった。
（二）しかも交渉開始直後に「三国同盟」が成立し、蘭印側の態度が硬化した。交渉の「打ち切り」を主張する意見も強くなった。
（「ある場合には極めて冷淡な態度をとるようになった。一般的に対日空気も悪化して、われわれとしては非常な淋しさを感じた」と父は書きます）。
（三）その中でも買油協定は仮調印にこぎつけ、為替協定も成立し、一時は若干の進展もあった。
とくに「為替協定」については、正金銀行のバタビヤ支店長今川氏とジャワ銀行総裁の間で話が進められ、十二月下旬には円満なる妥結をみた。（「誠に喜ばしい」と父は書きます）。

ちなみに為替協定とは、石油を初めとする両国の輸出入にあたって、英米の通貨に代えて日本円と蘭印通貨とで決済できるようにするもの。
（四）しかし、日本国内で二大障碍となる出来事が起こった。
一つは、「大東亜共栄圏」の解釈問題。国会討議の中で質問に答えて政府側が、蘭印も共栄圏の中に入り、「日本が指導権を持つと言う意味にとれる説明をした」、もう一つは、某外務省高官が「ロンドンに逃げたようなオランダ政府の言うことには日本側は一々かまってはいられない」と発言した。

この二点に蘭印政府の態度はさらに硬化した。対日世論も悪化し、侮日行為や発言も多くなった。
（五）というような経緯を経て交渉は決裂した。「われらは、日蘭国交三百四十年の歴史を顧み、ことに徳川幕府のとった厳格なる鎖国令下においてすら、支那とオランダとのみは我国の交通を許された経緯を想うとき、うたた感慨の切なるも

のを禁じえない」。

*

帰国後、日本外交協会の場では、「蘭印の対日態勢」についても報告をしました。

「個人の印象・観察・意見である」と断った上で以下五点に整理します。これらは先に紹介した妻宛ての手紙や短文「日蘭会商の思い出」にも断片的に言及されました。

（一）「国防の強化」――防空壕を作り、戒厳令が徐々に強化されている。

（二）「国際政局に対する見通し」――欧州戦争において最後の勝利はイギリスが占めると念願し、確信もしているのではないか。

（三）「英米に対する関係」――英国に対してははっきりと盟邦であると宣言している。この点をもっとも示すものとしてチャーチル首相に対するオランダ人の期待がある。また、石油問題の交渉にあたっても、英米の指図を受けているのではないかと疑わざるを得ない。

（四）「対ドイツ」――極端に対抗的な措置をとっている。日蘭会商が進展しないのには、日本と協定を結ぶことがドイツを利するのではないかという疑念が大きい。

そして最後に、

（五）「日本に対する態度」――大東亜共栄圏については、何ら積極的に協力する熱意を持っていないと言って差し支えないと思う。

父がこの時点で、個人的な印象・観察と断りつつ、蘭印は、欧州の戦争での英国の勝利を確信しているようだ、大東亜共栄圏については極めて冷淡である、などかなりはっきりした意見、それも日本政府・軍にとって耳の痛い発言をしていることが印象に残りました。

しかし、日本はついに戦争に踏み切りました。父はどのような思いで自らの「南洋」との関わりを思い起し、在住日本人や現地の人たちのことを思いだしたことでしょうか。

因みに彼は、本書出版後、官房課長に移動し、その後同省や外務省から占領地域の統治を行う業務等を移管した大東亜省という新しい官庁が設置されたときに、そこの文書課長となりました。南洋を直接担当する事務からは外れました。

しかしその後、総力戦研究所所員も兼任しました。この辞令は今もインターネットから見ることができますが、大東亜省兼外務省の書記官川本邦雄を総力戦研究所所員として兼任させ高等官に任じるというものです。「兼任理由書」が残っており、「異民族統治並びに外地行政に豊富な経験を有するため、総合的調査研究を担当させる」とあります。

従ってその後も「南洋」との関わりをそれなりに持ち続けたのでしょうが、公に意見を発信することはありませんでした。その後の沈黙の中に、日本が戦争へと突き進む流れを見守る彼の苦い思いがあったのではないかと推測したりします。

もちろん、『南方への指標』刊行時に書かれた文章には、大東亜共栄圏を擁護し、「皇軍」の活躍を期待する論調が見られます。例えば、「大東亜共栄圏の確立こそは、（略）わが民族発展のためにも、また大東亜諸民族永遠の幸福を招来するためにも、われらの時代に果さねばならない国是であり、崇高なる歴史的使命である」。

しかし同時に彼は、敢えて戦争前の論考を幾つも本書に収録しました。前述したようにその中には、日本の南洋開発は「あくまで平和的に、経済的手段によって」といった提言が何度も出てきます。事態は彼が望んでいたようには進まなかったのだ、と当時の父の心境を思いやったりしますが、広島での原爆死のときには私はまだ六歳に過ぎませんから、彼の心のうちを確認するすべはありません。

父には、英国米国のどちらも訪れる機会はありませんでした。ただ、当時邦訳されたばかりのマーガレット・ミッチェルの『風と共に去りぬ』を熱心に読んだそうです。普段は小説など読まない夫が自らの意思で本書を読み終えて「面白かった」と何度も語ったことに驚いた、と戦後母から聞かされました。アメリカ合衆国最大の国難といえる南北戦争を乗り越えた社会と人々の姿を描く壮大な物語から、彼は何を受け取ったことでしょうか。


（第三節）

この時期、日蘭会商に携わったもうひとりの日本人も思い起こします。

前節で、交渉の中で為替協定が妥結にこぎつけたことを父が「誠に喜ばしい」と報告していることを紹介しました。しかし残念ながら、経済交渉自体がまとまらなかった上に戦争が始まり、本協定に基づく為替決済が実際に実施されることは殆どなかったと思われます。

蘭印の中央銀行であるジャワ銀行との交渉にあたった日本側代表は横浜正金銀行（以下「正金」）の今川義利氏でした。同氏の長女だった八木和子氏が自らの父について書いた『ある正金銀行員家族の記憶』（二〇一八年）という私家本がある

邦雄　写真二葉（帝大生時代とバタビヤにて）

八木和子著『ある正金銀行員家族の記憶』

ります。かつて東京銀行という職場で一緒だった宮本巌氏の奥様陽子夫人は、著者八木さんの姪になります。つまり陽子夫人の父は今川氏の長男で、同氏は祖父にあたります。

そんな縁もあって彼女から本書を恵贈して頂きました。「正金は、明治十三年、日本の貿易を支える金融機関として設立され、世界の三大為替銀行の一つといわれた」。そして東京銀行は戦後になって正金を引き継いで発足した銀行なのでご縁があり、氏の海外での活躍ぶりを興味深く拝読しました。幸運なことに同氏所蔵の資料、写真などが八木さんの許に残っていて、しかも父親の海外転勤にもすべてついていった鮮明な記憶が加わり、貴重な記録になっています。

今川義利氏は、明治二十六年生まれ、正金に入行し、戦争開始とともに民間人捕虜となって交換船で帰国するまでの二十四年間をほとんど海外で勤務しました。

入行後三年目にサンフランシスコ、以後、若干の国内勤務を挟んで、ロンドン、上海、大連、奉天、カルカッタ、スラバヤ、バタビヤと、海外勤務が続きました。

本人はともかく、「同伴される家族の方はある意味悲劇である。自分の意志で動くわけではないから、幸運なこと、楽しいことはあっても、それ以上に悲しいこと、災難、さまざまな別れなど、運命に翻弄され続けることになる」と著者は書いています。しかし、異文化に接して多様な人々の考えを知り、視野を拡げることになったのではないかという気もします。

今川氏は、中学時代から熱心に教会に通い、英語を学び、洗礼を受け、教会で一緒だった女性と結婚しました。大学では、大正デモクラシーと言われた時代に「民本主義」を唱えた吉野作造の薫陶を受けました。このような若き日の氏の姿からは、この時代の「ある雰囲気」を感じます。

本書には興味深い挿話が幾つも語られます。

例えば、昭和十四(一九三九)年六月、正金カルカッタ支店から蘭印に転勤します。その際、カルカッタ支店の現地行員一同から感謝状を贈られた。「インド勤務最後の日、勢ぞろいしたインド人の現地行員たちが(略)美しい、本体が銀製で精密な金細工がほどこされた免状入れの筒に入れた感謝状を持ってきたから皆がびっくりした」。すでに日英関係はデリケートな時期、しかもインドは英国の植民地でした。

蘭印では、スラバヤおよびバタビヤ支店の支配人を務めました。

「いよいよ戦争が近づき、昭和十六年の七月、家族引揚船北野丸で日本人行の家族は全て日本に引き揚げることになり、行員のみが残った」。

十二月に戦争が始まると同時に「ジャワ島を脱出してマレーから内地に帰れ」という命令が来た。ところが父は逃げる途中で捕まってしまい、オーストラリアの捕虜収容所に移送された。そして「ラブダイの第一捕虜収容所の村長に任命された」。

「その後敵方の民間人捕虜の交換の話を赤十字が中心にまとめ、父は他の捕虜たちと一緒に捕虜交換船で帰国できることになった」。ところが日本の軍司令部から「ジャワで下船して軍政を見てくれと言われ、結局軍政監部嘱託として」昭和十七年十月今村均中将のもとで働くことになった。

氏はインドネシアでの捕虜の扱いについて、自らのオーストラリアでの経験を生かし、国際協定を守った合法的な捕虜の扱いを今村中将に進言した。正金銀行本部から軍部への請願が受け入れられて、同氏が帰国したのは昭和十八年五月のことだった。

そして戦争が始まる前の今川氏は、日蘭会商に携わりました。

「父はバタビヤに移ってから大いに忙しく、オランダ人のさまざまな人物と会合を持ち、日蘭金融交渉にあたった。その時の父の様子はオランダ人高官と仲良く話をしている写真、会食の写真など残っている」。

本書を読んで、この時期、氏と私の父とが日蘭会商のメンバーとして一時期ともにバタビヤに居たことが分かりました。会う機会もあったでしょう。父は、十歳年長の氏が長い海外経験を踏まえて自由闊達に行動し発言する姿から、国際社会との付き合い方について教えられるところがあったかもしれません。

第四章　おわりに

（第一節）

「戦争」に巻き込まれた「南洋」諸地域のうち、父の現地滞在がいちばん長かったインドネシアのその後を補足して、本稿を終えたいと思います。

冒頭に、安達宏昭東北大教授の『大東亜共栄圏』の記述を引用しました。一九六五年生まれの安達氏は、同書の「あとがき」でこう書いています。

「なぜ戦争は起こるのか、その原因や実態を究明することが戦争を防ぐことにつながるのではないか――。そう考えるようになったきっかけは祖母や父母の存在である。祖母は決して語らなかったが、その人生は戦争に翻弄《ほんろう》されたものだったと、私は成長するにつれて知るようになった」。

安達教授の祖母は父と同世代だったかもしれないと考えながら読みました。

「なぜ太平洋戦争は起きたのか」、もちろん、様々な要因が絡み合ってのことでしょうが、資源の確保がその大きな一つであったことは多くの専門家が認めています。「南洋」への軍事侵攻は資源の問題と切り離すことが出来なかった。石油資源を抱えるインドネシアは中でも重要だった。「戦争」における「南進」の最重要目標は、当時の蘭印の石油関連施設の占領と維持だったと言っても過言ではないでしょう。

そのような「戦争」を支える「大義」として構想された「大東亜共栄圏」とはそもそも何だったのか。安達宏昭は前掲書でこう記述します。「世界の再分割をめざす独伊の動きと連動し、東アジアから東南アジアの地域を、日本が盟主になり、政治的・経済的圏域として一つに統合しようとするものだった」。「経済的な自給確保こそが本質だった」。「しかし、そうした経済広域圏をつくるには、あまりに準備が不足していた」。

その結果の「大東亜共栄圏の崩壊と日本の敗戦は、英米に経済依存しながら資本主義国家として成長する一方で、アジアで勢力圏を拡大し、自立しようとしてきた日本が抱えた矛盾が、限界に達し破綻したと理解すべきだろう。後れた資本主義の日本が歩んだ帰結だった」。

長い、悲惨な戦争を経て、日本は敗北しました。

安達書には、「戦局が悪化し、東南アジア各地域の経済状況も悪化するなか、さらに日本や日本軍への忠誠や労働力、物資提供を求められる過酷な状況下、東南アジア各地域の住民は抗日運動を起こし、あるいは武装蜂起し、日本支配の大東亜共栄圏を否定し始めていた」とあります。

その上で、敗戦により大東亜共栄圏は名実ともに崩壊し、東南アジア各地では戦後の新しい政治体制がつくられていくとして、各地域がそれぞれのやり方で独立国家の道を歩んだ様を要約します。

インドネシアについては以下の通りです。

「戦前、宗主国オランダが民族主義の動きを強く弾圧していた。スカルノをはじめとする民族主義者たちは日本が占領すると日本に積極的に協力し、一九四四年九月には日本から独立の言質《げんち》を得たが、日本降伏により独立は頓挫するかに見えた。スカルノ（略）らは急進派の若者に説得され、一九四五年八月一七日朝、（略）独立を宣言する。

だが、再植民地化をめざすオランダはインドネシア支配に固執し、インドネシア独立戦争と呼ばれる戦闘が行われた。結局、独立戦争の主導権が共産党系の指導者に移る可能性を回避したいアメリカや国際世論に支持されて、一九四九年一二月、オランダは主権委譲を認め、インドネシア連邦共和国（翌年八月にインドネシア共和国になる）として独立を達成した」。

（第二節）

そして、「独立」から七十年以上経ったこの国の現在についてです。

二〇二二年十一月十九日号の英国の週刊誌エコノミストは、「なぜインドネシアが重要なのか」と題する論説を載せ、「見過ごされているアジアの巨人」と呼んでこの国を取り上げました。

英国エコノミスト誌2022年11月19日号

2023年1月報道のNHK国際ニュースの画面

（一）二〇二二年のG20（主要二十カ国の首脳会議）はインドネシアを議長国としてバリ島で開催された。得てして見落とされがちだが、いまもっとも重要な国である。次の二十五年で、この国の影響力は目を見張るほど大きくなる可能性がある。

（二）同国の強みの第一は「規模」。世界で最多のイスラム教徒を有し、二億七千万の人口数は世界第四位。しかも、四分の一が十五歳以下の若い国で、高齢化が進んでいる東アジアの国々との違いが顕著である。

（三）第二は「経済」。デジタル経済の伸びが大きいが、もっとも重要なのはこの国の「鉱物資源」である。

錫・ボーキサイト・銅などが豊富だが、とくにニッケルの埋蔵量は世界一である。ニッケルは電気自動車のバッテリー製造に不可欠なため将来性がきわめて高い。

しかも同国は鉱物資源を未加工のまま輸出することを禁じ、海外からの投資を呼び込んで製品として輸出する政策をとっている。そのこともあって、二〇三〇年には、「環境に優しい商品」の輸出額でオーストラリア、チリ、モンゴルに次いで世界四位になるとの予想もある。

しかも、このような経済の成長と改革とを、民主主義社会の実現へと結びつけて進めているため、国民の支持を得ている。国民の生活水準も向上し、巨大な中産階級が生まれることだろう。

（四）最後に「地政学的な理由」である。米中両国にとって戦略的に重要な位置にあり、同国はその事実を踏まえて、長年中立的な外交政策を維持し、どちらからも等しく投資を呼び込むことに成功している。

ということで、うまく行けば有数の経済大国になり、世界の力のバランスを変えることになるかもしれない。

（五）もちろん問題も抱えている。長年の汚職体質、民主主義の未成熟、ジョコ大統領の後を引き継ぐ人材難、現在の保護主義的な資源政策いわゆる資源ナショナリズムへの海外からの反発などが課題である。環境や日々の暮らしへの悪影響も懸念される。

最大のリスクは同国の地政学的な条件がマイナス要因にも

なりうる点である。米中対立のはざまで、現在の宥和的・中立的な政策を今後も維持できるか、仮にどちらかを選ばなければならない局面になった場合に、どういう立ち位置を選択できるか。

（六）ちなみに、NHK国際ニュースは、二〇二三年一月に、「資源活用で先進国へ、インドネシアの戦略」ならびに「存在感増す〝第三極〟グローバルサウス」と題する特集を二回にわたって報道しました。ここで「グローバルサウス」とは発展途上国を指し、米欧と中露の双方から距離を取る第三極としての存在感が高まっているというのが番組での指摘です。

その中で、アメリカのゴールドマン・サックス社による「将来の世界のGDP（国内総生産）予測」を紹介していました。二〇五〇年には、中国一位、米国二位にインドが続き、インドネシアが四位、現在三位の日本は六位に後退する。そして二〇七五年には、インドネシアの四位は変わらないものの、インドが米国を抜く。十位以内に「グローバルサウス」諸国（ナイジェリア、エジプト、ブラジルなど）が半分以上を占めて、日本は十位から消える、と予測しています。

もちろんこれは一民間機関の予測に過ぎず、またGDPの大きさが全てではないでしょう。しかし、国際社会の構造が変化しつつある指標とは言えると思います。

＊

エコノミスト誌が期待するような未来が果たしてインドネシアに訪れるか、それを見届ける時間は私にはありません。ただ、この記事を読んで、今も昔も「資源」が国際社会における一国の存在感を大きく規定していて、国家間の対立や争い、時に戦争を引き起こしている現実をあらためて考えました。

インドネシア地方を十七世紀以来自らの領土としたオランダは、父が書いたように、「何物にも代えがたい宝庫」としてこの地を支配し、搾取しました。

その後、英米からの資源輸入の道を断たれた日本は大東亜共栄圏の旗印のもとに、武力を行使しても新たな石油輸入先を確保しようとした。しかし、日本の企ては崩壊した。オランダは日本の敗北後も懲りずに「再植民地化」を目指したが、やはり敗北した。そして代わって独立を果たしたインドネシアがいま自らの領土の豊富な資源、とくに石油に代わって「環境に優しい新たな資源」を武器に活用して、世界に存在感を示そうとしている。その際にこの国がとるべき道は、かつての植民地支配の論理を踏襲することではないでしょう。

父が、『南方への指標』に収録した昭和十四年五月の小論においてこう述べたことを思い出します。

「南洋の資源が、世界文化の向上並びに人類福祉の増進についてもつ役割はまことに大きい。これを世界人類のために開発することは、南洋に関係する国民の正に為さねばならないところである」。

このような言辞に対しては、所詮理想論・建前論にすぎないという反論があるでしょう。実際に日本がやったことは、かつてのオランダと同じく自国のための資源の収奪であり、侵略ではなかったか、本来の意図を隠すための方便だったのではないか、という厳しい意見もあるでしょう。

しかし、資源を国家間の紛争の道具にならないように、「世界人類のために開発」し活用する方策を探ることは出来ないものでしょうか。食料もエネルギーも極端に自給率の低い「持たざる国」の代表格である国に住んでいる人間だから、よけいそう考えるのかもしれませんが。

大変な時代

大津港一

私は物事をきちんと調べて書いたり話したりする習慣がないものだから、これから書こうとすることは杜撰のソシリは免れない。

あれはおよそ八年ばかり前になるのだろうか。当時（現在も）トップ棋士の佐藤天彦がコンピュータと対戦して完敗し、以後、棋士とコンピュータの対戦は行われなくなった（つまり、勝てなくなったのが証明されてしまった）。それ以前にもプロ棋士との対戦があって、プロ側は劣勢一途だったから、もしかして、という予感はあったものの、まさか天彦までもが、と落胆はひどかった。

ところが、いまやテレビの棋戦ではＡＩの予想手がプロの解説者を唸らせているのであります。一手指すごとにＡＩは瞬時に次の最善手を示し、解説者は「人間的には指せませんね」と脱帽することしばしば。あまつさえ、戦いが始まってからほどなく優劣をパーセンテージ表示するものだから、テレビ観戦者はどうしてもコンピュータの評価に依拠してしまうという。大変な時代になったものだと思っていたら、チャットＧＰＴなるものが突如現れてきた。

私はチャット君に対する知識はないが、この分野の周回遅れを自認する日本政府は、チャット君と親しくしようとしている。ヨーロッパの一部の国では彼の怪物ぶりに恐れをなして縁を切ろうとする中での蛮勇ぶりだが、将棋のＡＩもチャット君もメシも食わず眠りもせず、自らの使命感に勤しむことは明らかだからその進化は止めようがない。いやはや私たちは大変な時代に生きているのであります。

モンキーダンス横丁（後編）

十二歳のオランダ少年が体験した〝飢餓の冬〟

ハンス・ブリンクマン
溝口広美（訳）

■一九四四年、オランダのハーグ市近郊の町ワッセナールはドイツ軍の占領下にあった。この町で育った作者は、父とドイツ兵との命がけのやり取りを中心に、戦時下の風景を抒情的に描き、読者を後編の劇的再会に導く。

第二章　V2ロケットの爆発と夜にやって来たナチス親衛隊（続き）

今度は単独でハーグ市へ行った。雲ひとつない、とある週末のことだった。一見すると父は冷静沈着に振る舞っていたが、実は、びくびくしながら暮らしていることが、わたしの目には明らかだった。ドイツ軍の手入れが再びあることを覚悟はしていたようだったが、そのことについて聞いてみても、父ははっきりと返事をすることを避けていた。オランダ国民が常時携帯せねばならない身分証明書を、父が指先にはさんで、なんとはなしに触っていることに、わたしは気がついた。「しみ」についてボソッと呟き、クスッと笑い、「心配するな」と言っていた。

わたしはいつものように狭い屋根裏部屋で眠った。そして土曜の朝、ドアベルの音と、玄関の扉を叩く大きな音で、突如、起こされた。まだ七時だったにもかかわらず、彼らはまたやって来た。あの三人のドイツ人だ。ただし、フアマンは車中で待機していた。父がドアを開けた途端、中尉と軍曹は階段を駆け上がり一気に最上階へ到達した。自分達の訪問の目的を父に説明しようともせず、中尉はウェルナー軍曹に屋根裏のフロアをくまなく調べるよう命じた。軍曹は、わたしの寝室として使われていたコルテ・ポテン通りに面した部屋とは反対方向へ歩き出し、にわかに、積み上げられていた段ボール箱を取り除いた。するとドアがあらわれた。鍵はかかっていたが、ウェルナーは力一杯体当たりし、ドアを押し開け、床の上に転びそうになった。彼のあとに中尉が続いた。

彼らはなにも見つけることができなかった。そこはからっぽの空間だった。父の控えている階段の最上階あたりへ、彼らは引き返した。箱の前を歩きながら、ウェルナーは、中に収められている紙帽子を掴み取り、それをズボンのポケットに押し込んだ。

「それと、ミスターブリンクマン。ここにかくまっている逃亡者はどこにいるのか？」

父は中尉の目を直視した。

「この家に、そのような者はおりません」

中尉は父のことをじっと見つめ、黙っていた。階段を下りようとした時、中尉は立ち止まり、父に身分証明書を見せるよう命じた。ズボンの後ろポケットから父は身分証明書を取り出し、それを中尉に手渡した。彼は入念に調べ、それから父に返した。

「四十四歳にしては、信じられないほど若々しく見える。白髪の一本もないとは。だが、なにを隠しているのか、という点についての質問はしない。とにかく本日は、これまでとする」と、中尉は例の皮肉な口調でこう言った。

「またの機会があることは間違いない。そうではないかな、ミスターブリンクマン？」

それ以上なにも言わず、中尉は階段を下り去った。

わたしはベッドから半ば身を乗り出して、事の成り行きをうかがっていた。四十四歳だって？　父は、確か、まだ三十八歳なのに、なるほど、生まれ年の一九〇一を一九〇七に細工していたのか。おかげで、父は「労働動員」の対象としては年をとりすぎているとみなされた。ナチス政権は、十五歳から四十歳までのオランダ人男子のほとんどを集め、彼らをドイツ国内の武器製造所や軍需工場に送り込み、労働を強いていた。なんという危険を冒しているのだろう。あのドイツ野郎は父の偽造行為に気がついたのか。気がついただろうが、しかし、まだ行動を起こさないのは、それなりの理由があるにちがいない。

それにしても、屋根裏のあの場所の秘密とは、逃亡者のことだったのか。朝食の時に、父に聞いてみたが、初めは否定していたものの、わたしが決して誰にも、母やヤンおじさんにも話さないと誓ったら、ついに父は話してくれた。

「わかった、おまえがここに来る時にはいつも屋根裏部屋で休むことだし、いずれはわかられてしまうだろうから、教えてあげよう。あの裏側には人が住んでいる。その人の本当の名前は知らないほうがいいから、とりあえず、ハースと呼ぼう。かつてはお父さんの印刷所で働いていたんだ。ところが手入れが入って捕まり、軍需工場で働かされるために、ドイツ行きの列車に乗せられてしまった。ゴーダ市を過ぎたあたりのどこかで、彼は走行中の列車から飛び降り、そこから五十キロ歩いてハーグ市に戻って来たわけだが、移動は夜に限られていたので、日中は干草や納屋に身を隠していたそうだ。ある夜更けにお父さんの家のドアベルを鳴らし、目の前に現れたハースは足首を捻挫して、かなり跛《びっこ》をひいていた。危ないとはわかってはいたけど、ハースのことが気の毒で助けずにいられなかった。わかるだろう？」

　父はわたしのことをじっと見つめた。まるで、わたしの同意を待っていたかのようだった。

「わかるよ、お父さん。ハースさんはもう長くここにいるの？」

「かれこれ二、三か月になる。お父さんはどうすべきなのか？ハースはまだまともに歩けない。足をひきずっているようだ。夜、彼に残り物の食事を届ける。彼はお父さんからろうそくを受け取り、時には林檎なども受け取る。だが、ハースには厳しい決まりを与えている。傾斜した屋根の軒下に三角型の空間があるのは知っているだろう。そこにハースが寝袋や所持品を隠すことができるよう、壁にはまっている低い縦状のパネルを何枚か外してやった。それから、屋根窓から屋根によじ登り、誰にも気づかれることなく、用足しができる」

「それにしても、よく無表情で、この家には誰も隠れていないと言えたね」

　父はわたしにいたずらっぽいウィンクし「でもあの時には、確かに誰も隠れてなどいなかった。緊急事態が起きた場合には、屋根から離れるだけではなく、隣家の屋根へ移るようハースに指示を出していたから、彼はその通りにしただけだ」

「お父さんが実際に誰かをかくまっていることを、ドイツ人が確信していたのはどうしてだろう？」

「そこが、お父さんにも不思議なんだ。単なるはったりなのか、それとも、誰かが樋で大便しているハースの、あの丸出しの尻を見たのか」

　思わずわたしは吹き出した。「丸出しの尻とは、あっはっは」

　父も笑った。緊張をほぐすために、このような品のない冗談がどうしても必要だったのだ。

　それにしても、当座の状況の深刻度は否めなかった。すぐに、父は、再び真面目な表情で「全く、あの野郎。もっと気をつけることができなかったのか。きっと誰かが密告したにちがいない。そうに決まってる。でも、誰だろう？」

　父には心配事が山ほどあった。こっそりと使用している電気。偽造された身分証明書。来たるべきオランダ解放を祝うために用意している帽子と国旗。まだ自家用車を運転していた時、週に一度、ワッセナールのゼイデ通りの家に身を隠していた半盲目のユダヤ人医師に食べ物を届けていたこと。そしてなによりも危険極まりないのは、屋根裏のハースの存在だった。

「もし奴らがハースのことを見つけたら、彼の運命はおしまいだ。それから、たぶん、お父さんのもなあ」と、父は漏らし、「でも、十三日に生まれたから、そういう運命なのさ」

　無理に強がってそう付け加えたわけだが、奇妙だと思った。とどのつまり、十三は「不吉な数字」だから、なにもこんなリスクを冒してまで身を危険にさらさなくてもいいのではないか。

ワッセナールに引き返す時間だった。空が厚い雲に覆われていたので、無事に戻ることができた。ハーグ市での出来事で、唯一わたしが母とヤンおじさんに伝えたのは、父が文房具品と引き換えに食べ物を入手できなかったということだった。そして素早く、ガレージの中に設えた自分の化学実験室へ引きこもった。そこには試験管、蒸留器、ピペット、それからいろいろな種類の化学物質や、ガスシリンダー着火式ブンゼンバーナーなどまでが揃っていた。近所の友達のパウルと一緒に、そこで、学校の化学の時間に習った化学実験を全部ひと通り試したものだった。色鮮やかな実験もあれば、臭いが漂う実験もあり、危ないものすらあった。ところが、この実験道具一式を大きなスーツケースに詰め込み、一刻も早く安全な場所に移さなければならなかったのだ。パウルは自分の家に隠せると言う。奥行きのある洋服箪笥の後ろ側に置いておけば、誰にも気づかれないだろう。

こうした緊急措置をとらなければならなかった経緯は、こうだった。パウルとわたしは、しばしば、スピットファイアの攻撃後、庭に散らばっている20㎜迫撃砲の真鍮製弾体を見つけたものだった。わたしたちはそれに塩素酸カリウムと砂糖を詰め、（記憶が正しければ）アルコールに浸した綿で口を封じた。芯に火をつけたら、すぐに燃え出すので、即座にそれを投げ捨てなければならなかった。まるで小型ロケットのように激しく火を吹き、近くにいる人を怯えさせた。

ワッセナールの郵便局の反対側にあった垣根越しに、わたしたちは火を吹いているロケットを、たまたま通りかかったドイツ兵の足元めがけて投げつけた。相手はギョッとし、わたしたちを追いかけたが、こちらはその場から逃げ去り、自宅めがけて走った。誰かにこのいたずらのことを話そうとは思わなかったが、いずれ、見つかるだろうと恐れてはいた。だから、ガレージの中の実験室を即刻片付けなければならなかったわけだ。数日後、ふたりのドイツ兵がわたしの家の玄関のドアを叩いた。わたしは震え上がったが、彼らの目的は別にあった。わたしたちの家の通りに野営している彼らは、我が家のガレージを接収することに決めたという。倉庫として必要だということだったが、なにを保管するのかということは言わなかった。見つかったら捕まるにちがいないあの実験道具をちょうど処分していたのは幸いだった。

第三章　親切な兵士フアマン

次に父とグレーテルを訪れた時は妹のソンヤと一緒で、前回のように彼女を荷台に乗せて出かけた。父は緊張の面持ちをしており、口をひきつらせていた。

夕食後、グレーテルが「子供たちのために」麻雀で遊ぼうと言ったわけだが、むしろ父を少しリラックスさせるための提案のようだった。父は戸棚へ向かい、そこから年代物の象牙製の麻雀セットを取り出した。数年前にオークションで購入した品だった。わたしたちにとっては初めての麻雀で、父も完全に熟知しているわけではなく、だから、指南書を片手にルールを説明してくれた。

ソンヤは鳥や花の絵に魅了され、そうした牌を見せびらかしてばかりいるので、真面目に麻雀をしているわたしから叱られるはめとなった。やがて麻雀のやり方に慣れてきたわたしたちは、さっそく最初のゲームを開始した。捨てられた「西」の牌を拾ってわたしは「カン」と叫んだ。すかさずソンヤが手にある二つの牌に「春」を加え、テーブルに並べながら、「ピン」と言って笑った。わたしは「『ピン』ではなく、『ポン』と言うんだ」と正したのだが、ソンヤは椅子の周りを踊りながら「ピン、ピン」と歓声をあげ、グレーテルから「もういいから、さあ、ゲームを続けなさい」と言われ、ようやくおさまった。つかの間ではあったが家族全員がくつろぐことができた。何週間ぶりのことだろう。占領されていることも、食糧不足のことも、すっかり忘れることのできたひとときだった。わたしは赤い中牌を狙っていた。これが手に入れば、最初の「あがり」だ。

ところが、そうはならなかった。その時、玄関のベルが鳴った。部屋に戦争が戻ってきた。父は棒立ちになり、自分の妻をじっと見つめ、それから時計へ目をやった。夜の十一時。ソンヤとわたしは空いた口がふさがらず、牌を握ったまま、じっと座っていた。父は安心するようにと手を挙げた。

「大丈夫だ。心配することはない。ここにいなさい」

父は階段を下りていった。ドアの鍵を外している音が聞こえた。父は彼らが戻ってくることを知っていたようだった。実際、彼らが来た時、父は実に冷静かつ実務的に振る舞ったではないか。わたしたちはひそひそ声で話した。赤い中牌があるかどうか、わたしは何枚かの牌をひっくり返してみた。残念ながらそこにはなかったが、ひょっとしたらソンヤが、手放そうとしているのかもしれない。

父が誰かを家の中にいれた音が聞こえたが、それ以上の物音はしなかった。話し声すら聞こえなかった。グレーテルは心配した。長い時間が経ってから（あるいは、わずか数分間だったのか）、誰かが階段を上がってきた。父なのか。それにしては歩みはゆっくりと重く、父の足音のようではない。突如、下からなにかが出てきた。巨大な血の塊。わたしたちは一斉に悲鳴をあげた。父がなにか不気味なものを運んできた。笑いながら、父は、「まぬけ者のように騒ぐのはやめろ」。分厚い茶色の紙で半分ほど覆われた品は、屠殺されたばかりの牡牛の頭だと、父は言った。

台所のテーブルに父は牡牛の頭を置いた。

「フアマンさんからの贈り物だ。スープの材料にしてくださいと、雨の中、こっそりと、自転車で運んできてくれた。ミスターブリンクマンのことを気に入り、この間の件を気の毒に思ったからだと言っていた。夜遅く、ウェルナーと中尉がやって来たこと、覚えているだろう？　お父さんには食べさせなくてはならない大家族、つまり従業員がいるということを知っているんだ。さあ、どう思うかい？」

当然ながら、麻雀ゲームは取りやめとなった。父の話の方がよっぽど面白かった。フアマンさんはドイツ軍食糧供給元の屠殺所へしばしば用事で出かけることがあり、今回の牡牛の頭は「自分の犬のため」ということで手に入れた。次回は牛の肉の部分を持って来てくれるという。もちろん、秘密裏に行われるわけで、フアマンさんはわたしたちのために多大なる危険を冒しているのだった。

それにしても滑稽だったのは、ここにたどり着くのに、フアマンさんがあやうく道に迷いそうになったことだった。夜道で、しかも雨が降っていたから、彼は自分が正しい角に到達したのか自信がなかった。すると建物の壁面に掲げてある横丁名の書かれた標識に気がついた。彼は自分が正しい角に立っていると確信した。「アペンダンス」つまり「モンキーダンス」という名の横丁を、彼はしっかりと覚えていた。父はフアマンさんにオランダ語の「アペンダンス」をドイツ語に訳して、その意味を教えてあげたからだった。

「どうしてそのような名前がついたのかな」

「十七世紀に〝アペンダンス〟という名の宿がこの角地にあったらしい。宿泊客の余興のために、その宿は、踊りを踊る猿を飼っていたようだ。猿の首にロープをつけて、ほら、遊園地の芝居小屋で見かけたことがあるだろう」

「ある、見るに耐えないよ」

フアマンさんは、いつも夜更けにやって来た。パンを二斤あまり、次は牛肉で、それで作ったシチューときたら三日間、全従業員を食べさせることができるに充分だった。三度目には、小麦粉の詰まった大袋を肩に担ぎながらドアベルを鳴らし、父はようやく安心して彼を家の中に招き入れるまで親しくなった。

「居間に通して、酒をすすめ、彼の親切に深く感謝していると礼を述べ、また、彼が冒しているリスクについて心配もしていることを話した。それで、お父さんは、とある提案をした。まだ自分の手元に商品が残っている。たくさんの万年筆、レミントン社製タイプライターが七台、可愛い女の子の写真を集めた素敵な写真集。さらに、まがいものではなく本物のコーヒー豆の缶が二十四個。これらを食糧と引き換えてくれる人はいないかと聞いてみたら、フアマンさんは、事情はわかるけど、彼自身が取引を行うことはできないと答えた。それはお父さんも、もちろん、よくわかっていたし、ファアマンさんを巻き込みたくはなかったわけだ。彼が、食糧供給元の誰かに、お父さんの名前と電話番号を教えてくれれば、その後のことは、こちらで引き受けようと思ったにすぎない」

そこまで言って、父は急に黙ってしまった。なにかを心配しているようだ。

「お父さん、どうしたの？　なにがあったの？」

「いや、なにも」

しかし、わたしは父の返事に納得できず、話して欲しいとせがむと、父は話を続けた。オーバーシュトゥルムフューラーのリヒターが父を尋問し屋根裏を捜索した時、彼は罪状を突きつけることのできるような証拠を見つけることができなかったものの、紙製の旗とオレンジ色の紙帽子を持ち帰り、ハーグ市内のゲシュタポのラボに送り、使用されている糊がどれほど新しいものか分析させている。もし糊が、一九四〇年五月十四日（つまりオランダがドイツに占領された日）以降の、最近のものであると判明すれば、父の運命は終わりというわけだ。

「分析結果は戻って来、他のレポートや書類に混ざって、リヒターの「到着書類トレイ」にかれこれ一週間置かれている。ファアマンさんはその分析結果を他の書類と移し替え、書類の山の下へ下へと動かしてくれている。さらにリヒターは、本部から来たセクシーな秘書のガールフレンドに首ったけで、それどころではないらしい。だが、早晩、リヒターはミスターブリンクマンのことを思い出すだろう。そうしたら、どうなる？　ファアマンさんはお父さんのことを大変心配してくれている。なんて親切な人だろう。彼に、わたしたちは運命に逆らうことなどできないのだから、心配で眠れないことのないようにと言って、シュナップスをもう一杯グラスに注いであげた」

父は続けた。

「ファアマンさんは、徴兵される前は工事現場で働いていたそうだ。毎週欠かさず手紙を書いてくれる奥さんのこと、それから、ふたりの息子さんのことをお父さんに話してくれた。ふたりとも兵士で、ひとりは東部戦線で片足を失い、二年前から家でカーペット織りをしながら細々と生計を立てている。もうひとりは砲兵で、イタリアのどこかに駐屯している。なんて気の毒な人だろう。ファアマンさんこそ心配だ。彼がいとまを告げた時はすでに真夜中の十二時を過ぎていた。お父さんは玄関のドアの外に立ち、ファアマンさんが角を曲がるまで、自転車に乗って帰ってゆく孤独な彼の姿を見送った。荷台には、「オフィシャルなビジネス」であることを証明してくれる文房具品の詰まった箱が積まれていた」

父の話はさらに続いた。それから二日後、食糧供給元の軍曹から電話があり、タイプライターと女の子の写真集と引き換えに、七百キロのジャガイモをトラックに積んで運ぼうと持ち掛けられた。父は、闇市でそれだけのジャガイモを手に入れるとしたらどれほどの値段になるか素早く計算し、この取引に同意した。その日の夜、荷物が届いた。モンキーダンス横丁に面した店の窓から運び込まれ、いているトラップドアを開け、下の石炭庫のスペースへ荷はトラックの荷台と店の窓の間には二メートル弱のギャップがあり、そこに細長い板が渡され、肩にジャガイモの袋をのせたふたりの兵士がバランスをとりながら歩む様子を、父は見ていた。

ファマンさんと酒を飲み交わした夜を最後に、彼からは一切の連絡がなかった。父は食糧供給元の人にファマンさんのことを聞こうとはしなかった。彼のためを思ってのことだった。父は最悪の事態を恐れた。ファマンさんは反逆罪で逮捕されたのではないか。でも、もしそうであったら、ブリンクマンが捕まらないのはなぜか。毎朝、父は、いよいよ今日がその日だと思いつつ目を覚ましたのだった。

オーバーシュトゥルムフューラーは、しかし、父を逮捕しに戻ってはこなかった。ファマンさんが怪しんでいたように、ガールフレンドに夢中なあまり、不審なオランダ人のことなど構っていられなかったのか。親衛隊の上官にしては、なんともお粗末な話とは言えまいか。

父はその後も数回ほどドイツ人と取引をした。そのおかげで、終戦まで、従業員と家族全員に最低限の食べ物を調達することができた。オランダ西部を襲っていた飢餓は、四月二十八日から五月二日の間、連合軍の爆撃機が低空飛行し、空から食料をあらゆる場所に投下してくれたおかげで、なんとか最悪の事態をまぬがれた。オランダを占領していたドイツ当局の合意を得た上での空中投下だった。アムステルダム付近のスキポール空港では米軍による「オペレーション・チャウハウンド（大食漢）」、ハーグ市と隣接するワッセナールの砂丘にあるデュインディヒト競馬場では、英国軍による空中投下「オペレーション・マナ（聖書でイスラエル人がエジプト脱出後荒野で神から与えられた食べ物）」が遂行された。爆撃機ランカスターから、食べ物の包みが何百個も投下され、飢えた人々が集団で、この「神から与えられたマナ」を手にしようと駆け寄っている様子を、わたしは遠くから眺めた。小麦粉、ミルクパウダー、肉の缶詰、チョコレートやビスケットなどがあったが、わたし自身はそうした包みを手にすることができなかった。力のある大人だけが手にできた。それでも、父のおかげで、ワッセナールの家でひどい食糧不足に苦しむことがなかったので、多くの人たちのように飢えを体験するまでには至らなかった。

一九四五年五月五日、ドイツ軍によるオランダ占領は終わった。国中どこもお祭り騒ぎで、長く占領されていた西部地方の喜びは、格別だった。街はオレンジ色のペナント付きの赤、白、青の三色旗で埋め尽くされていた。父の自宅付近のコルテ・ポテン通りも、大変なお祭り状態だった。オランダ政府が到着するまでドイツ軍が秩序を保つことになっていた。ライフル銃を脇に抱えコルテ・ポテン通りの入口に立つ番兵たちの頭上をオランダの三色旗とオレンジ色のペナントがなびいている光景を、わたしは覚えている。ドイツ政府占領行政機関と、そのトップを務めたザイス＝インクヴァルト国家弁務官を狙ったポピュリストの攻撃を阻止しようとしていたことは明らかだった。

ワッセナールでは、ハーグ市までの高速道路と、街の中心へ向かうランゲ・ケルクダダム大通りの交差点で、人々は踊ったり歌ったりして解放を喜んでいた。その近くには、フェンスにできた穴をこっそりと抜けて、焚き火用の小枝をしばしば集めに出かけた森があった。母が、そのようにしてわたしが集めた小枝で火を起こし、質素な食事を作ってくれた。デ・ルス広場に仮設のテントが登場し、踊りが披露され、八歳の妹のソンヤが蓄音機で演奏された素敵な曲に合わせ、ソロのダンスを踊った。振り付けは自分で考え、リハーサルはピアノの先生と一度だけ行ったのみだった。

残念なことに、母は病気でベッドに寝たきりだった。重病ではなく、おそらくインフルエンザかなにかだったと思う。いずれにせよ、街は完全に安全ではなかった。降伏したくなかったらしい数人のドイツ兵士たちは、ゼイラーン通りの改革派教会の尖塔に立てこもっていた。そこはわたしたちの自宅から数百メートル離れた場所で、兵士たちは通行人を狙撃しようとしていた。結局、彼らは力で抑え込まれた。

カナダ軍とオランダ政府の先行代表団が到着し、ようやくドイツ軍の送還が始まった。戦いに敗れたナチスドイツの全軍隊が、不確かな将来に向かって、コルテ・ポテン通りを歩いていた時、わたしはちょうど父を訪ねていた。店の窓から、わたしたちは黙って彼らの様子を見つめた。権力構造がこれほど急に、完全に反転してしまったことを把握するのは難しかった。と、その時、父の手がわたしの肩に触れた。

「ほら、フアマンさんだ」

間違いなく、彼だった。ダブダブズボンの爺さん。わたしたちを助けてくれた親切な兵士。フアマンさんは、わたしたちに気がついたようだった。他の捕虜たちと一緒にわたしたちの店の前を通り過ぎた時、彼は、こっそりと、別れの挨拶として、手を弱々しく振った。父は感情を抑えきれず、「本当に、善い人だ」と言うのが精一杯だった。

第四章　モンキーダンス横丁の話は続く

戦争が終わり、数か月後の一九四五年九月二十六日、わたしたち一家はアムステルダムへ引っ越した。母とヤンおじさんが引っ越し車の助手席に並んで座り、わたしとソンヤは家財道具と一緒に後部に座らされた。

その日はまた、オランダの通貨の改革日でもあった。全土に流通していた紙幣は一挙に無効となり、全ての銀行の口座も一時的に使用不可となった。ピーター・リフティンク財務大臣が、戦時中に大儲けした闇市商人たちを懲罰するために考え出した対策だった。オランダ史において、唯一この日は、全オランダ国民が、「リフティンクの十ギルダー紙幣（一ギルダー紙幣五枚と二・五ギルダー紙幣二枚）」を所有し、等しく「金持ち」となった日であった。これで一週間は暮らすことができた。そして、銀行口座の残高が「嫌疑なし」と認められた時点で、人々は口座から自分のお金を引き出すことができた。

アムステルダムでは、新生活が忙しなく始まった。妹とわたしは新しい学校に入り、ヤンおじさんはコロニアル・インスティチュート（現在の熱帯博物館）で働き出した。実の父とは次第に疎遠になっていった。辛かった戦時中のことを誰もが忘れ去りたかったのかもしれない。稀に父と会った時ですら、コルテ・ポテン通りやモンキーダンス横丁で起きた、完全に解せない出来事について、話題にすることはなかった。

学校では大いに勉強し、特に言語と文学にわたしは特別な興味を覚え、校内誌に記事を寄稿したものだった。そうした校内誌は、ガリ版で印刷されたものだった。やがて校内誌の編集委員となり、さらに、個人のニュースレターのようなものまで発行した。原稿はヤンおじさんや友人たちに寄稿してもらい、わたしは古いレミントン社製タイプライターで原稿をタイプし、カーボン紙を使って十から十二部ほどを配布した。

歌詞を作ったり、それに曲をつけたり、文化祭で演奏したりした。自分の目指したい道は明らかだった。言語や文学を勉強し、大学を卒業したら、作家になるのだ。だが、それは見果てぬ夢となった。大学へ行くには経済的に不可能だったし、奨学金を得ることもできなかった。ヤンおじさんは冷戦が、やがてはソ連軍侵攻という結果になることを恐れ、アジア地域に支店のある銀行での職を探し、オランダを離れるよう、わたしに助言した。

高校卒業後、ヤンおじさんはわたしにアムステルダムのナショナル・ハンデルス銀行を紹介してくれた。十二人の同世代の青年たちと共に、わたしは、ブッサムにあった銀行の所有する邸宅で、一年間に及ぶ社内研修を受けることとなった。午前中の講習と簡単な昼食の後、わたしたちは自転車と列車でアムステルダムの銀行本店へ出かけ、そこで実務訓練を受けた。また、四種のスポーツ競技を学ばされた。テニスはギブ・アンド・テイクを学ぶため。乗馬は将来自分達が部下をコントロールするのだということを象徴的に教え込むため。フェンシングは相手と競い合うため。水泳はいかなる状況下でも沈まぬため。一年が過ぎた一九五〇年七月のとある日、わたしは客船「オラニエ」号に乗り込み、最初の赴任地であるシンガポールへ旅立った。それから五か月後、神戸へ異動となった。

最初にオランダに一時帰国したのが一九五六年のことだった。ハーグ市のベザイデンハウツェ通りに建つマンションに引っ越した父とグレーテルを、わたしは訪ね、その時にようやく「あの戦争」についてずっと気になっていたことを切り出す機会を見つけ出した。

「お父さん、ゲシュタポのラボは、紙帽子の糊の真相を知っていたのだろうか?」

「ああ、知っていたとも……　話はまだある。屋根裏にかくまっていた男についても。一杯どうかな?」

わたしがうなずくと、父はボルス（オランダのジン）を自分とわたしのグラスに注いだ。父の話はこうだった。

はたしてオーバーシュトゥルムフューラーはラボの分析結果のレポートを読んだのか。そこにはなにが書かれていたのか。父はしばしば考えた。ファマンさんが二度と戻ってこなかったため、それは謎のままだった。また、誰かが屋根の上にいるハースのことを見て、ドイツ軍に教えたのかもしれないことも考えた。だが、事態はそれ以上の展開を見せることなく、終戦となり、この謎も迷宮入りとなってしまった。とにかく、戦争は終わった。過去のことは忘れ、先に進むのだ。

それから七年経ったクリスマスのことだった。その日の朝に配達されたクリスマスカードの束に、父は目を通していた。ほとんどが知人友人、顧客、従業員、そして家族から送られたカードだった。ソンヤからも、また日本のわたしからのカードもあった。ドイツからも一枚のカードが送られてきたが、父には誰からのものかわからなかった。宛名は単に、「ハーグ市モンキーダンス横丁ブリンクマンご夫妻」としか書かれておらず、そこから新しい住所に転送されてきたのだった。カードには、ドイツ語でメッセージが書かれていたが、判読不可能な手書きのもので、添えられていたサインはワルター・フライマンやらなにやら、と読めたにすぎなかった。

「もっと読みやすい字で書けないものか!」と、父はイライラしながらグレーテルにこう言って、そのカードを彼女に手渡しながら、「あなたの知り合いからのものだろう、たぶん」

彼女は叫んだ。

「あなた、これはあのファマンさんからのものですよ！」

「ファマンさんからだって？　どれどれ、ワルター・ファマン？　おかしなことに、そのような名とは知らなかった。いやはや、ダブダブズボンの爺さんは生き残ったわけか。それで、なんと書いてある？」

グレーテルはカードを読み上げた。

「お元気でお過ごしのことと存じます。もっと早くに手紙を書くべきでしたが、病を患い、苦労が続きました。ようやく快復し、仕事にも復帰し、妻も働き出しました。あなたのことをよく話しており、いつの日か再会したく願っております。わたしは旅行ができませんので、ご無事でいらっしゃることをお知らせくだされば幸いです。メリークリスマス。ワルター・ファマンより」

父はしばらくの間、無言だった。

「よく耐えたなあ」と、ついに言い、それから「ファマンさんに会いに行こう。彼の住所は？」

「それが、書いてありません。書き忘れたのでしょう」

「なんてことだ。書き忘れたのか……　とにかく、ファマンさんのことを見つけなければならない。お礼を言いたいのだ。それから、一体なにがあったのか聞きたい。彼なら教えてくれる。彼だけが知っているからだ」

グレーテルも「ええ、きっと見つけることができましょう。ただちに出かけましょう！」

長旅のための時間を父が作ることができたのは、それから三か月後のことだった。封筒に押された消印と、ファマンさんのことだから工事現場で働いているだろうという憶測だけが頼みの綱だった。消印はシュヴァルツヴァルト（黒い森）にある人口四千五百人の町のものだった。ハーグ市から七百キロは離れている場所だ。まる一日がかりの運転で、ふたりは最終目的地に到着し、簡素なホテルに宿泊した。

翌日、父は地元の郵便局へ立ち寄り、そこで、ファマンという苗字の人が五十人以上はいる、だから建設会社に問い合わせたほうが早いかもしれないと言われた。その町には三つの建設会社があった。父は規模の一番大きい会社から当たり始めたところ、運良く、従業員名簿にはワルター・ファマンがふたりおり、人事課長と話をしているうちに、父はあのファマンさんを即座に探し当てることができた。父が今回の訪問の目的を話すと、課長は事情を解してくれ、ファマンさんが働いている現場に自ら父とグレーテルを案内すると言ってきかなかった。

現場監督のおかげで、すぐにファマンさんがわかった。オランダからの客人たちに近づきながら、彼は額の汗をぬぐいだ。父は、ファマンさんが、記憶していたより小柄に思えたわけだが、それは、ファマンさんの着ていた作業着が大きいサイズだったからだった。現場監督は明らかに、誰が会いに来たのかということをファマンさんには伝えなかったようで、太陽を背に立っていた父のことを、近くで見るまで、ファマンさんはわからなかったようだ。ふたりの男たちは涙と驚きの歓声とともに抱き合った。現場監督の同意を得て、人事課長はファマンさんに、その日は休みとして良いという慈悲深い配慮をしてくれた。

父とグレーテルが宿泊していたホテル内に小さなレストランがあり、再会を祝して、父はファマンさん夫妻を食事に招待した。夫よりさらに小柄な奥さんは、感極まってほとんど喋ることができず、食事を注文する時も、メニューを見つめるばかりで、どれを注文したらいいのか途方に暮れていた。

「ブリンクマンさん、わたしたちにとってこれが初めての外食なんです」とファマンさんは言った「戦争が終わって以来ということですが」

なんでも構わないから一番食べたいものを注文してくださいと、父が奥さんをうながしたところ、彼女は夫にチーズサンドとコーヒーを頂ければ大変嬉しいとささやいた。臆病な奥さんにお構いなく、彼女のために、父はもっと豪華な料理を注文してあげたかったが、あえてそうはしなかったのは正しかったと、父はわたしに話してくれた。父が全員にバイエルンの美味しいスープを注文したこともまた、正解だった。

思い出深い夕べとなった。お祝いということで父が選んだワインを、ファマンさんの奥さんまでがちょっと口にし、それで彼女の頬は真っ赤になった。自分の人生で「もっとも美しいひととき」だと彼女は言った。そこで父は自分のグラスを鳴らし、話したいことがあると述べた。

「友よ、モンキーダンス横丁での出来事があってから八年が過ぎました。ファマンさん、あの飢餓の冬の最中に、あなたがわたしたちのために行なったことは、真の勇気と親切心の賜物と言えましょう。あいにく、それは勲章の対象とはなりませんけど。不審に思っていらっしゃったかもしれませんが、わたしは自宅に逃亡者をかくまっていました。確かです。ファマンさん、ありがとう。あなたの健康を祝して乾杯！」

父はグラスを高々とあげ、ゆっくりと杯を傾けた。

「あらためて、ひと言申し上げます。これは、わたしからの提案なのですが、今度誰かに牛の頭を贈る時には、きちんと包むように。いまだに子供達が、あの時のショックから立ち直っておりません」

これには全員が大笑いした。ただし、ファマンさんの奥さんの笑いは、夫の無礼な行為に対するお詫びをそえたものだった。「牛の頭とは、まあまあ！　男って困るわ」

「極上のスープのだしをとるには、オックステールより牛の頭の方が確かによろしい。どうぞ、お試しください！」

　父がこう答え、それからしばらく、冗談が続いた。やがて、父は、ずっと聞こう聞こうと思ってきた質問を、そろそろ持ち出してもよかろうと感じたのだった。ファマンさんの最後の訪問から終戦までの間に起こった出来事について。国旗とオレンジ色の帽子を屋根裏に保管していたにもかかわらず、自分が逮捕されなかった理由について。


　ファマンさんは少し考えた。雲を取り除かなければならない。時という名の雲か、あるいはワインという名の雲か。彼はついに話し出した。いたずらっぽい目が輝いていた。

「ブリンクマンさん、わたしの二番目の倅《せがれ》が戦地から戻ってきた時、彼は可愛らしいイタリア人の嫁を連れてきました。フリッツという倅は個性的でね、こう言いました。「お父さん、僕はセックスのおかげで命拾いしたんだ。もしあの夜クラウディアが僕のことを誘惑しなかったら、列車に乗り遅れることはなかっただろう。その列車は爆破されたんだ」なぜ、こんな話をするかというと、あなたの命を助けたのも、まさにセックスだったからです、はっはっは！」

　ファマンさんの奥さんは恥ずかしそうに、「お酒のせいです」とグレーテルに耳打ちし、グレーテルは大丈夫だという意を込め、奥さんの腕を軽くたたいた。

「あの娘だったのですよ」と、ファマンさんは話を続けた。

「オーバーシュトゥルムフューラーのリヒターの、本部詰めの恋人のことを覚えていますか？　彼は危ない橋を渡っていました。彼女はリヒターの直属のボスであるフォン・ビステフェルト親衛隊大佐の情婦でもあったのですよ。リヒターと彼女の関係を知った時、大佐はとある行動を取りました。リヒターは遥か北のデン・ヘルダーへ飛ばされてしまったのです。わたしたちは彼の書類を片付けなければなりませんでした。その時、彼の「到着書類トレイ」にあったラボからの分析結果を、わたしはなんとか抜き取りました。しばらくの間、恐ろしくて、どうしたらいいのかわかりませんでした。捨てることもできず、自宅からの手紙の束と一緒に保管しておきました」そう言って、彼は奥さんの肩に腕を回した。「確認する者など誰もいませんでしたよ。まったく狂った戦争でした。ラボからの分析結果はずっと保管していました。これです、あなたのために、お持ちしました」

「なんとも信じられない。ファマンさん……」

　感極まった父は、隅の折られた紙を用心深く広げた。父を奈落の底へ突き落とすことのできたレポート。そこには、「使用されている」糊がそれほど古いものではないから紙製の国旗と帽子は戦争前に製造されたものではない、という簡単な分析結果が書かれていた。

　レポートを見、ファマンさんを見、またレポートに見入る父。

「間一髪で助かったようだ……いや、もう、このことは考えないことにしよう。ファマンさん、本当にありがとう。真の友にしかできないことです」

父はファマンさんを抱きしめた。

ふたりは友情に乾杯した。グレーテルとファマンさんの奥さんは嬉しそうに眺めていた。父にはさらなる疑問があった。

「ファマンさん、幸いにも戦争は遠い昔の出来事となりました。ただ、いつも思っていました。あなたは二度と戻ってきませんでしたね、お酒を一緒に飲んだあの夜以来……　なにかあったのですか？」

「いいえ、別に。ただ、お宅に出かけたくありませんでした。勘のようなものでしょうか、あの夜更けにわたしがお宅から出て行く様子を誰かが見かけたとしたらとか、家族の手紙の束に隠し持っていたレポートが見つかったらとか、わたしは考えましてね……」

「確かに。すでに大層な危険を冒していましたものね、わたしたちのために。よくわかります」

ファマンさんは黙っていた。疲れてきたようだ。それでも、父はさらに知りたいことがあったのだ。

「もう遅いですし、就寝の時間ではありますが、もうひとつだけ聞きたいことがあるのです。屋根裏に人を隠していたことは知っていましたか？」

ファマンさんは驚きながら「もちろんです。知ってましたよ。はっきりしたことは知りませんでしたが、そうだろうと疑ってはいました。オーバーシュトゥルムフューラーもそうでした。その理由はですね、屋根裏の後方にあった立入禁止の空間、つまり、品物を置いていた棚の後ろ辺りが怪しかったうえ、オーバーシュトゥルムフューラーが匿名の人物から電話を受けたからでした。ドイツ語で、ミスターブリンクマンは、あの……屋根裏に人をかくまっていると話してました。だから、その翌朝に、オーバーシュトゥルムフューラーがあなたの家へ出かけたのです。逃亡者をかくまっていないかと聞かれましたよね、覚えてますか？　わたしはそういう電話があったことをあなたには黙っていました。余計な心配をかけたくありませんでしたので。それに、すぐにオーバーシュトゥルムフューラーは飛ばされましたしね」

父は考え込みながら「その電話の主は誰だったのか。ずいぶんと面倒を見てやったから従業員ではあるまい。しかしながら、主人に命を捧げる者もいれば、主人を背後からナイフでグサリと刺す者もいる。人間とはそういうものだ。だからこそ、ファマンさんのような真の友に巡り会えたことに、深く感謝しています」

そう言って、父はまたワイングラスを高々とあげた。

ファマンさんとの思い出深い再会を果たした父の話はこうして終わった。場所は遠く離れたシュヴァルツヴァルト（黒い森）の町。四年前のことだった。この再会のおかげで、父にとって戦争は過ぎた出来事となり、そうした出来事が思い出すに耐えうるものとなりえたわけだ。

「ハンス、戦争とは非道なものだ。だから戦争を起こさないよう、あらゆる努力をしなければならない。それは当然のことだ。一方で、戦争は、いかなる危険な状況下であれ、人間の最も善き部分を引き出してもくれる。ファマンさんはそうした真実のすばらしいお手本だ。なんの飾り気もなく質素な、あのダブダブズボンの爺さんだが、もしかしたら、それゆえ、人生で本当に大事なことを知っていたのかもしれない」

ファマンさんが父に惹かれ、自分の身の危険を冒してまで父を助けようとしたのはどうしてかということを、わたしはしばしば考えた。父がドイツ語を話し、父の妻がドイツ人であったということは確かにひとつの理由だったかもしれないが、それよりも、父自身の質素な生い立ちにあったのではないかとも思うのだ。ローマカトリック教会派の労働階級出身の長男で、十人の弟妹がおり、小学校卒業後、まさに身ひとつで財と地位を築き上げた。十二歳の時、ロッテルダムの洋品店でアシスタントの職を見つけ働き出し、まもなくショーウィンドウのデザインと飾り付けを任された。その時に仕事で紙を扱うこととなり、やがて製紙業が彼のビジネスの主幹となり、彼のささやかな成功の源となるのであった。倒産の憂き目に遭い、経済的にも厳しい時期もあったが、事業を軌道に戻すことができた。その時、わたしが描いた不死鳥《フェニックス》の絵を、新生の意を込め、新しい商標として採用したのだった。信仰については、自分と似たような労働階級出身の母と結婚する以前から、父は不可知論者であった。母も十代の初め頃から靴屋で働き出し、一家はプロテスタントだったが、母自身は宗教には無関心だった。

おそらく、父の単純明快な立ち居振る舞いや常識ある態度、そして偏見のない性格といったものが、ドイツ語の知識より、ファマンさんとの親近感を育んだのではないかと思う。故郷を離れひとりぼっちのドイツ兵は、父の親切心をありがたく感じ、だからなんとしても、そのお返しをしたかったのではないか。

時は二〇一七年となり、両親やその世代の人々はもうこの世にはいない。コルテ・ポテン通りとモンキーダンス横丁の交差する角に建つ父の店も、すでに持ち主が何度か変わった。それでも建物はまだ同じ場所にある。わたしが最後にそこを訪れたのは数年前のことだった。高校時代の同級生と一緒だった。遥か昔の思い出が蘇ってきた。タイヤのない自転車に乗ってここへやって来たこと。真夜中に踏み込んできたドイツ兵。妹とわたしの慄き。血だらけの牛の頭部を見た時のショック。そして、トラック一台分のジャガイモが運ばれた時の様子。ドイツ軍が欲しくてたまらなかった事務用品と物々交換したのだった。

　ジャガイモの詰まった大袋を担いだドイツ兵が、窓とトラックの間に渡された細長い板を、バランスをとりながら歩む様子を思い出しながら、わたしは同級生にこう言った。「それはまさにモンキーダンスだった！　首に縄をかけられて、踊っていたのは、一体誰だったのだろうか……」

父の自宅兼文房具店だった建物とモンキーダンス横丁。白壁には「APENDANS」の標識が掲げられている（2004年ブリンクマン撮影）。

ハンス・ブリンクマン氏は「ハブリ」サイトを公開しておりますのでご覧ください。https://habri.jp

「新しい戦前」「外地の大学」「B29無差別夜間爆撃」

「あとらす」前号を受けて

熊谷文雄

二〇二二年二月に始まったロシアによるウクライナ侵攻は、世界的な大事件であるが、戦争にともなう軍人の捕虜、民間人の拘束などのニュースが散見される。

本誌上で、松田祥吾氏と私が七回に亘って、日清戦争から太平洋戦争までの明治以降の日本との戦争で捕われ、日本に移送、収容されたロシア、ドイツ、英米などの外国人捕虜についての見聞記などを連載した。

本誌四十一号から四十五号までは、日本国内に収容された外人捕虜についてのテーマだった。

四十一号　昭和十九年　名古屋で見た英軍捕虜
四十二号　板東俘虜収容所、松江所長のこと
四十三号　英兵捕虜　ドイツ兵捕虜　ハーグ条約
　　　　　戦陣訓
四十四号　ロシア兵 捕虜収容所のピアニスト
四十五号　なりふり構わず日本各地で捕虜に労働

四十六号以降は視点を変えてシベリアに抑留された日本人捕虜にテーマを移した。

四十六号　シベリアでの日本兵捕虜の過酷な体験
四十七号　敗戦、旧満州、シベリア抑留

なお、前号の四十七号に、太平洋戦争で、日本国内の捕虜収容所に収容された外国の軍人捕虜は十三万人で、日本国内、約百三十カ所の鉱山、工場などに送られて強制労働、その死者が三千五百人、と記載したが、この数字に一部間違いがあった。

十三万人という数字は日本軍に捕らえられた連合軍捕虜の全体数で、日本国内に連行された捕虜は約三万五千人であり、そのうちの約一割、三千五百人が死亡、というのが正しい数字である。

これは「ＰＯＷ研究会（ＰＯＷ＝Prisoners of war ＝戦争捕虜）」（東京都）の資料による。

私が初めて見た外国軍人の捕虜は、本誌四十一号でも触れ

ているが、昭和十九年の名古屋市で、英軍捕虜の集団数百人が郊外の名鉄電車の駅から乗車、熱田神宮近くの駅を降りて列をつくり、労働の場所である日本車両の工場まで市街地を行進するが、途中、日本人の野次馬が捕虜のまわりを囲んで、大変な混雑ぶりである。

戦前、戦中に地方都市で白人を見かけることがほとんどなかったから、白人の多数の捕虜の行進は容易には見られない珍しい光景である。

大勢の黄色人種の野次馬に取り巻かれ、白人捕虜の表情は暗くおびえている風で、足取りも元気がないが、どこかに日本人を見下したような表情の者もいる。

日本人の子供が棒を持って捕虜を叩こうとする。それをたしなめる子供の親……

日本の「戦陣訓」は、太平洋戦争中の昭和十六年に戦時下に於ける軍人、将兵の心得を説いた教訓であるが、その一部に「虜囚の辱めを受けず」とあり、日本軍は捕虜になることなく、お国のために死ぬまで戦うべし、とあり、だから日本の軍人は強いし、捕虜はいない、ということを聞いていた。

それにくらべ、いま目の前を行進する英軍捕虜は弱虫、卑怯者である。おめおめと醜態をさらし、ざまを見ろ、とは思うものの、一方で、死にたくはないから、捕虜になっても、こうやって生きていた方がよいかもしれない、などとも思った。

本誌四十六号から、日本国内の外人捕虜の話題から、シベリア抑留の日本人捕虜へテーマを移して、京都府舞鶴市にある「舞鶴引揚記念館」の見学記があり、前々号掲載の「シベリア抑留での日本兵捕虜の過酷な体験」について、多くの人から感想が寄せられ、特に芦屋市・佐々木一雄氏、調布市・川野嘉彦氏ほかの寄稿を掲載したが、更に今号にも以下の感想が寄せられたので、掲載させていただく。

そのひとつは、先に記載した「ＰＯＷ研究会」代表、笹本妙子氏からである。

東京都　　笹本妙子

「あとらす」四十七号の「敗戦、旧満州、シベリア抑留……シベリアでの日本兵捕虜（前号）に寄せて」を拝読、シベリア抑留関係の本はいくつか読んできましたし、先日は映画「ラーゲリより愛を込めて」も観ましたが、ご論考の中で紹介された体験を読むと、やはり一人一人の体験には一人一人の真実があって、興味が尽きず、胸に応えます。

シベリア抑留の軍医さんたちへのインタビューの中で、ソ連から「女性を出せ」と言われ、赤線の女性たちが「どうせ私たちは汚れた体、私たちが行きます」と言ったことに、「拝みたい気持ちでしたね」と木口氏が語り、それに対して川野氏が「聖女ですね」とコメントしたことに、女性としては複雑な気持ちで、赤線の女性たちを蔑視しながら、うまく利用した男性側の勝手な論理のようにも思いました。

木口氏が「人間の一番醜い部分、いわば恥部をお互いに見たり、見られたりした者同士ですから、もう顔を合わせたくない」と語っていることは真実だろうと思います。

シベリア抑留に限らず、戦争の様々な側面で似たような状況が繰り広げられているのだろうと想像します。

世界中から戦争の足音が聞こえ、「新しい戦前」と言われる今、戦争だけは何とかして避けたいと誰しも思わざるを得ません。

次に、京都府の吉田恭信氏からは、「あとらす」前号の「敗戦、旧満州、シベリア抑留」の文中にある、満州など外地の大学、東亜同文書院、上海交通大学、旅順工大や日本の愛知大学について、これら外地の大学とは多少の縁があり、付記したい、との寄稿があり、以下紹介する。

なお、吉田氏は名古屋市の中学以来の友人で、名古屋市瑞穂区に居住、自宅の前を英軍捕虜百人ほどが日本兵に引率されて、日本車両の工場に向かう行進を二度ほど見たそうであるが、私の見た英軍捕虜の行進と同じものと思われる。

その後、吉田氏の自宅は、米軍B29の爆撃で全焼、当時の陸軍飛行場（現在の名古屋空港）の近くに疎開したが、ここでも米機による機銃射撃を何度も受けたという。

外地の大学に関連して

京都府　吉田恭信
（元、日新電機・技術者）

東亜同文書院、愛知大学

文豪、谷崎潤一郎が京都下鴨で約八年間住み、「鍵」「少将滋幹の母」、「夢の浮橋」などを執筆した屋敷である「潺湲《せんかん》亭」を、昭和三十一年に私が勤めていた㈱日新電機（以下、日新と略す）が譲り受けて、以後、迎賓館・石村亭として使ってきた。

この御縁が出来たのは当時の日新の田中常務（東亜同文書院卒）の夫人が谷崎の夫人（松子さん）と知己だったことによる。

なお、戦前、上海にあった東亜同文書院の教授を中心に、戦後に愛知県に愛知大学が創設されたが、私より一年前に愛知大学卒業生の鈴木、藤本の二氏が日新に入社されていたが、鈴木氏の父が東亜同文書院、愛知大学の教授だった縁によるもののようである。

上海交通大学

交通（Jiao Tong）は、各種の運輸事業と通信事業の総称で、交通大学は工業大学に相当すると思われる。

私が一九八六年、中国の西安市における「誘電体国際会議」に参加した時、中国電気学会主催の宴会で黄瑞霖氏と同席した。

同氏は流暢な日本語で「吉田さん、小学校で、咲いた、咲いた、桜が咲いた、を習いましたか」と話しかけられた。

聞くと、同氏は私と同年の一九二九年、台北生まれで、小学校では日本語（国語）を習い、台北一中のあと、上海交通大学（電気科）に進学したが、卒業時に国共内戦が始まり、台湾へ帰れなくなって、上海電機廠に勤め、当時技師長をされていた。

そのあと、私が日新を退職し、福山大学に勤めたとき、上海市から「上海で近隣のコンデンサー技術者にコンデンサーについて講義して欲しい」との要請があった。

黄氏の周旋によるものと思って応諾し、上海で一週間講義し、そのあと上海周辺のコンデンサーメーカー数社を視察し、技術討議をした。

なお、私と同期に名大経済学部を卒業、阪大の経済学部長、滋賀大学学長をされた宮本憲一氏は黄氏と台北一中で同期だったとのことで、黄氏に関して同氏と一度手紙を交わしたことがある。

旅順工大

日新で一年先輩の野田清四郎氏は、私が日新で最もお世話になった方であるが、旅順工大に在学されていた時、終戦になり、シベリア送りになり、二、三年後に帰国して京大電気を卒業、日新へ入社された。

以上、中国、シベリアなどのことを記述したが、多少とも興味を持っていただければ幸いである。

太平洋戦争末期の無差別夜間空襲

名古屋市　近藤正彦

本誌に戦争捕虜の話が何回かにわたって続いたが、私も同じ名古屋市で昭和シングルの生まれだから、戦中派であり、戦後派でもあると言えよう。愛国少年だったり、反体制派だったり、複雑な経験を抱えている。

名古屋における連合軍の捕虜については、私は見聞したことはない。多分私の住居が名古屋市の北部であり、捕虜の収容者が名古屋市の南部の郊外にあったため、見聞する機会がなかったと思われる。

しかし、小学校から旧制中学校の四年まで支那事変、太平洋戦争と戦争が続き、幼年期、少年期のすべての思い出に戦争がからんでくる。

太平洋戦争末期に言われたことだが、アメリカは多民族国家で、国内での民族間の争いが絶えず、ストライキが横行し、国内はバラバラである。

一方、日本は、天皇を中心とした大和民族で一致団結、いずれアメリカは敗北、白旗を揚げる、などと言われて、それを信じていた。

軍隊に入って戦地へ行くことは年齢的になかったにせよ、何と言っても、太平洋戦争末期の米軍Ｂ29爆撃機の夜間空襲は戦場以上に過酷なものと言えようか。

敗戦後、南方から内地へ帰還した日本軍人が、日本の都市の惨状を見て、戦場よりひどいと憤慨していた。

戦争末期の米国のＢ29爆撃機の無差別夜間爆撃で、日本の都市は一夜にして何千戸が焼け、何千人が焼け死に、夜が明けると、その都市は焼け野原に変貌、その無差別夜間爆撃は全国にわたって毎日のように繰り返されたのである。

その中で、我が家は何とか焼失せず、家族も無事だったのだが、周囲の惨状の中で、次の空襲では逃れられないと覚悟を決めるしかなかった。

巨大な火事で熱気が空に反映し、天候が変化して、雨天ではないのに夜明けには雨が降って、それが消火の手助けをしてくれる、という状況だった。

最近のロシアによるウクライナ侵攻の記事で、ロシアのロケット攻撃で市民七人が死んだ、といったニュースなどを見ると、死者七人？　ひと桁？　あるいはアフリカのスーダンの内戦で五十数人が死亡という記事も目にする。

それらの記事を読みながら思うことは、先に述べたように、あの戦争中の日本の大都会ではひと晩に焼け野原になり、何千もの人が死んだという事実は、何という残酷な事実だったのか、という思いが走る。

東京、大阪の大都会を始め全国の県庁所在地などの主要都市への米軍の無差別夜間爆撃、さらに広島、長崎の原爆投下など日本の多くの都市は米機の爆撃で死者、行方不明者の合計は六十万人に近く、たとえば東京十一万人、大阪十万人、名古屋八万人、広島十四万人、長崎七万人などで、全国の都市で被害が広がっている。人口比で言えば原爆被害の広島、長崎を除いて、名古屋の八万人が最も多いと言える。

これらの災害の数字は、世界的に見ても、ケタ違いに大きい被害としか言いようがなく、焼失面積の統計はないが、こちらも計り知れない大きさである。

世界各地の戦争や内紛の記事を見るたびに、自身の被災体験がよみがえってくる。

来たるべき社会の愛と生活

～チェルヌイシェフスキー『何をなすべきか』を読む～

星　昇次郎

ニコライ・ガヴリーロヴィチ・チェルヌイシェフスキーは十九世紀ロシアで活躍した著名な評論家、編集者である。彼は、一八二八年にヴォルガ川流域のサラトフで生まれ、ペテルブルクで雑誌『同時代人』の編集者となり、社会主義的論調の文芸批評（当時の政権への批判と革命を支持する政治的主張を含む）を行った。一八六二年、逮捕され、有罪判決を受けてシベリヤ監獄へ終身刑の流刑となる。一八八九年、健康状態が悪化して釈放され、家族の元へ帰ったが、同年の内に死んだ。『何をなすべきか』は、チェルヌイシェフスキーが未決囚としてペトロ・パブロフスキー要塞監獄に収容されていた一八六二～六三年に執筆され、検閲を素通りして、雑誌『同時代人』に発表された。その後ただちに販売禁止となったが、この小説は多くの人々の間で読まれ、特に若者たちに大きな影響を与えた。本書の出版許可が出たのは、ようやく一九〇五年になってからであったという。なお、この小説には、「新しい人たちについての物語から」という副題が付いている。翻訳は、金子幸彦訳、岩波文庫（一九八〇年）によった。さっそく、この物語に入ってみることにしよう。

一

一八五六年七月十一日の朝、ペテルブルクの、モスクワ行き鉄道駅のそばのホテルで、前夜宿泊したひとりの紳士が行方不明になった。これとは別に、夜中の二時半にリティヌイ橋でピストルの発射音を聞いた人たちがいて、自殺と思われたので辺りを探したが死体は発見されなかった。ホテルの宿泊室のテーブルに残されていた書き置きのメモに照らして、この紳士が橋の上で自殺したと推測された。同じころの朝、ペテルブルク郊外カーメンヌィ・オストロフにある小さな別荘にある部屋で、若い婦人が手紙を受け取った。彼女の名はヴェーラ・パーヴロヴナ。夫からの手紙には、「ぼくは退場する」とあった。ヴェーラはむせび泣き、「わたしがあの人を殺した」と嘆いた。次いで、「まえおき」と題する節で、作者自身が物語の内容について、読者と対話する形で語る。それによれば、この物語は「私の最初の小説」であり、「物語全体の結末」は「祝杯と歌とをもって楽しく終わるだろう」という。なお、全体は六つの章から成る。

第一章は「両親の家でのヴェーラ・パーヴロヴナの生活」

と題する。物語全体を通じて登場する主人公はヴェーラである。ヴェーラの父パーヴェル・コンスタンティーヌィチ・ローザリスキーは家の管理人かつ官吏（課長代理）で、母はマーリヤ・アレクセーヴナ、弟フェージャ。四人の家族はペテルブルク市内に住む。十六歳になったヴェーラは塾で教えたり、個人教授をするようになった。ところで、ヴェーラ一家の住居の家主はアンナ・ペトローヴナで、その息子はミハイル・イヴァーノヴィチ・ストレーシニコフであるが、この息子がヴェーラの家庭をしばしば訪れるようになった。彼はヴェーラに思いを寄せていた。これを察したマーリヤ・アレクセーヴナは、ヴェーラを着飾らせ、一緒にオペラに出かけ、ストレーシニコフとの出会いの場をつくったが、ヴェーラは頭痛を訴え途中で帰宅する。ヴェーラはストレーシニコフを好きではないのだ。マーリヤ・アレクセーヴナの方では二人を結婚させれば経済的に安泰だと考え、あれこれ考え、話を進めようとするが、ヴェーラは抵抗する。やがて、ストレーシニコフはヴェーラに求婚するが、ヴェーラはこれを拒絶する。マーリヤ・アレクセーヴナの思惑は外れたままで時間が経過する。

第二章は「最初の恋愛と正式の結婚」である。ヴェーラの弟フェージャの家庭教師として、ロプホーフという医学生がローザリスキー家を訪れるようになる。ある夜、ヴェーラの誕生パーティに招かれたロプホーフは、ヴェーラとことばを交わす。ヴェーラは、母親が進める結婚を嫌い、この家をとびだして自由になり独立したい気持を打ち明け、ロプホーフも、「女性が気の毒な存在」であり、ヴェーラが家庭でつらい立場にあることを理解する。マーリヤ・アレクセーヴナは二人の関係を注意深く監視し、ロプホーフが抜け目のない、将来金を稼げるようになる人物だと見当を付ける。ロプホーフは、自分に婚約者がいると偽る。やがてヴェーラとロプホーフが二人だけで話す機会があり、「人間はつねに打算によって行動する」などという二人の会話を盗み聞きしたマーリヤ・アレクセーヴナは、二人の間に恋愛感情はないと判断し安堵する。二人の間で、ヴェーラのために住み込みの家庭教師の口をこっそり探すこととなり、ロプホーフは、新聞に家庭教師募集の広告を出して奔走する。しかし、働き口はなかなか決まらない。こうする内にも、ロプホーフとヴェーラは、二人がともに暮らす新生活の姿を語り合う。ロプホーフは、新居をひそかに決め、メルツァーロフという司祭を媒酌人として二人だけの結婚式をあげた。その後、ヴェーラは突然、母親に別れを告げて新居に入った。母マーリヤ・アレクセーヴナは気が動転するが、落ち着いてから、夫パーヴェル・コンスタンティーヌィチに、女主人アンナ・ペトローヴナへ、娘が家出して結婚してしまったと、事の次第をうまく繕って伝えさせる。その日の夜、ロプホーフがローザリスキー家を訪れて話し合いが行われ、彼らは穏やかに別れた。

第三章「結婚生活と二度目の恋愛」では、まず、ヴェーラとロプホーフの、少し風変わりな結婚生活が語られる。二人は夜になると別々の部屋で寝るなど、互いに距離を取っているのだ。ロプホーフは医学者となる夢を諦めたが、賢明に稼いで経済的に安定した生活を送る。ヴェーラは裁縫店を開店し、裁縫女工たちを雇うなどして、店は順調に発展する。店では、女工たちへ利益を平等に分配し、共同住宅を整備して従業員とその家族の暮らしを安定させるほかに、夕べの集いやピクニックなどの文化・娯楽活動も行われた。一方、友人のキルサーノフは、二人の結婚当初は二人のもとを頻繁に訪れたが、やがて足が遠のく。しかしある時、ロプホーフの病気をきっかけに、キルサーノフが再び二人を訪問する機会が増えた。

やがて、ロプホーフとヴェーラは、当たり前の夫婦の関係となる。そんな中、ヴェーラは自分がロプホーフを愛していないと感ずるようになり、心が乱れる。ロプホーフの方は、妻の悩みがキルサーノフへの愛から来ていると察し、身を引こうとする。ロプホーフは仕事の関係でモスクワへ旅立つ。ここで、物語は初めの場面とつながる。別れを告げる夫の手紙を読み、夫の死の知らせを受け取ったヴェーラは悲嘆にくれるが、ロプホーフの友人ラフメートフの忠告によって、これまでどおり裁縫工場の経営を続けようと決心する。ここで、ラフメートフという型破りの人物について挿話風に語られるが、ラフメートフについては後述する。

第四章は「二度目の結婚」である。ここではまず、ロプホーフと目される元医学生からのヴェーラ宛ての手紙が紹介される。そこでは、休息・気晴らしという、人間のもっとも個人的な部分に関して、他の人たちとともにするのが楽しい社交的な人間と、一人でいる方が気楽だとする閉鎖的な人間とに分けられ、ロプホーフは第二のタイプで、ヴェーラは第一のタイプである、という。このような「二人の性格の不調和（不一致）」の結果が、離婚に至った大きな原因であるとされる。さて、ヴェーラとキルサーノフとはロプホーフの死後、一週間で結婚し、カーメンヌィ島に借りた別荘に住んだ。ヴェーラは新しい裁縫工場経営に乗り出し、これが軌道に乗ると、キルサーノフの力を借りて、医者への道を歩み出す。彼女にとって、医師は、「生活の本当の支えとなるような仕事」だと確信したからである。彼女にとって、サーシャ（アレクサンドルの愛称、キルサーノフの名）は家庭教師のような存在である。二人は仲睦まじく暮らし、夜は友人の家での催しに出かける。彼らの間には息子のミーチャがいる。結婚後の男女の間で、愛情の力によって人はますます知的・精神的な力を発達させると言われる。この物語では、ヴェーラの見る夢が物語の進行上、大きな役割を果たす。ヴェーラの「第四の夢」では、女神がヴェーラを導き、人類社会の進展に伴って、女性が果たす役割や女性の地位が変化し、将来の社会では、女性が奴隷状態から抜け出て自由と同権を獲得することが示される。

第五章「新しい登場人物たちと結末」では、まず、前章末でヴェーラの裁縫工場を訪ねた、カテリーナ・ポーロゾヴァについて語られる。カテリーナの父は資産家だが事業に失敗し、ステアリン工場を売却しようとしている（ステアリンとは、石けんや軟膏などの製造原料となる脂肪の成分のこと）。カテリーナは元気な娘だったが、ある時、急に床につくようになった。名医たちに診てもらっても原因不明のまま、娘は次第に衰弱する。そこで、キルサーノフがカテリーナを診察し、キルサーノフは、彼女が恋するソロフツォークという男との結婚に、父親が反対しているからだと見抜く。ソロフツォークは、財産目当てのずる賢い男であった。キルサーノフは、父親に二人の婚約をいったん認めさせた上で、カテリーナが自分から婚約を解消するよう仕向ける。健康を取り戻したカテリーナは、社会における貧困の問題に目を向け、ヴェーラ夫妻と近づきになったのである。

ステアリン工場の売却先の会社の代理人である、チャールズ・ビューモントがポーロゾフ家を訪れ、ポーロゾフ氏やカテリーナと親しくなる。ビューモントはカナダ出身の父を持ち、ロシアで育ったという。彼はカテリーナを通してキルサーノフ夫妻のことを詳しく知ろうとする。ビューモントとカテリーナらとの間で、ロシアでは女性は自由でなく、自由なのは「自分の部屋にいるときだけ」だなどと、女性の権利や自由が話題になる。「今日の条件のもとでは、……むすめたちの状態は出口のないものです。」やがて、カテリーナとビューモントは結婚する。カテリーナが自分たちの結婚のことを告げにヴェーラの家を訪れ、彼女らの会話から、ビューモントが実はロプホーフであったと暗示される。その後、カテリーナ夫妻はヴェーラ夫妻と隣同士の家で住むことになる。彼らと友人たちは、冬のある日、橇遊びに出かける。彼らはその日、夜の集いを持ち、歌や詩の朗読などをして楽しむ。

最後の第六章は「舞台装置の変化」と題された、きわめて短い章である。登場人物は前章の最後に登場したのと同じ人々だが、前章末で喪服を着ていた年配の婦人（チェルヌィシェフスキーの妻オリガ・ソクラートヴナ・チェルヌィシェフスカヤと見なされる）が、ここでは明るい色の服を着ている。四輪馬車の中でこの婦人と並んで坐っている「三〇歳ほどの男」は作者自身と推察される。昨日の情景が二年後（一八六五年）の情景に変化したかのように思われる。この章は革命後の新しい社会を暗示している。この章は登場人物たちの会話で結ばれ、「一八六三年四月四日」の日付がある。

二

この物語は、恋愛小説の形を取ったユートピア物語である。トマス・モアに始まるユートピア物語は、架空の理想社会を扱うが、この物語は、近い将来すなわち革命後に実現されるであろう、望ましい社会を先取りして描き出そうとするものだと考えられる。先に述べたように、チェルヌィシェフスキーは当時のロシア社会の矛盾に目を向け、評論活動において健筆を振るっていたが、農民、学生らを煽動した罪で逮捕された。獄中で書かれたこの小説の中では、特に、女性の地位や権利の問題が中心的に扱われる。ヴェーラの人生における二度の危機、それは、彼女の結婚をめぐる危機であった。最初の危機は、両親とりわけ母親によって意に沿わない結婚を迫られ逃げ道がない状態に置かれたことである。この時は、弟の家庭教師であったロプホーフの力で、彼との結婚によって自由を得た。結婚した彼らの、初めよそよそしく見える私生活は、当時実際に行われていた偽装結婚を示している。二度目の危機は結婚生活の行き詰まりとキルサーノフとの恋であるが、これは、ロプホーフの自殺とキルサーノフとの結婚によって解消された。ロプホーフの自殺は悲劇であったが、後に、ロプホーフの巧みな、ヴェーラを思いやる偽装だったことが示され、二人は物語の末尾近くで再会を遂げる。

女性解放に関して、第四章で、「ブルー・ストッキングにはがまんがならない」と、「慧眼な読者」（保守的な評者）の言として述べられるが、これは、検閲を素通りするためのカムフラージュであろう。ブルー・ストッキングとは、一八世紀のロンドンで、黒い絹の靴下でなく青い毛糸の靴下を穿いた女性たちのグループにちなんだ、女性参政権を求める運動の象徴であった。日本でも、一九一一年、雑誌『青鞜』が発刊された。多くの保守的な人々にとって、ブルー・ストッキングは揶揄的な呼称だった。

この物語では、すでに述べたように、カテリーナも、恋愛・結婚に関わって危機に陥った。また、クリューコヴァという女性が、かつて娼婦で、肺を病んだが酒をなかなかやめられず、キルサーノフの力で窮地を脱することができた、という挿話も込められる。女性の社会的な窮状をいかに克服するかという問題意識が明確である。

主要な若い登場人物の間での「自由恋愛」、「自由結婚」は、「慧眼な読者」には顰蹙を買うであろうが、対等な立場の男女が愛し合い自分たちの意志で生活を共にすることに不自然さはない。作者によれば、自分の性格や相性の一致する相手との結婚が、互いの幸福や成長の基盤になるのである。

ラフメートフの物語は、この小説の発表後、多くの読者、とりわけ若い読者に大きな影響を与えたと言われる。ラフメートフは「特別な人間」である。あだ名は「厳格主義者」。自分の生活の原則を厳格に守る、たとえば、体を頑強にするため牛肉をたくさん食べ、体力増強のための労働を行うが、一方で、民衆の手の届かないものは食べない、酒は飲まない、読書は「基本的著作」（真に読む価値のあるもの）だけを読む。人との付き合い方も、ほとんど要件のみを話し、時間を無駄にしない。親から土地を受け継いだが、それを売ってヨーロッパ各地や北米を放浪し、また、学生に学費を援助し、フォイエルバッハと思われるドイツの哲学者の出版資金を援助する。もう一つのあだ名は「ニキートゥシカ・ローモフ」、伝説上の、大男で無双の力持ちである。ラフメートフは脇役ではあるが、作者が描こうとした「新しい世代の、ふつうの、まじめな人たち」の一人、しかし特異な人物であった。彼は、民衆に奉仕する革命家の象徴である。

この物語には喜劇的要素も盛り込まれている。マーリヤ・アレクセーヴナは、気に入らないことがあると料理女に平手打ちを食わせる。あるいは、外出して娘に逃げられた時、取り乱して、ちょうど居合わせた周囲の人たちに当たり散らす。これはまるで茶番劇である。

ロプホーフやキルサーノフらの思想として「合理的エゴイズム」、唯物論が語られるが、これは作者自身の思想でもある。チェルヌイシェフスキーはフォイエルバッハの唯物論哲学から強い影響を受けた。フォイエルバッハの『キリスト教の本質』(一八四一年)では「人間は人間にとって神である」と主張され、物語中でもこの本への間接的な言及がある。

この物語では、登場人物たちの行動や会話の合間に、作者自身が登場して自分の考えを直接語る場面が度々ある。読んでいてやや違和感を覚えるほどであるが、これは、チェルヌイシェフスキーが文芸批評家・評論家であったことと関係が深いであろう。作者自身が語らずにいられないのだ。

ロプホーフとキルサーノフの会話では、タンパク質を人工合成する話が語られ、「社会は改造されつつある」「鉄の時代は過ぎつつあるが……黄金時代、それはいずれ来るだろう」などと述べられる。将来社会への期待とともに、自然の改造についても語られる。ヴェーラが見る第四の夢では、砂漠が実り豊かな土地に変えられ、運河の開削により人々が南へ進出する。これはロシア人らしい夢である。透明宮殿(一八五一年のロンドン万博で人気となった、鉄とガラスでできたクリスタル・パレスにもとづく)があり、その内側にある家の中は快適につくられ、室内の床や家具がアルミニウム製である。大広間では千人以上の人々が食事をとる。「共同食事」はトマス・モアのユートピアにも描かれるが、チェルヌイシェフスキーはモアのユートピアを読んでいたのだろうか。

この物語は、作者と同時代のロシアに生きる人々の姿を描き出す。主人公の若い人々は愛し、働き、遊び、賢明さを発揮して難局を乗り切っていく。読者には、物語全体が予定調和的に完結するようで、物足りなさを感じられるかもしれない。しかし、物語の背景には、当時の人々、とりわけ女性たちがおかれた状況の深刻さがある。ヴェーラ、ロプホーフ、キルサーノフや彼らを取り巻く人々は、この深刻さ・危機を乗りこえ、のびのびと生きていく。そこには、自由に生き、共同的に働き、学び発達・成長し、生きる悦びを享受する姿がある。そこには、新しい社会に生きる人々の新しい生き方が投影され、現在と未来の二重写しの姿がある。

三

この物語の舞台はペテルブルク（正しくはサンクトペテルブルク、愛称はピーテル）である。この街は千七百年代初めにピョートル大帝によって造られた人工的な街である。湿地だったところを埋め立てて短期間で造成され、工事人夫らの犠牲者も多かったという。市の中心部を流れるのはネヴァ川。島や橋も多い。ここはドストエフスキーの『罪と罰』の舞台でもある。この物語では随所に、ペテルブルクの島や橋や通りなどの名が登場する。たとえば、冒頭部で、ヴェーラが手紙を受け取って読むのは、カーメンヌィ・オストロフの別荘においてである。カーメンヌィ・オストロフは、現在も、カーメンヌィ島の緑豊かな別荘地・保養地である（オストロフは島の意）。家出直前のヴェーラが母と最後に外出する先は、今も繁華な商店街である、ネフスキー通りのゴスチヌィ・ドヴォールであり、ヴェーラとロプホーフの住まいはヴァシレフ島（ワシーリィ島）にあった。ペテルブルクの地図を見ながらこの物語を読むのもおもしろい。

物語の中で若い人々はオペラに出かける。ポジオという歌手が話題になるが、これは、イタリアの女性歌手アンジョリーナ・ポジオで、ペテルブルクのオペラハウスでも歌ったのであろう。また、「リゴレット」の一節をヴェーラが歌うシーンもあり、ヴェルディのこのオペラ（一八五一年ヴェネツィアで初演）は当時のロシアでも好評だったことがわかる。

チェルヌィシェフスキーが評論活動を行ったのは主に一八五〇年代から六〇年代初めにかけてである。ロシア文学史の上では、一九世紀前半にプーシキンやゴーゴリが活躍した。彼らより若い世代のチェルヌィシェフスキーは、トゥルネーゲフより十歳年下、ドストエフスキーより七歳年下、レフ・トルストイと同年の生まれである。チェーホフはチェルヌィシェフスキーより三二歳若い。音楽の面では、チェルヌィシェフスキー以前にグリンカが活躍し、ムソルグスキーなど「五人組」（ロシアでは、「力強いグループ」または「無敵グループ」と呼ばれた）やチャイコフスキーらの活躍は千八百年代後半である。絵画では、レーピンの名作「ヴォルガの船曳たち」が描かれたのは一八七三年であった。

この物語では、ロシアの市民たちの娯楽も描かれる。主人公たちはピクニックや橇遊びを楽しむ。インテリゲンツィアを含む彼らは、季節に応じてこのような外遊びを楽しんだ。ここで、西欧の市民たちのピクニックの情景が思いおこされる。たとえば、ブーダンの絵画「トルーヴィルの海辺」、スーラの「グランド・ジャット島の日曜日の午後」など。ロシアでは西欧のような市民階級は形成されなかったとしても、経済的に余裕のある人々は休日などにレジャーを楽しむようになった。

ところで、レーニンはこの物語の愛読者であり、同じ標題の著作を一九〇二年に出版した。レーニンの著作は「われわれの運動の焦眉の諸問題」という副題が付けられ、社会民主労働党（のちの共産党）の運動理論を述べたものである。

のちに、『ロリータ』の著者ナボコフは小説『賜物』（一九三七年頃）第四章で、チェルヌィシェフスキーの評伝を描いている。そこではニコライ・ガヴリーロヴィチの人生がかなり戯画化して描かれるが、彼の人となりを具体的に知ることができる。ナボコフの揶揄的表現の根底にはニコライ・ガヴリーロヴィチへの敬意があるようにも感じられる。

チェルヌィシェフスキーはこの物語を獄中で書いたため、検閲に配慮して婉曲的、暗示的表現を用いた。かえってそのため、この作品は底の浅いプロパガンダ作品にならずに済んだように思われる。

チェルヌィシェフスキーは二十七年間収監されていた。権力によって弾圧・迫害されたユートピア作家たちのことを想う。イタリアのカンパネッラは革命運動に加わったため逮捕され、獄中で『太陽の都』を書いた。（奇しくも、彼の獄中生活も二十七年間だった）。イギリスのハリントンはピューリタン革命期に理想の共和政国家の書『オシアナ』を書いた後、復古王政により投獄され、健康を害して死んだ。ロシア革命後、チャヤーノフは『農民ユートピア国旅行記』を書いたが、スターリン政権によって逮捕・処刑された。ユートピア作品は社会・体制への批判や革命と親近性が強い。トマス・モアの『ユートピア』は風刺を交えた「遊び」の文学であったが、モアは離婚を求める国王に背いたため処刑された。

私の手もとに、チェルヌィシェフスキーの二枚の肖像写真がある。一枚は、ウィキペディアに載っている、いかにもインテリ風の、才気と矜持を感じさせる、髭のない、腕組みしている姿。もう一枚は、金子幸彦著『ロシヤ文学案内』（岩波文庫）に載っているもので、少し後の時代と思われる、風格と落ち着きを感じさせ、どことなく憂いと諦念を含んだような、髭を付けた姿、収監前のものなのかは不明。彼の眼差しはともに、眼前の虐げられた人々と、変革された未来の人々の愛と悦びに向けられていたのであろうか。

夕焼雲

タカ子

機はすでに着陸態勢ゆやけ雲
「けふあたり螢でるえ」と清滝へ
おしのぎと言ひて素麺一把ほど
銀行の団扇で冷ます粉ふき芋
復元のオオカミ硝子の目の涼し
番号で呼ばるるひと日身に入《し》むや
名月や買ひ物メモに兎の餌
更待《ふけまち》の月赫《あか》々と近々と

今もなほ哀しきものに囮籠
なかんづく漆紅葉のくわつと燃ゆ
鎮もる鑑真坐像冬に入る
弾き初めを去年《こぞ》の難所でつかえたり
煮こごりや明治の父に無頼の日
碧き瞳の猫を抱きたし凍つる夜は
うぐひすに返す口笛命惜し
春なれやギターはトレモロ繰り返へし
れんげうの黄の騒々しお静かに
やはらかな春の夕空ひとに逢ふ
夕星《ゆふづつ》やアネモネはみな宵寝して
今生の櫻吹雪を浴びにけり

炎たつ

関根キヌ子

三年《みとせ》ぶり子や孫達に囲まれてわれは傘寿《さんじゅ》の初日を拝む

免許証返納したる八十歳足と頼みしバイクと別れ

部屋の中杖つき歩むこの日頃ひざを痛めて掃除もならず

ふきのとう芽吹く裏庭土手の辺を歩むもならず杖に頼れる

ホカホカのあんまん一つ手みやげに「顔見に来た」と息子《こ》は寄りてゆく

暖かき陽の差し来れば福寿草花びら重ねあまた咲き出ず

今年また花咲く春のめぐり来て白木蓮のつぼみふくらむ

葱苗の草とり終えて追肥する三月の陽を総身にうけて

雑木樹《ぞうきぎ》の梢は紅くつやめきて一雨ごとに春となりゆく

足痛めこもりいる日に友の来てよもやま話に心安らう

しじみちょう小さな羽根をいっぱいに広げて今し春へ飛びたつ

雨降れる庭のかたえに連ぎょうの咲きてそこのみ春の陽の色

一ヶ月田草取りせし思い出もはるかとなりて八十路を生きる

炎《ほむら》たつ如く咲きたる凌霄花《のうぜんか》植えたる夫を偲ぶ夏の日

万葉集《よろずのことのはをあつむ》を訪ねて（その2）

岩井希文

三、国のまほろば、山籠《ごも》れる大和を訪ねて

大和は　国のまほろば。
畳《たた》なづく　青垣。
　山籠れる
大和し　うるはし。

　この歌は万葉集ではなく、『古事記』にある、倭建命《やまとたけるのみこと》の歌である。建命は父の景行天皇の命により、熊襲《くまそ》と東国の征討に出る。熊襲征討では、伊勢神宮に斎宮としていた、倭比売《やまとひめ》から借りた衣装で女装し、宴《うたげ》たけなわの時に熊襲兄弟を討ち果たす。兄弟は健命の武勇に驚き、倭の国一番の勇者として、倭建命の名を奉った。この時までは小碓命《おうすのみこと》と名乗っていた。

　建命はすぐ続いて東国征討に出る。この時も倭比売を訪ね、天叢雲剣《あまのむらくものつるぎ》を授かる。相模《さがみ》国を通過する際に、味方の裏切りにより、野火に攻めたてられる。携行した天叢雲剣で、草を薙ぎ払い難を逃れる。この時から草薙剣《くさなぎのつるぎ》と称され、三種の神器のひとつとして、今は熱田神宮に伝わる。

　また走水《はしりみず》の海（浦賀水道）の渡海にあたっては、海の神の怒りにより暴風雨に見舞われ、妻の弟橘比売《おとたちばなひめ》が海中に身を投じて、海神の怒りを鎮める等、いくつもの試練を克服し、東国の征討を成し遂げる。

　建命はこの東国征討からの帰路に、伊吹山の能煩野《のぼの》の地で斃《たお》れ、死を前にしてこの劈頭《へきとう》の歌を詠み、はるか故郷の大和を偲んだ。倭建命は実在しない神話上の人物とされ、この物語の背後には、四世紀から五世紀の初めにかけて、大和王権の統一のため派遣された、皇子《みこ》や武将たちの活躍をモデルにして、描かれた説話とされる。

　歌にある「まほろば」は、難しい言葉であるが、「ま」は接頭語、「ほ」は「秀」、「ろ」「ば」は接尾語と推定される。それによると国のまほろばは、「国の秀《ほ》」の意となり、国の素晴らしさをほめた言葉である。周囲を山々に囲まれた、大和盆地の穏やかな美しい風景を、懐かしみ偲んだ歌である。死後、建命の魂は白鳥に化して大和に舞い降り、そこに墓が築かれ白鳥陵と称された。

本稿では大和盆地を囲む神のやどる神南備山《かんなびやま》たち、天の香《か》久山《ぐやま》、三輪山、二上山《ふたかみやま》など、この大和盆地の風景と情緒を、万葉集の歌を借りながら描きたい。

Ⅰ、天の香久山

高市《たけち》岡本宮《をかもとのみや》　御宇《にあめのしたしろしめしし》　天皇代《すめらみことのみよ》　息長足日広額《おきながたらしひひろぬかの》
天皇《すめらみこと》

天皇、香久山に登りて望国《くにみ》し給へる時、御製《ぎょせい》の歌
大和には　群山《むらやま》あれど　とりよろふ　天の香久山　登り立ち　国見をすれば　国原《くにはら》は　煙立ち立つ　海原は　鷗《かもめ》立ち立つ　うまし国そ　あきづ島　大和の国は
（巻一・二）

題詞にある冒頭の高市岡本宮は、飛鳥にあった舒明《じょめい》天皇の皇宮のあった地で、続く息長足日広額天皇《おきながたらしひひろぬかのすめらみこと》は、舒明天皇の和風名である。天皇が香久山に登ってした望国《くにみ》を詠った、万葉集にある著名な長歌である。先の号で紹介した万葉集冒頭の、雄略天皇の菜摘みの歌に続く、万葉集二番目の歌である。舒明天皇は七世紀前半に在位した天皇で、天智《てんじ》・天武《てんむ》天皇の父で、歌の意は次のとおりである。

大和にはたくさんの山々があるが、草木《くさき》によって美しくよそおわれた天の香久山は、なかでもすばらしく品格のある山である。その天の香久山に登って国見をすると、大和盆地一帯には、かまどの煙が一面にたち、広々とした池には、鷗《かもめ》があちこちに飛び交う。ああ豊かな立派な国であるぞ、この大和の国は。

青々と繁茂した国原、今はないが当時は香具山の西北に、大きな埴安《はにやす》の池があり、青々とした広い海原があった。このいちめんの国原や海原に、白い鷗が飛びまわっている。豊かな美しい大和の風景を詠っている。

香具山は飛鳥の東に近接する、標高一五二メートルの山である。独立峰でなく東が丘陵に繋がっているので、大和盆地から眺めると、めだたない小さな丘に見える。登ると今は喬木に覆われていて、頂上から広い眺望は得られない。

天の香久山

初代神武天皇の和名は、神《かん》日本磐余彦《やまといわれひこ》と称されるように、天の香久山に隣接する磐余《いわれ》の地は、古代大和政権にとって要地であった。特に五、六世紀の古代王朝の宮が、この磐余の地に多く置かれた。天の香久山の名は、天から降っ

てきたという、古い言い伝えによりこの名が称された。天照大神《あまてらすおおみかみ》が、須佐之男命《すさのおのみこと》の乱暴なふるまいに耐えかねて、天の岩戸にかくれたとき、天は真っ暗闇となった。大神を外に招きだすために、天鈿女命《あめのうずめのみこと》が天の岩戸の前で踊った。次は『古事記』にあるその描写である。

　天鈿女命が、天の香久山の日陰鬘《ひかげかずら》を襷《たすき》にかけ、真折鬘《まさきのかずら》を髪に纏《まと》い、天の香久山の笹の葉を束ねて手に持ち、天の石屋戸《いわやと》の前に桶《おけ》を伏せてこれを踏み鳴らし、神がかりして、胸乳をかき出し裳《も》の紐《ひも》を陰部までおし下げた。すると、高天原《たかまがはら》が鳴りとどろくばかりに、八百万《やおよろず》の神々がどっといっせいに笑った。

　天の岩戸に隠れていた天照大神は、自分のいない外は真っ暗なはずなのに、何がおかしいのかと不思議に思って、天の石屋戸《いわやと》を細めに開けて外をのぞいた。外で戸の側に隠れていた天手力男神《あめのたぢからおのかみ》が、すばやく戸を引き開け、天照大神の手をとって外に引き出した。天に光が戻った。

　この著名な神話の舞台が天の香久山で、その天にある香具山が地に下って、大和の天の香久山ができたと信じられた。しかし最近再刊行された、『古代史研究』（津田左右吉著）によると、神話の天にある高天原が、現実の大和をモデルにして描かれたとある。

　厳しい冬を越し、春山を楽しむ国見の行事が、五穀豊穣の祭祀儀礼に発展した。特にこの天の香具山に登り、天皇みずからがする国見は、大切な春の恒例行事であった。そしてこの国見の行事は、地方の各地でも広く行われた。

　同じような国見の話として、五世紀の初めに在位した仁徳天皇が、山に登って国の四方を見渡し、「国のなかに烟《けぶり》立たず、国みな貧し。いまより三年にいたるまで、人民《たみ》の課《みつぎ》・役《えだち》を除《ゆる》せ」と命じ、自らも雨漏りのする御殿《ごてん》に耐えたとする、有名な天皇の善政が伝わる。人家の炊事の煙、餌を求めて飛び交う鷗が、国の豊かさの象徴とされた。

　私がいまだ現役だった頃「野外文化講座」と称して、職場の仲間と一月《ひとつき》に一度、ハイキングをするのを恒例とした。職場の若い女性たちから、小学校の遠足以来と結構好評で、若い女性が参加すると若い男性たちが、また家族の人たち、子供たちも参加してくれた。

　私が下見をして歩くコースを決めると、女性のGさんが案内や参加者の応募など、事務全般をすべてやってくれた。同じ職場に海釣りが趣味のN氏が居て、いつも新鮮な魚介を用意して、昼は参加者みなに饗宴を催してくれた。お二人の縁の下の力があって継続できた。

　「平安仏教の聖地を結んで」をテーマに、「比叡山延暦寺」

から「高野山金剛峯寺」まで、自然に恵まれたハイキング道を選んで、延べ一六日かけて歩いたことがある。この道程で天の香久山も訪ね、私ははるか昔の「あとらす5号」に、これを投稿した。

六九四（持統七）年に、飛鳥の地に藤原宮ができた。後の平城京・平安京と比較すると規模こそ小さいが、日本で初めての条坊制を備えた、本格的な都宮である。大和三山のほぼ中央に位置し、天の香久山など三山がよく見える。

「野外文化講座」と称して、職場の仲間とハイキングをするのが恒例となっているが、そのなかで「大和三山・藤原宮めぐり」を企画した。近鉄樫原神宮駅出発、樫原神宮参拝、畝傍山登頂、神武天皇御陵、耳成山登頂を経て藤原宮へたどりつく。

毎年夏のイベントとなっているそうだが、大和三山をライトアップして、藤原宮の大極殿跡で、夜間の野外コンサートが行われている。私たちが訪れた日がイベントの日で、先頃亡くなった河島英五が、本番に備えてリハーサルをやっていた。私たちは最前列で聞いた。

楽しい昼の宴《うたげ》を終えて、ここからさらに天の香久山登頂に歩くが、その天の香具山が見える方向に、この藤原宮の創設者である持統天皇の著名な歌碑が、犬養孝氏の筆で立っている。

春過ぎて　夏来《きた》るらし　白栲《しろたえ》の
　衣《ころも》乾したり　天の香久山（巻一・二八）

天の香具山に登頂して、飛鳥寺に詣で近鉄吉野線飛鳥駅に出て帰った。偶然だが河島英五の生バンドが聞けたことや、どの山も一〇〇メートル台の、登るに苦労のない上品な山だったせいか、この手作りのコースは参加者に好評であった。（後略）　『あとらす5号』（二〇〇一年一月）

「春が過ぎて、もう夏がやってきたらしい。青葉に覆われた香具山あたりには、まっ白な衣が干してある」。持統《じとう》天皇のこの歌は、万葉集を代表するよく知られる歌である。後にこの歌は、古今集や百人一首にもとられ、さらに著名になった。

春過ぎて　夏来にけらし　白栲の
　衣干すてふ　天の香久山

その時右線部分が改められ、杉本苑子《そのこ》氏によると、万葉集の純朴な詠みが、平安朝好みに技巧的に装飾され、改悪されたと批判する。なおここで詠われている白妙の衣は、当時の庶民の衣装であった麻布である。強靭だが暖かさには欠け、温《あたた》かい木綿が普及するのは、ずっと後世になってからである。

この天の香久山を詠んだ持統天皇（六四五～七〇二）は、天智天皇の子で、天智を継いだ弟の天武の妻となった。古代最大の戦とされる壬申《じんしん》の乱では、夫の大海人皇子《おおあまのおうじ》（後の天武天皇）に味方すべく、若年の子供たちを引率して、吉野に逃れ大海人皇子と戦いを共にした。壬申の乱の勝利の後、天武天皇を鵜野《うの》皇后として支えた女傑である。

天武天皇が薨去《こうきょ》した時、期待した子の草壁皇子が若くして亡くなり、孫の軽皇子（後の文武天皇）はまだ七歳で、皇位に就ける年齢ではない。天武には多くの子がいたが、自分の血筋の孫、軽皇子に皇位を継がせるべく、持統天皇として皇位に就いた。この天武・持統の時代に、不評だった近江遷都も大和に復帰し、日本最初の都宮といえる藤原京を大和に造営した。それまでの皇宮は天皇一代限りで、次々とかわったので、本格的な都宮はこれが初めてだった。

この天武・持統の時代に、日本最初の歴史書である、古事記や日本書紀の編纂が企図され、後の八世紀初めに実現をみた。また柿本人麻呂など、万葉集を代表する、最盛期の歌人たちを輩出した時代でもある。持統天皇は夫の天武と蹶起した、懐かしい地である吉野へ三〇数回、伊勢や紀伊さらに三河まで、生涯多くの行幸を重ねた、好奇心旺盛な行動的な天皇でもあった。

また持統は従来の大きな古墳づくりを廃し、火葬になった最初の天皇でもある。飛鳥文化を引き継ぎ、白鳳文化と称される、初期仏教文化が花開き、次の奈良・天平文化に引き継いだ。大化の改新は、中国の律令制度を模範として、豪族による国土と人民の私的支配を廃し、公地公民制の導入により、天皇による公的支配を目的とする、画期的な革新である。先代の天智天皇と藤原鎌足《かまたり》は、氏族勢力を代表する蘇我氏を滅ぼし、大化改新を大胆に実施した。天武と持統は、天智と鎌足の先鋭的な改革を引き継ぎ、その実現と定着に意を注いだ。天武と持統の時代に、古代律令国家が実現したといってよい。

『飛鳥　その光と影』（直木孝次郎著）は好著であり、古代国家完成期における三代の天皇と称して、次のように記している。

日本古代国家の形成過程において、重要な画期はいくつもあるが、なかでも決定的な時期は六四五年の大化改新《たいかのかいしん》の開始から、七〇二年の大宝律令《たいほうりつりょう》の完成・施行にいたる半世紀余りといってよいだろう。この半世紀のあいだに、天智・天武・持統という偉大な帝王がつぎつぎに立ち、政局を指導して、律令国家の完成に至ったのは、歴史上の壮観である。（中略）

七世紀後半のこの五〇年は、約九〇〇年をへだてて十六世紀後半に、織田信長があらわれて足利幕府を亡ぼし、豊臣秀吉をへて徳川家康が一六〇三年に江戸幕府をひらき、近世国家体制を確立する半世紀に対比できるだろう。

直木孝次郎はこの著のなかで、天智・天武・持統の三人それぞれと、信長・秀吉・家康の三人とを比較し、同じような歴史的役割を担っている。信長の「啼かぬなら殺してしまえ」、秀吉の「啼かせて見せよう」、家康の「啼くまで待とう」と称される三人の人間的特性も、時代と歴史の要請によったか、古代の三天皇とそれぞれよく似ていると、この著で記している。

万葉集には香具山の歌は他にも多くあるが、次はなかでもよく知られる歌である。

中大兄《なかのおほえ》（近江宮に天の下知らしめしし天皇）の三山の歌

香具山は　畝傍を愛《を》しと　耳梨《みみなし》と　相あらそひき　神代より　斯《か》くにあるらし　古昔《いにしへ》も　然《しか》にあれこそ　うつせみも　嬬《つま》を　あらそふらしき　（巻一・一三）

反歌

香具山と耳梨山とあひし時立ちて見に来《こ》し印南国原《いなみくにはら》　（巻一・一四）

香具山は、畝傍山を愛《いと》しいと思って、耳梨山と争った。神代の昔から、このようであったのだから、今この現世で、男が妻をとりあって、争うのも不思議ではない。

反歌

香具山と耳梨山が争った時に、出雲の阿菩大神《あぼのおおかみ》が仲裁にやって来たという、印南国原とは、ここらあたりなのだなあ。

なお出雲の阿菩大神が、仲裁にやって来たという話は、『播磨風土記』にある。印南国原とは兵庫県南部で、高砂市から明石市のあたりである。この中大兄皇子の三山の歌は、皇子が百済救援のため、瀬戸内海を西行する途上、播磨海岸を通った時に詠ったと伝わる。

長歌の原文である万葉仮名は、「畝傍雄男志」とある。これを通説に従い、「畝傍を愛《を》し」と訓《よ》み、香具山と耳梨山を男性とし、畝傍山を愛《を》される女性とした。男性二人が一人の女性を争う、中大兄皇子と大海人皇子が、額田王を競い争ったことが、この歌の背景にあるとされる。

ところが原文「畝傍雄男志」を、「畝傍雄々《をを》し」と訓み、畝傍を雄々《をを》しい男性とし、香具山と耳梨山を女性とし、畝傍を争ったとする説もある。女性二人が一人の男性を争うのは、世の通例に反するとして、これは少数説となっている。万葉仮名の読解は、江戸時代の国学者である、賀茂真淵《かものまぶち》・本居宣《もとおりのり》長《なが》以来現代まで、多様かつ難解なのである。

畝傍山は標高一九九メートル、三山で一番高く、単独峰で雄々しい形をしていて、大和盆地で目立つ山である。耳成山は一四〇メートル、平野の中にあって、独楽《こま》を覆した整った形をしている。

天の香久山は一五二メートル、東からのびている丘陵に繋がっていて、三山の内一番めだたない。しかし万葉集に詠まれた歌は一番多く、歴代の飛鳥の皇宮にいちばん近いうえに、天下った神聖な山と考えられていたからと思われる。

Ⅱ、三輪山《みわさん》（大神神社《おおみわ》）

額田王の近江国に下りし時作る歌

味酒《うまさけ》　三輪の山　あをによし　奈良の山の　山の際《ま》に　い隠るまで　道の隅《くま》　い積《つも》るまでに　つばらにも　見つつ行かむを　しばしばも　見放《さ》けむ山を　情《こころ》なく　雲の　隠《かく》さふべしや　（巻一・一七）

反歌

三輪山をしかも隠すか雲だにも情《こころ》あらなも隠さふべしや　（巻一・一八）

（味酒は三輪、あをによしは奈良の枕詞、つばらにもは詳《つぶ》らにも、詳しくの意。）

ああ三輪山よ。奈良山の間に隠れてしまうまで、お前をじっくりと見てゆきたい。その見たいなつかしい三輪山を、雲よなぜ隠そうとするのか。せめて雲だけでも、やさしい思いやりがあってほしい。どうか雲よ、隠さないでおくれ。

近江への遷都が行われた、六六七（天智六）年六月には、中大兄皇子が母である斉明《さいめい》天皇が薨《こう》じたのを受け、皇太子のまま皇位を称制して政務を行った。これに先だつ六六三（天智二）年には、百済救援のため朝鮮半島に出兵し、日本は唐・新羅の連合軍に、白村江《はくすきのえ》で大敗を喫した。

皇子は唐・新羅の反攻に危機感をもち、博多の海岸線に水城《みずき》の構築、九州から大和にかけて要所に山城の築城、狼煙《のろし》による通信手段の新設、東国から防人《さきもり》を徴募し、対馬・隠岐や筑紫に兵を常置するなど、防御策を急いだ。あわせて大和から近江への遷都を行った。

唐・新羅により九州へ、そして瀬戸内海を経て、西方から侵攻があった場合に、矢面《やおもて》にたつ難波から、大和は至近距離にある。古代の大阪平野は内海であった。近江は大和より奥地にあり、さらに琵琶湖や鈴鹿峠・不破峠を通じて、東海や北陸地方にも通じ、大和より防御しやすい安全な土地と考えられた。

しかしこの遷都には大和に住みなれた、朝廷の群臣および在郷の豪族、さらに庶民たちからも強い反発があった。三輪山を見つつ、大和との別れを惜しみ、これを歌った額田王にも、この遷都への深い哀しみがあったと思われる。大和の守護神である三輪山に、この歌を供奉し謝罪する、気持ちが込められていると思える。

三輪山は標高四六七メートル、国のまほろば大和を囲む山々のうち、東南部になだらかな円錐形をしていて、大和盆地のどこからも望まれる。山の麓には、大和国の一の宮である大神神社が鎮座し、三輪山はそのご神体で神の山なのである。ここでは三輪山を尊崇して、「大神」を「おおみわ」と訓じ、大神神社には本殿はなく、ご神体の三輪山を拝する拝殿のみがある。

大神神社は大和の国の一の宮であるが、日本国中それぞれの国には、その歴史や由緒等をもとに格付けされ、最上位とされる神社を一の宮と称した。格付けの順に従って、二の宮、三の宮もあり、今も各地の地名に残る。大神神社ができたのは四世紀の初め頃、三輪王朝の創始者とされる崇神《すじん》天皇の頃と伝わる。

三輪山

大神神社

しかしこの三輪山は、大和に古代王朝が始まる以前から、民間信仰の対象として、畏怖と崇拝を集めた山であった。今も杉・檜《ひのき》・松・樫《かし》・欅《けやき》等の原始林に覆われ、神の御座所の磐《いわ》座《くら》となる、大きな巌《いわお》が各所にある。そしてこの大神神社は大和のみならず、日本で最古の神社のひとつとされる。

山は神聖視され古代以来、木の伐採はいっさい許されず、山への人の参入も許されなかった。ひとむかし前までは、決められた登山口で、白衣に着替えお祓いを受けて、三輪山への信仰の目的のみに許され、行楽の登山は許されない。

大神神社に祀られるご神体は、先述のとおり三輪山であるが、祭神は大物主神とされる。この大物主神は、天照大神を主神とする天つ神に対して、出雲神話が語る葦原の中つ国、私たちの住むこの日本国を統治した神、大国主神の異称とされる。

神話の世界では、この葦原の中つ国日本は、天つ神が天下る前は、出雲神話が語る大国主神が統治していた。大国主神は、天下ってきた天つ神に国譲りをし、その後は天つ神を始祖とする、天皇家がこの日本を統治した。大国主神は出雲大社に祀られ、この時から霊界を統治することとなった。

大国主神にはいくつもの別のよび名がある。大己貴神《おおなむちの》、葦原醜男《あしはらのしこおの》神、八千矛《やちほこの》神、顕国魂《うつしくにたまの》神、大物主《おおものぬしの》神等々である。この異なった神の名の背後には、製鉄業など異なった社会集団、大和国の三輪山など異なった地域が、大国主神を異なった名で尊崇した。この三輪神社の祭神である大物主神は、崇神天皇の伯母の倭迹迹日百襲媛命《やまとととひももそひめのみこと》と結婚したと、『日本書紀』には次のように記されている。

> 倭迹迹日百襲媛の夫は三輪山の神である大物主神であったが、夜に訪ねてきて早朝暗いうちに帰ってしまうので顔もさだかにわからない。そこで夫に昼のあいだもいてほしいとたのんだところ、明朝、櫛箱《くしばこ》の中に入っているから開けて驚かないように、という答えであった。翌朝、櫛箱の中を覗いてみると小さな蛇が入っていたので驚きの声をあげたところ、大物主神は約束を破ってしまったとおこって三輪山へ帰ってしまった。媛は嘆き悲しんで箸で陰部を突いて死んでしまった。そこで墓を大市に造って箸墓《はしはか》とよんだが、この墓は日中は人が作り、夜は神が作った。

三輪山山麓は巻向《まきむく》の地といわれ、日本最古と称される古墳群が存在する。そしてこの山の西麓に、三輪王朝と称される、大和朝廷の最も古い皇宮があった。第十代の崇神天皇の磯城《しき》瑞籬《みずがき》宮、第十一代垂仁天皇の纏向珠城《まきむくたまき》宮、第十二代景行天皇の纏向日代《まきむくひしろ》宮、この三代の都が置かれた時代は、四世紀の初めから半ば頃と推定される。崇神・景行天皇陵と伝わる陵墓もここにある。

全長二八〇メートルの日本最古の前方後円墳、箸墓はこの地にあり、『日本書紀』にその被葬者は、倭迹迹日百襲媛命と記載される。邪馬台国が大和にあったとする説では、倭迹迹日百襲媛が葬られたとする箸墓を、邪馬台国の女王卑弥呼《ひみこ》の墓と推定する。

崇神天皇の宮に皇祖神の天照大神と、大和の地主神大物主神とを一緒に祀っていると、災厄が多くやまない。天皇は夢の中の告げにより、同じ大和の笠縫村に天照大神を遷し、皇女である豊鍬入姫命《とよすきいりひめのみこと》に祀らせた。現在三輪神社の北に、山辺《やまのべ》の道に沿ってある、桧原《ひばら》神社がそれと伝わる。それでも災厄はやまなかった。

続く垂仁天皇は皇女倭姫命《やまとひめのみこと》に命じて、天照大神が気にいる地を探させた。近江・宇陀・伊賀・美濃を経て伊勢に着いた時、天照大神が、「この神風の伊勢の国は常世《とこよ》の浪の重浪《しきなみ》帰する国なり、傍国《かたくに》の可怜《うま》し国なり、此の国に居らむと欲ふ」とのたまい、この地に祀られることとなった。今の伊勢神宮の誕生である。

三輪山が代表する国つ神が、いかに大きな力をもっていたかが推測される。拝殿の前の広庭の右手に、大きな神杉がそびえる。神杉の根の虚《うろ》には、「巳《み》さん」と呼ばれる蛇がすみ、神酒《みき》と卵をそなえると願いをかなえてくれる。

稲作を業とする葦原の中つ国では、水が何より貴重で欠かせない。水をもたらす龍（蛇）が、守護神として尊崇される。この大神神社の祭神、大物主神が蛇とされるのは、先述の『日本書紀』の説話のとおりである。境内にある神杉には、たくさんのお酒と卵が供えられている。

『日本書紀』崇神天皇記に、「この神酒《みき》は、我が神酒ならず　倭成《やまとな》す大物主の醸《か》みし神酒」とある。神酒は神に代わって、処女《おとめ》が生米を噛《か》み壺のなかに入れておく。二、三日すると醸されて、ぶくぶくと水泡が立ち沸いてくる。このようにしてできた処女の噛み酒は、大物主の醸みし酒と伝承され、神酒として神聖視された。

大神神社の祭神と酒とのかかわりは古い。この物語が縁起となって、大神神社の大物主神は、酒神という伝承が生まれた。そして味酒《うまさけ》が三輪山の枕詞となり、神酒をミワとも読んだ。

神社では一一月一四日の「酒まつり」には、直径一メートル余り、重さ一二〇キログラムの杉玉が、毎年社殿につるされる。そしてお詣りする酒造家にも杉玉が配られ、これを軒先につるして、酒造元の標識とする伝統が生まれた。

最後に三輪を詠った歌、もう一首を紹介したい。

いにしへに　ありけむ人も　わが如《ごと》か
　三輪の桧原《ひはら》に　かざし折りけむ
柿本人麻呂歌集　（巻七・一一一八）

三輪山の北西麓の小丘をひとつ越えれば桧原（檜《ひのき》の林）である。耳成山や畝傍山が見え、山の辺の道が北に向かっている。三輪の桧原の桧を手折って、鬘《かずら》として頭にかざすのが、三輪の神への信仰に欠かせなかった。古の人も自分（人麻呂）と同じようにしたのであろう。

Ⅲ、二上山

大津皇子の屍《かばね》を葛城《かつらぎ》の二上山に移し葬《はふ》る時、大伯皇女の哀しび傷《いた》む御作歌《みうた》

うつそみの　人にあるわれや　明日よりは
　二上山を　弟世《いろせ》とわが見む　（巻二・一六五）

会いたい、見たいと思う弟は、もはやこの世の人ではない。幽明を異にして、この世に残った私は、明日からは二上山を弟と思い眺めて、慕い偲んで生きていこう。

私の故郷は岡山県邑久《おく》郡邑久村（現・瀬戸内市邑久町）で、邑久小学校、邑久中学校を卒業した。生誕地は横浜であるが、二歳で祖父の居た韓国へ渡り、四歳の時敗戦により、本籍地の邑久へ引きあげた。大学に入学した一八歳までこの地で育

ち、邑久郡邑久村が私の故郷である。万葉集に右の歌を残した大伯皇女《おおくのひめみこ》は、私の故郷の邑久の地で生まれ、生誕の地名をとって大伯皇女と命名された。

六六〇（斉明六）年九月に、百済から大和の宮廷に急使が届き、唐・新羅の連合軍の侵攻により、百済が滅亡したとの報を受けた。遺臣たちが山城に割拠して、頑強な抵抗をしているので、日本への救援の依頼があった。緊急の事態に宮廷の動きは早く、翌年の一月には百済救援のため、斉明女帝と中大兄皇子は、難波津を出発し瀬戸内海を西行した。

大伯海《おおくのうみ》（現・瀬戸内市牛窓）に停泊のとき、同行した太田皇女に女児が誕生した。この女児が生誕地の名にちなんで、大伯皇女と命名された。母の太田皇女は、中大兄皇子（後の天智天皇）の長女、夫は大海人皇子（後の天武天皇）であった。同行していた鵜野皇女（後の持統天皇）は、母である太田皇女と同腹の妹で叔母であった。

北九州に急遽朝倉宮を造営し、朝鮮半島救援への前進基地とするが、ここで高齢の斉明天皇が薨じた。中大兄皇子が皇位を代理し、全軍の指揮をとった。また九州の朝倉宮で、大伯皇女より二歳年下の弟が誕生し、生まれた那大津（博多）の地名をとって、大津皇子と命名された。また鵜野皇女にも、大海人皇子を父とする草壁皇子が誕生し、後に皇位争いの悲劇の原因となる。

六六三年八月に、朝鮮半島で戦われた白村江の海戦で、日本・百済連合軍は、唐・新羅軍に壊滅的な敗北を喫した。そして六七一（天智一〇）年一二月に、天智天皇が四六歳で崩《ほう》御《ぎょ》する。天智の後続争いで、既述したとおり壬申の乱がおこるが、これに勝利した天武・持統の時代となる。

天武は大和から吉野に逃避し、美濃で蜂起するにさきがけ戦勝を、皇祖神を祀る伊勢神宮に祈願した。皇位に就いてからは、戦勝は神宮のおかげと厚く感謝し、自らの皇女を神宮の斎王《いつきのみこ》の任につけ、皇祖神を祀らせた。このような経緯で大伯皇女は、歴史上初の伊勢神宮の斎王となった。その後この斎王の制度は、南北朝時代の後醍醐天皇まで、六六〇年間皇室の制度として続いた。

六八六年九月に天武天皇が崩御すると、後継争いが表面化した。候補は二人、鵜野皇后（後の持統）の子草壁皇子と、大伯皇女の弟の大津皇子である。大津皇子は才に秀で文武両道、天武天皇やまわりの臣下からの嘱望も高かった。天武天皇は将来、皇位は長男の草壁に、政務は太政大臣として大津にと、考えていたようだが、実現できないうちに若く崩じた。

『日本書紀』には、大津皇子について次のような記述がある。「威儀が備わり、言語明朗で、祖父故天智帝に愛されていた。長ずるに及び、才学が際だち、とりわけ文筆を好まれた」。また日本初の漢詩集『懐風藻』（七五一年撰）には、「身体容貌たくましく、広く深い度量をお持ちであった。また、自らへりくだり、人を厚く遇した」と称賛している。

自らの子の草壁皇子に、皇位を継がせたい鵜野皇后の執念は、大津皇子抹殺の謀略へと駆りたてた。この大伯皇女姉弟にとって不幸だったのは、大伯皇女が七歳、大津皇子が五歳の時に、母の太田皇女が、二三歳の若さで亡くなったことである。本来なら天智の長女である太田皇女が、鵜野皇女に代わって、天武の皇后に就いたはずなのである。

天武天皇が崩じて一《ひと》月も経たないうちに、謀反をたくらんだとして大津皇子は捕えられ、その翌日には自害させられた。待ち受ける自分の運命を察したか、大津皇子は秘かに、姉の太田皇女を伊勢に訪ねている。万葉集に残る大伯皇女の次の歌でわかる。大伯皇女の歌は万葉集に六首あり、すべて弟の大津皇子を想い詠ったもので、それぞれ秀歌として評価が高い。

我《わ》が背子《せこ》を大和へ遣《や》ると小夜《さよ》更《ふ》けて
　あかとき露《つゆ》にわが立ち濡《ぬ》れし　（巻二・一〇五）

大伯皇女は、大和にもどっていく弟の大津皇子を見送る。夜はふけていつのまにか暁ちかくなり、これが最後の別れになるかもしれないと、不安の心をいっぱいに、露に濡れながら立ちつくして、いつまでも見送った。

次は大津皇子の死に臨んだ辞世の句である。

百伝《ももづた》ふ磐余《いはれ》の池になく鴨を
　今日《けふ》のみ見てや雲隠《くもがく》りなむ　（巻三・四一六）

「百伝ふ」は磐余の枕詞。磐余の池で鳴いている鴨、きのうも鳴いていた鴨、おといも鳴いていた鴨、それが今日を最後にして、聞かれなく見られなくなる、自分は死んでいかねばならない。鴨は懐かしい大和平野の象徴であり、この世のすべての象徴である。

大津皇子には先に述べた漢詩集『懐風藻』にも辞世の詩がある。

五言《ごごん》。臨終《りんじゅう》。一絶《いちぜつ》。
金烏《きんう》西舎《せいしゃ》に臨《のぞ》み、鼓声《こせい》短命《たんめい》を催《うなが》す。
泉路《せんろ》賓主《ひんしゅ》無《な》く、此《こ》の夕《ゆふべ》誰《た》が家《いへ》にか向《むか》ふ。
五言。刑死に臨む。一絶。

太陽は家々の西の壁を赤く照らし、夕刻の時を告げる太鼓の音は私の短い命をさらに急がせる。黄泉の路には客人も主人も無く、この夕方に誰の家に向かうことになるのか。

『懐風藻全注釈』（辰巳正明著）

大津皇子の死刑を知った、妻の天智天皇の皇女である山辺《やまべの》皇女《ひめみこ》が、裸足になって髪を振り乱して死刑場まで走り、夫の後を追って死んだとあり哀れである。大津皇子の屍は殯《あらき》の儀が行われたのち、二上山の山頂に丁重に本葬された。この時詠んだのが冒頭の大伯皇女の歌である。

うつそみの　人にあるわれや　あすよりは
　二上山を　弟世とわが見む

弟とは幽明、境を異にしていて、もうあきらめなければならない、生き身の人間である私と知りつつも、でもあきらめきれない。明日からはせめてあの二上山を、弟と思って眺めよう。実に愛情のこもった悲痛な歌である。

『万葉の人びと』（犬養孝著）

古代から日本の葬送習俗には、山が密接に関係しているが、二上山は生者の「この世」と死者の「あの世」を別つ山であった。後世、阿弥陀如来が山の向うから、死者をお迎えに来る「山越しの阿弥陀来迎図」が多く描かれるが、そこに描かれる山は二上山が原型だといわれる。

罪人よ。吾子《わこ》よ。吾子の為了《しおふ》せなんだ荒ぶ心で、吾子よりももっと、わるい猛び心を持った者の、大和に来向かふのを、持ち押へ、塞へ防いで居ろ。

『死者の書』（折口信夫著）

二上山

したがって二上山の頂上に墓があるということは、「この世」でも「あの世」でもない世界に、永遠に葬られることとなり、死後も罰を受けていることとなる。外敵から大和の守りとして葬られ、そのため墓は西面している。

太伯皇女は大津皇子の死後、斎宮の任を解かれ明日香に帰京する。その後大伯皇女がどこでどのように生きたか、結婚したか、独身のままであったか、記録は何も残っていない。『続日本記』七〇一（大宝元）年一二月二七日の条に、「大伯内親王薨。天武天皇之皇女也。享年四一歳。」の記事がある。大津の皇子の死から一五年生きたことになる。

大津皇子薨《かむあが》りましし後、大伯皇女
伊勢の斎宮《いつきのみや》より京に上る時の御歌

神風の　伊勢の国にも
　あらましを
なにしか来けむ
　君もあらなくに
（巻二・一六二）

（つづく）

漢詩の世界
——日本の漢詩（第一回）

桑名靖生

はじめに

日本語を考えてみたい。「何を今さら」と言われるかもしれないが、私は母国語である日本語を大切にしたいと思っている。

今これを書いている文章は「漢字かな交じり文」である。普段使っている文章を漢字無し、ひらがなだけで書いたらどうなるであろうか。『文章を漢字無し』は『ぶんしょうをかんじなし』となって、こんな短い文章でも意味を把握するのに時間を要するということ、ご理解頂けると思う。

日本は古代から文字の無い、話し言葉だけの時代が続いていた。五世紀から六世紀頃、中国から仏教経典などと共に漢字が伝わった。そしてその漢字の音《おん》を使い、さらに意味を表す日本の言葉の訓《くん》も文字の中に取り込んで読み、書くことができるようになった。

例えば、「山」を「サン」と「ヤマ」というように読み、漢文の訓読法ができ、「登山」という漢語を「山に登る」と理解したのである。

中国からの借り物とはいえ、「漢字」という文字を得て、それを日本語として使った時の古代の日本人の感動はいかばかりだったであろうか。日本の文明の夜明け、革命が起ったのである。

平安時代に、「ひらがな」「カタカナ」の発明により、更に自由な表現ができるようになり、源氏物語、枕草子など女流文学の隆盛となる。以来、「漢字かな交じり文」は連綿と続き、現代に至るまで変わることなく日本語として使われている。

「漢字は難しい」と、以前から言われている原因の一つは、漢字の読みが表意文字と表音文字と二つの読み方にあるのもまた事実である。それを考慮しても、表意文字の漢字の使用は、言葉に、より深い表現、味わいをもたらすものであると思う。

ほぼ同時期に編纂された我が国最古の漢詩集『懐風藻《かいふうそう》』と、やまと歌と言われる『萬葉集』はいずれも漢字で書かれている。萬葉集は「万葉仮名」という漢字の音《おん》を借りて言葉として使用していて、文字に意味を持っていない。一例をあげると、「恋《こひ》」は「古非・孤悲」、「ほととぎす」は「保登等芸須」、

「懐かし」は「夏樫・名津蚊為」、「菫」は「須美礼」の如く、今でいう当て字とも言え、自由に歌を書くことができ、大きな発明ではなかったのではないであろうか。

萬葉集の代表的な歌を、万葉仮名と現在の読み方とで書いてみる。

春過而 夏来良之 白妙能 衣乾有 天之香来山
春過《はるす》ぎて 夏来《なつき》たるらし 白妙《しろたへ》の 衣乾《ころもほ》したり 天《あめ》の香久山《かぐやま》
持統天皇（巻一・二八）

懐風藻

我が国最古の漢詩集懐風藻は、西暦七五一年に成立。近江朝から奈良期に至る六十四名の天皇・皇族以下、官吏、僧侶等が詩作した百十六首の漢詩が収められている。

著者は淡海三船《あふみのみふね》、石上宅嗣《いそのかみのやかつぐ》と言われているが不明である。

題材は、当時最大の権力者であった天皇を中心とした朝廷の盛事を誇示する宮廷内での宴会・宴遊、吉野行幸や野外での狩りに天皇に従った際の詩作が多く、「天皇は神の如く」とひたすら賛仰しており、ちょうど萬葉集、柿本人麻呂の《大君《おほきみ》は神《かみ》にしませば天雲《あまぐも》の雷《いかづち》の上《うえ》に廬《いおり》せるかも》の歌と同列である。がこういう詩ばかりではなく、四季を詠い、自然を謳った詩や、「述志《こころざしをのべる》」の詩もあり、中国から舶来された漢詩集（南北朝時代から初唐の詩人たち）の影響、見よう見真似で作った硬さはあっても初めての作詩の新鮮な喜びに溢れている。

懐風藻は最初に『序』から始まる。当然全文漢文であり、原文を次に要約、概説する。

『序』は、古事記・日本書紀を引き、天孫降臨から三韓征伐、孔子の学の渡来を述べ、更に聖徳太子により礼儀・法度が制定され、文化の芽が生じ、文を尊び学校を建て、文治の実があがっていったこと。

学問が盛んになり、多くの詩人が輩出したが、戦禍に見舞われ多くの詩を失った。時代も隔たってきて、古人の詩の失われるのを救い先賢の面影を忘れまいと考えたこと。

そして、序の最後に、著作に思い至った経緯を「遠く天智朝の御代から平城・奈良時代に至る先人の詩文が散逸するのを惜しみ」、「先人賢士の残された教えを忘れないようにと思い、故に懐風と名前をつけた。時は天平勝宝三年（七五一）辛卯の冬十一月である。」と結んでいる。

一、若き三人の皇子たち

懐風藻は最初に若い三人の皇子の漢詩から始まる。

その時代の歴史に夫々が係わらざるを得なかった皇子たち。あたかも飛鳥時代の内乱のドラマを観るように、懐風藻の著者も、八十年前に起こった事件を意識しているようである。

この三人の皇子とは、天智天皇の長子の大友皇子、第二子の河島皇子、天武天皇の長子の大津皇子である。この若き三人の皇子は、同時代の激動の歴史の中に相互にからみ合い、いずれも若くして生を終えている。

一・二　大友皇子　六四八（大化四年）～六七二（弘文元年）

皇太子は淡海帝《あふみてい》の長子なり。（中略）年甫《はじ》めて弱冠、太政大臣を拝す。皇子博学多通、文武の才幹あり、詩文の才能は新たに日に日に磨かれていった。始めて万機に親しむ。群下畏れて粛然たらざるなし。年二十三にして立ちて皇太子となる。壬申の年の乱に会ひて天命遂げず。時に年二十五。

《大意》

大友皇子は近江朝、天智天皇の第一皇子である。皇子が二十歳になられた時、太政大臣を拝命した。皇子は博学で文武の才能があり、詩文も日を経る毎に磨かれていった。初めて政治を自分で執り行うようになって、多くの臣下たちは畏れ服さぬ者はいなかった。年二十三歳の時に皇太子になったが、壬申の乱にあい、二十五歳の年齢でこの世を去った。

侍　宴

皇明光日月
帝徳載天地
三才並泰昌
萬國表臣義

宴《えん》に侍《じ》す

皇明《くわうめい》 日月《にちげつ》と光《て》り
帝徳《ていとく》 天地《てんち》に載《み》つ
三才《さんさい》 並《なら》びに泰昌《たいしやう》
万国《ばんこく》 臣義《しんぎ》を表《あらは》す

《語釈》

皇明：天皇の威光。天智天皇を指す。　帝徳：天皇（天智）の聖徳。　載つ：満ちる。　三才：天地人の三つ。　泰昌：太平で栄える。　臣義：臣下として仕える礼儀。

《大意》

天子の威光は日月の如く輝き、天子の聖徳は天地に満ちあふれている。天・地・人ともに太平で栄え、四方の国は臣下の礼を尽くしている。

述　懐

道徳承天訓
塩梅寄眞宰
羞無監撫術
安能臨四海

懐《おも》ひを述《の》ぶ

道徳《どうとく》 天訓《てんくん》を承《う》け
塩梅《えんばい》 真宰《しんさい》に寄《よ》す
羞《は》ずらくは 監撫《かんぶ》の術《すべ》無《な》きことを
安《いず》んぞ 能《よ》く 四海《しかい》に臨《のぞ》まん

《語釈》

道徳：人の守るべき道。　天訓：天の教え。　塩梅：塩加減から、適正な政治を行うことの意味。　真宰：天の異称。　監撫：国を治めるのを監国といい、従軍することを撫軍という。太政大臣としての仕事のことを指す。

《大意》

天の教えをいただいてこの世の教えとし、天の教えに基づき正しく国家を運営する。恥ずかしいことだが、私は大臣の器ではない。どのように天下に臨んだら良いのだろう。

太政大臣として自分の心の内を述べた。得意の絶頂も束の間、父天智天皇の病死により、叔父である大海人皇子との皇位継承争い《壬申の乱（六七二年）》に敗れ自ら縊死した。

「古事記」「日本書紀」では天皇と認められず、第三十九代は天武天皇となっていた。が遥か後年、明治三年（一八七〇）になって第三十九代弘文天皇と諡《おくりな》、追号された。

権力闘争に敗れた悲劇の皇子である。

一・二　河島皇子　六五七（斉明三年）～六九一（持統五年）

河島皇子は淡海帝の第二子なり。志懐温裕、局量弘雅、はじめ大津皇子と莫逆の契りをなし、津の逆を謀るにおよびて、島すなはち変を告ぐ。朝廷その忠を嘉し、朋友その才情を薄んず。議者いまだ厚薄を詳らかにせず。しかも余おもへらく、私好を忘れて公に奉ずる者は忠臣の雅事、君親に背きて交を厚うする者は悖徳の流のみ。ただいまだ争友益を尽さざるに、塗炭に陥るる者は余またこれを疑ふ。位浄大参に終ふ。時に年三十五。

《大意》

皇子は淡海帝（天智天皇）の第二皇子である。気持の穏やかな、太っ腹で典雅な方である。

はじめ大津皇子とは無二の親友だったが、大津皇子が反逆を計画した時、河島皇子はそれを密告した。朝廷はその忠誠を褒めたが、朋友たちは情誼の薄い者とみている。天武天皇の死後、朝廷内でも重用されず、三十五歳にて逝去。

山　斎

塵外年光満
林間物候明
風月澄遊席
松桂期交情

山《さん》　斎《さい》

塵外《じんがい》年光《ねんこう》満《み》ち
林間《りんかん》物候《ぶっこう》明《あきら》かなり
風月《ふうげつ》遊席《ゆうせき》に澄《す》み
松桂《しょうけい》交情《こうじょう》を期《き》す

《語釈》

山斎：山荘。塵外：浮世の外、俗塵の外。年光：春の光。物候：風物と気候。松桂：松と桂、常に変わらぬ緑から、変わらないの例え。交情：交友の情。

《大意》

浮世を離れた山の中にも光は満ちみち、林の中は春の色どりが美しい。爽やかな風、澄んだ月の光が宴席に流れる。松や桂のように変わらぬ交友を続けたい。

山中の書斎で悠々自適の心境を詠んだものである。

実父天智天皇の死後、兄の大友皇子は叔父の後に天皇となる天武に敗れ、天智の遺児は天武の主流から外される。腹違いの兄弟、大津皇子とは特に親しく盟友としていたが、天武天皇の死去に伴い、次の持統天皇の権力下になると、雲行きはおかしくなる。

大津皇子の言動が気になったのであろうか、持統女帝への密告は大津への裏切り行為となる。大津の死後、大津は理想化され、悲劇の英雄に祭られると、河島皇子はいっそう立場が悪くなっていった。

世の中がこのように変転していく中で、彼は波風を立てずに生きることが処世術となった。それにはこの詩にあるような生活はふさわしいものであった。文人的気分のあふれる作品である。

一・三 大津皇子　六六三（天智二年）〜六八六（朱鳥元年）

皇子は浄御原《きよみはら》の帝の長子なり。状貌魁梧《じやうぼうくわいご》、器宇峻遠《きうしゆんゑん》、幼年にして学を好み、博覧にしてよく文を属《しよく》す。壮なるにおよびて武を愛し、多力にしてよく剣を撃つ。性すこぶる放蕩《はうたう》にして、法度《はふど》に拘わらず、節を下して士を礼す。これによりて、人多く附託す。

新羅《しらぎ》の僧行心《ぎやうしん》といふものあり、天文卜筮《ぼくぜい》を解す。皇子に詔《つ》げて曰く、「太子の骨法《こつぱふ》これ人臣の相にあらず、これをもって久しく下位に在るは恐らくは身を全うせざらん」と。よりて逆謀《ぎやくぼう》を進む。この詿誤《くわいご》に迷ひて遂《つひ》に不軌を図《はか》る。嗚呼《ああ》惜しいかな。かの良才を蘊《つつ》みて忠孝を以て身を保たず、この奸豎《かんじゆ》に近づきて、卒《つひ》に戮辱《りくじよく》を以てみずから終る。古人交遊を慎しむの意、よりておもんみれば深きかな。時に年二十四。

《語釈》

浄御原の帝：第四十代天武天皇。飛鳥の浄御原に都を定めたことによる。　状貌魁梧：身体容貌ともに優れてたくましい。　器宇峻遠：人品、器量が人にまさっていること。　放蕩：勝手にふるまう。　法度：規則。　附託：つき従う。　卜筮：占い。　骨法：骨柄、人相。　逆謀：謀反。　詿誤：だまして行いを誤らせること。　不軌：規則によらない行動。　奸豎：悪賢い男。　戮辱：死罪。

《大意》

大津皇子は天武天皇の第一皇子である。丈高く優れた容貌で、度量も秀でて広大である。幼年の時より学問を好み、知識が広く、詩や文をよく書かれた。

成人すると武を好み、力にすぐれ、よく剣を操った。性格はのびのびと、自由に振舞って規則などには縛られなかった。高貴な身分でありながら、よくへりくだり、人士を厚くもてなした。このため皇子につき従う者は多かった。

当時、新羅の僧で行心という者がいた。天文や占いをよくした。僧は皇子に告げてこう言った。

「皇子の骨柄は人臣にとどまっていてよいという相ではありません。長く下位にとどまっておりますれば恐らく身を全うすることはできないでしょう」と。この僧の惑わしに皇子は迷い、とうとう謀反の行為に出られたのである。ああ惜しいことかな、立派な才能を心に抱きながらも、忠孝の道を守って身を保つことをせず、この悪い僧に近づいて死罪にあい、一生を終えられた。時に二十四歳。

壬申の乱後、都を近江から飛鳥に遷都した天武天皇は、天智天皇の娘二人を后にされていた。姉が大田皇女《おおたのひめみこ》、妹が鸕野《うのの》讃良皇女《さらのひめみこ》という。

大田皇女には大伯皇女《おおくのひめみこ》、大津皇子《おおつのみこ》という姉弟が居り、鸕野讃良皇女には長子に草壁皇子《くさかべのみこ》が居た。

大伯皇女、大津皇子がまだ幼少の頃に、母大田皇女は亡くなり、鸕野讃良皇女は天武の妃として実権を握り、夫天武天皇を補佐するようになる。後の持統天皇である。

父である天武天皇は、仲の良い姉弟大伯皇女、大津皇子二人を可愛がり、姉を伊勢神宮の斎宮として伊勢へ、また大津皇子は天智・天武を父とする六人の皇子の中でも文武に優れ、人望があった。

鸕野讃良皇女の長子草壁皇子は皇太子に立てられていたが、病弱気味であった。半面大津皇子は身体頑健、容姿いかめしく、武に秀でるばかりでなく、文雅の道の達人でもあった。当代宮廷人の多くは、大津の将来に期待を寄せた。しかし、鸕野讃良皇女にとり、息子の草壁皇子に皇位を継がせるためには大津皇子は邪魔な存在であった。

春苑言宴

開襟臨霊沼
遊目歩金苑
澄清苔水深
晻曖霞峰遠
驚波共弦響
哢鳥與風聞
群公倒載帰
彭澤宴誰論

春苑《しゅんえん》 宴《えん》を言《い》ふ

衿《えり》を開《ひら》いて 霊沼《れいせう》に臨《のぞ》み
目《め》を遊《あそ》ばせて 金苑《きんえん》に歩《ほ》す
澄清《ちょうせい》 苔水《たいすゐ》深《ふか》く
晻曖《あんあい》霞峰《かほう》遠《とお》し
驚波《きゃうは》弦《げん》と共《とも》に響《ひび》き
哢鳥《ろうてう》風《かぜ》と與《とも》に聞《き》こゆ
群公《ぐんこう》倒《さかしま》に載《の》せて帰《かえ》る
彭沢《はうたく》の宴《えん》誰《たれ》か論《ろん》ぜん

《語釈》

衿を開いて：くつろいで。霊沼：宮中の池。目を遊ばせて：見た目を楽しませる。金苑：宮中の庭。晻曖：光がなく暗い様子。驚波：立ち騒ぐ波。哢鳥：さえずる鳥。倒に載せ：ひっくり返しに積む。酔って正体のない者を荷物を扱うように処理している。彭沢：東晋の陶淵明のこと。彭沢県の県令となっていた。

《大意》

御所の池のほとりにくつろぎ、御苑を散歩し景色を眺める。澄んだ池底に水草がゆらぎ、霞んだ連峰は薄墨色にたたずむ。立ち騒ぐ波は琴の音とともに、鳥の声は風に乗ってくる。酔った諸公を載せた船の帰るさまをみて、陶淵明の宴を誰が論ずるだろうか。

遊猟

朝択三能士
暮開萬騎筵
喫臠倶豁矣
傾盞共陶然

遊《ゆう》猟《りゃう》

朝《あした》に三能《さんのう》の士《し》を択《えら》び
暮《ゆうべ》に萬騎《ばんき》の筵《えん》を開《ひら》く
臠《れん》を喫《きっ》して倶《とも》に豁《くゎっ》たり
盞《さん》を傾《かたむ》けて共《とも》に陶然《たうぜん》たり

月弓輝谷裏　月弓《げっきゅう》 谷裏《こくり》に 輝《かがや》き
雲旌張嶺前　雲旌《うんせい》 嶺前《れいぜん》に 張《は》る
曦光已隠山　曦光《ぎくわう》 已《すで》に 山《やま》に 隠《かく》れ
壮士且留連　壮士《さうし》 且《しばら》く 留連《るれん》す

《語釈》

三能：芸能に秀でた士（男子）。　臠：切った肉。　豁：視界が広がり、支障となるものがない。　陶然：心地よく酔う。　月弓：月のような弓。　雲旌：旗が多く棚引く。　曦光：日の光。　壮士：勇気のある者、若者。　留連：留まる。滞在する。

《大意》

朝に芸能の士を択んで狩りをし、暮れには万騎の勇士と酒宴を開く。肉を食べ、のびのびとさかずきを重ねて酔う。勇士の弓は谷間に光り、旗の幔幕は峰の前に翻る。日はすでに山の端に隠れたが、勇士はなお席上に留まっている。

述　志　　志《こころざし》を 述《の》ぶ

天紙風筆画雲鶴　天紙《てんし》 風筆《ふうひつ》 雲鶴《うんかく》を 画《ゑが》き
山機霜杼織葉錦　山機《さんき》 霜杼《さうちょ》 葉錦《えふきん》を 織《お》る
赤雀含書時不至　赤雀《せきじゃく》 書《しょ》を 含《ふく》んで 時《とき》に 至《いた》らず
潜龍勿用未安寝　潜竜《せんりゅう》 用《もち》いるなく 未《いま》だ 安寝《あんしん》せず

起承の二句のみが大津皇子の作で、大自然を紙と筆に例え、山を織機にして紅葉を織る、と詠んでいる。

後半の転結は後人が付け加えたものである。前半の気宇壮大なスケールの大きさに比べて、後半は余りにも拙である。大津皇子に何らかの事情があって未完になったのであろうか。謀反の疑いで刑死したことと、この作句との時期が重なっているのか、記録には現れていない。

大津皇子を偲んで後半を付けたのであるか、推論されるのみである。

《語釈》

天紙：大空を紙に見立てて言った。　風筆：風が吹くような勢いのある筆力。　山を織機《はたおり》とみなした。　杼：織機で横糸を通す道具。　書を含んで：書物をくわえて。　潜竜：淵に潜んでいる竜。大津皇子を指す。

《大意》

大空の紙に風の筆勢で雲翔ける鶴を画き、山のはた織り機に霜の杼で紅葉の錦を織る。書をくわえた赤雀は飛んで来ないし、潜竜は時を得ず、安らかな寝にも就けない。

天武天皇が逝去すると、状況は大津皇子にとって大きく暗転する。大津は、伊勢神宮の斎王の姉大伯皇女に相談すべく、朝廷に無断で伊勢へ赴く。伊勢神宮の加護を求めたいという思いであったであろう。仲の良い愛しい弟であっても、大伯皇女は力になれることはなかった。

夜更けて飛鳥に戻る大津皇子に対して、哀しみの思いをこめた大伯皇女の歌が萬葉集にある。

我《わ》が背子《せこ》を 大和《やまと》へ遣《や》ると さ夜更《よふ》けて
暁《あかとき》露《つゆ》に 我《わ》が立《た》ち濡《ぬ》れし （巻二・一〇五）

大津の親友であった河島皇子が、大津皇子が謀反を企てていると、朝廷に密告する。大津は捕らえられ、磐余《いわれ》の池の近くの自邸で殺される。

大津皇子の辞世の詩である。

臨終

金烏臨西舎
鼓声催短命
泉路無賓主
此夕誰家向

臨《りん》終《じゅう》
金烏《きんう》西舎《せいしゃ》に臨《のぞ》み
鼓声《こせい》短命《たんめい》を催《うなが》す
泉路《せんろ》賓主《ひんしゅ》無《な》し
此《こ》の夕《ゆう》べ誰《た》が家《いえ》にか向《む》かう

《語釈》

金烏：太陽。西舎：西の建物、西方。鼓声：夕べを告げる鐘の音。催す：～の思いを催促させる。泉路：冥途。賓主：主人と客人。主人も客もなく自分一人という意味。

《大意》

太陽は西に傾き、夕べの鐘に短い命が身にしみる。泉路を行くは、一人の旅。夕暮れ何処へ宿ろうとするのか。

萬葉集に辞世の和歌を残している。

百伝《ももつた》ふ 磐余《いわれ》の池《いけ》に 鳴《な》く鴨《かも》を
今日《けふ》のみ見《み》てや 雲隠《くもがく》りなむ （巻三・四一六）

文武《もんむ》天皇（六八三～七〇七）

天武天皇の孫、草壁皇子の子。持統十一年（六九七）十五歳で即位。大宝律令を制定し、遣唐使を復活させる。持統女帝の保護も厚く、よく治めたが、二十五歳の若さで逝去。

詠月

月舟移霧渚
楓檝泛霞濱
台上澄流耀
酒中沈去輪
水下斜陰砕
樹落秋光新
獨以星間鏡
還浮雲漢津

月《つき》を詠《えい》ず
月舟《げっしゅう》霧渚《むしょ》に移《うつ》り
楓檝《ふうしふ》霞浜《かひん》に泛《うか》ぶ
台上《だいじょう》澄《す》み流《なが》るる耀《ひか》り
酒中《しゅちゅう》沈《しず》み去《さ》るの輪《わ》
水《みず》下《くだ》りて斜陰《しゃいん》砕《くだ》け
樹《じゅ》落《お》ちて秋光《しゅうこう》新《あら》たなり
独《ひと》り星間《せいかん》の鏡《かがみ》を以《も》って
還《ま》た雲漢《うんかん》の津《しん》に浮《う》かぶ

《語釈》

月舟：月のこと。月を舟に見立てていった。楓檝：楓の樹で作った櫂。斜陰：傾いた月の光。雲漢：天の川。津：渡し場。

《大意》

月の舟は霧の渚にかかり、楓のかいやかじは、霞におおわれた浜辺に浮かんでいる。宴の台の上を月光が照らし、盃の中に月影が沈んでいる。
　水の流れの上に、傾いた月の光はちりぢり、木の葉も散り落ちて一段と秋の風情である。ひとり月は星の間にあって、鏡のようであり、天の川の渡しに浮かんでいる。
　最初に「霧渚」「霞浜」と春・秋の季節を並べているが、主題は秋の月を詠じている。

述　懐

年雖足戴冕
智不敢垂裳
朕常夙夜念
何以拙心匡
猶不師往古
何救元首望
然無三絶務
且欲臨短章

懐《おも》ひを述《の》ぶ

年《ねん》冕《べん》を戴《いただ》くに足《た》ると 雖《いえど》も
智《ち》敢《あ》えて 裳《しゃう》を垂《た》れず
朕《ちん》常《つね》に夙夜《しゅくや》を念《おも》ふ
何《なに》を以《も》ってか 拙心《せつしん》を 匡《ただ》さん
猶《なお》往古《おうこ》を 師《し》とせずんば
何《なん》ぞ 元首《げんしゅ》の 望《のぞ》みを 救《すく》はむ
然《しか》も 三絶《さんぜつ》の 務《つとめ》 無《な》し
且《しばら》く 短章《たんしょう》に 臨《のぞ》まんと欲《ほっ》す

《語釈》
冕：冠と同じ。成人の大夫以上の者が着用した。　裳を垂れず：善政を行わない。　拙心：未熟な心。　元首：君主。　三絶：画・詩・書の三種の技芸。　短章：短い文章。五言詩を指す。

《大意》
年齢は冠を戴くのに十分であるが、能力は官服を飾るに値しない。私はいつも夜遅くまで考えている。どうしたら未熟な心を正していけるだろうかと。
　過ぎた昔の人を師としなかったなら、どうして君主としての理想の政治ができようか。であるのに、学に技芸に励んでいない。ともあれ、五言の詩をもって心情を表わそう。

大神《おおかみの》高《たけ》市《ち》麻《ま》呂《ろ》（六五七～七〇六）

　壬申の乱の功績により、天武天皇十二年に大神の姓を賜った。萬葉集巻九に三首（一七七〇・七一・七二）残している。

従　駕

臥病已白髪
意謂入黄塵
不期遂恩詔
従駕上林春
松巌鳴泉落
竹浦笑花新
臣是先進輩
濫陪後車賓

駕《が》に 従《したご》ふ

病《やまい》に臥《ふ》して 已《すで》に 白髪《はくはつ》
意《こころ》に 謂《い》ふ 黄塵《くゎうぢん》に入《い》らんと
期《き》せずして 恩詔《おんせう》を 遂《お》ひ
駕《が》に 従《したご》ふ 上林《しゃうりん》の 春《はる》
松巌《しょうがん》 鳴泉《めいせん》 落《お》ち
竹浦《ちくほ》 笑花《しょうくゎ》 新《あらた》なり
臣《しん》は 是《こ》れ 先進《せんしん》の輩《はい》
濫《みだ》りに 陪《ばい》す 後車《こうしゃ》の 賓《ひん》

天皇の恩に浴した感激を述べた詩である。

《語釈》
黄塵：土ほこり。死、黄泉。俗世間ともいう。　上林：宮中の庭園。　松巌：松の立つ巌。　鳴泉：鳴り響く滝。　竹浦：竹やぶのある水辺。　笑花：咲く花。　後車：天子の車の後に従っていく侍従の車。

《大意》

病に臥しているうちに白髪になってしまい、黄泉の国からのお召しを思わないでもなかったが、ありがたい天子のお招きによって、車につき従って春の宮廷の庭の景色を愛でた。

松のそびえる巌より、滝が流れ、響きを立てている。竹藪続きの水辺には花がほころび咲いている。

臣下の私は古参の老人、かしこくもお傍に仕える栄誉に浴している。

釈弁正《しゃくべんしょう》　生没年未詳

出家する前の姓は秦氏という。性格に滑稽味があり、議論も理路整然、少年の時出家し、仏教の学にも通じていた。

文武天皇の大宝年間に中国に渡る。その当時は後に玄宗皇帝となる李隆基がまだ帝位に付いていない時であった。弁正は囲碁がうまかったので、李隆基の招きをうけ、良い知遇を与えられる。中国の地で亡くなった。

在唐憶本郷
日辺瞻日本
雲裏望雲端
遠遊労遠国
長恨苦長安

唐《とう》に在《あ》りて本郷《ほんごう》を憶《おも》ふ
日辺《にっぺん》日本《にほん》を瞻《み》
雲裏《うんり》雲端《うんたん》を望《のぞ》む
遠遊《えんゆう》遠国《えんごく》に労《ろう》し
長恨《ちゃうこん》長安《ちゃうあん》に苦《くる》しむ

《語釈》

日辺：太陽の出るあたり。　雲端：遠い雲の端。　長恨：長く続く尽きない恨み。

《大意》

太陽の昇るあたりに故郷日本を見、拡がる雲の果てに思いを寄せて仰ぐ。

遠く異国に留学し、異国で苦労を重ね、尽きぬ長い恨みを長安で抱いている。

紀《きの》古《ふる》麻《ま》呂《ろ》　生没年未詳

大納言紀大人の子。位階は正五位上。

秋宴
明離照昊天
重震啓秋声
気爽烟霧発
時泰風雲清
玄燕翔已帰
寒蝉嘯且驚

秋《しゅう》宴《えん》
明離《めいり》昊天《かうてん》を照《て》らし
重震《ちょうしん》秋声《しゅうせい》を啓《ひら》く
気爽《きさはや》かにして烟霧《えんむ》発《はっ》し
時泰《ときやすら》かにして風雲《ふううん》清《きよ》し
玄燕《げんえん》翔《かけ》って已《すで》に帰《かえ》り
寒蝉《かんぜん》嘯《うそぶ》いて且《か》つ驚《おどろ》く

忽逢文雅席
還愧七歩情

忽《たちま》ち文雅《ぶんが》の席《せき》に逢《あ》ひ
還《ま》た七歩《しちほ》の情《じょう》に愧《は》ず

広い宇宙から詠い出し、秋の自然風景を描写、そして身近な目に触れる景色を詠い、自己の詩作の才のないことを恥じて結びとしている。よくまとまった詩である。

《語釈》

明離：太陽。　昊天：大空。　重震：鳴り続く雷。　玄燕：燕。寒蝉：ひぐらし。　文雅席：風雅な詩文士たちの宴席。七歩：中国三国時代、曹操の次男、曹植の「七歩の詩」の由来による。

《大意》

太陽は大空に照り輝き、雷が鳴り、ようやく秋を迎えた。大気は爽快、遠く霧が立ちこめ、時世は泰平、風や雲もすがすがしい。

燕はすでに南の国に帰り、ひぐらしの騒がしさに驚く。風雅の人々の宴席に参列したが、七歩の詩の才能がないのが恥ずかしい。

大伴旅人《おおとものたびと》（六六五～七三一）

萬葉集を代表する歌人であり、大伴家持の父である。萬葉集に七十首ほどの歌を残している。

官僚として、左将軍、正五位上、中務卿を歴任、九州大宰府に下行し、太宰師《だざいのそち》（大宰府長官）となる。後、大納言となって帰京。

初春侍宴

寛政情既遠
迪古道惟新
穆穆四門客
済済三徳人
梅雪乱残岸
煙霞接早春
共遊聖主澤
同賀撃壌仁

初春《しょしゅん》宴《えん》に侍《じ》す

政《まつりごと》を寛《ゆるや》かにして情《じょう》既《すで》に遠《とお》く
古《いにしえ》に迪《よ》って道《みち》惟《こ》れ新《あらた》なり
穆穆《ぼくぼく》たり四門《しもん》の客《きゃく》
済済《せいせい》たり三徳《さんとく》の人《ひと》
梅雪《ばいせつ》残岸《ざんがん》に乱《みだ》れ
煙霞《えんか》早春《そうしゅん》に接《せっ》す
共《とも》に遊《あそ》ぶ聖主《せいしゅ》の沢《たく》
同《おな》じく賀《が》す撃壌《げきじょう》の仁《じん》

天子の仁政を謳い、賢者たちが多数集い、早春の景色を詠み、結句で天子の徳に感謝し、祝うという歌人大伴旅人の、僅か一詩の漢詩であるが、萬葉の歌に劣らぬ作となっている。

《語釈》

穆穆：慎み深く、恭しい。　四門：宮中四方の門。　済済：数の多いさま。　三徳：智・仁・勇をさす。　梅雪：梅の花に降りかかった雪。　残岸：岸辺の様子。　撃壌の仁：天下を太平に治めている仁徳。中国神話に登場する君主堯帝《ぎょうてい》の時代、腹鼓《はらつづみ》を打ち、大地を叩いて歌い、堯帝の徳をたたえたという故事（鼓腹撃壌《こふくげきじょう》）から、政治が行き届き人々が太平を愉しむさまをいう。

《大意》

天子の寛大な治世は遠い昔から続き、古くから行われている政道は日々新たである。

四方の門より参内する高雅な群臣たち、智仁勇を備えた人びとも数多くいる。

梅の花に紛う雪は岸辺に乱れ降り、霞やもやは早春の空に棚引いている。

天子の恩沢をいただいてともに宴遊し、天下泰平を謳歌し、天子の仁徳をお祝いする。

大伴旅人の萬葉集《梅花の歌三十二首 併せて序》は有名である。《序》の文中、『初春《しょしゅん》の令月《れいげつ》にして、気淑《きよ》く風和《かぜやわら》ぐ』の一文より「令和」という、平成に継ぐ元号が付けられたことはよく知られている。

「天平二年の正月の十三日に、帥老《そちろう》が宅《いへ》に萃《あつ》まりて、宴会《うたげ》を申《の》ぶ。」の詞書に、大宰府長官の旅人の居宅に旅人を含め、三十二人が集い歌を披露していることが述べられている。

その最初に旅人が詠んだ歌。（巻五・八二二）

我《わ》が園《その》に 梅《うめ》の花散《はなち》る ひさかたの
天《あめ》より雪《ゆき》の 流《なが》れ来《く》るかも

旅人の梅と雪を詠んだ歌（漢詩では「梅雪《ばいせつ》」）を次に数首記して、本稿、最古の漢詩集『懐風藻』を閉じたい。

（巻五・八四九・八五〇・八五一・八五二）

残《のこ》りたる 雪《ゆき》に交《まじ》れる 梅《うめ》の花《はな》
早《はや》くな散《ち》りそ 雪《ゆき》は消《け》ぬとも

雪《ゆき》の色《いろ》を 奪《うば》ひて咲《さ》ける 梅《うめ》の花《はな》
今盛《いまさか》りなり 見《み》む人《ひと》もがも

我《わ》がやどに 盛《さか》りに咲《さ》ける 梅《うめ》の花《はな》
散《ち》るべくなりぬ 見《み》む人《ひと》もがも

梅《うめ》の花《はな》 夢《いめ》に語《かた》らく みやびたる
花《はな》と我《わ》れ思《も》ふ 酒《さけ》に浮《う》かべこそ

参考文献　『懐風藻』全訳注　江口隆夫
『萬葉集』釋注　伊藤博

ある美しい日本人（後編）

隠岐都万

（これまでのあらすじ）
一九八〇年、ジャーナリスト沖洋介はフィリッピンを取材中、かつて第二次大戦中「ヴィガンの無血解放」に、沖という日本人が関わったことを知らされる。現地のブルゴス神父から沖大尉の戦中、戦後が語られてゆく。

五、それぞれが選んだ運命

一九四六年七月四日、フィリッピンが正式に独立した。その年の秋の選挙で、初代のイロコス・スール州知事にホセ・クルースが当選し、就任した。今や晴れてエレーナと正式に結婚したホセはクルース家当主を襲名し、クルース・ジュニアと名乗った。

他方、選挙に敗れたロハス一族はクルース知事の報復を恐れて、密かに財産を処分して、マニラに逃れた。両家の争いがほぼ終わった頃、河野軍医とベティがヴィガンに戻り、診療所を開業した。

幸い、ヴィガンにおける対日憎悪の感情は他のフィリッピン町村に比べて、はるかに弱く、軍医とベティの仕事はほとんど波風が立たなかった。サンタ村にも時々訪ねて、再会したジョセフィーナ母子を慰め、親交を深めた。

さて、ホセ新知事は就任早々、農民の生活を豊かにするための作物として、タバコ栽培に目をつけた。やがて、地元出身のペラルタ弁護士の紹介で、米国の農科大学留学の経験がある青年実業家ベネディクト氏と会い、彼が協力してくれることになった。

この青年実業家はマニラ市南西のバタンガス州出身で、先祖代々、親が大規模なコーヒー農園を栽培している資産家だった。次男坊の彼は独身の三十歳だった。早速、ベネディクト氏がヴィガンに来たが、視察と会談を重ねた結果、ヴィガン投資の契約が急転直下まとまった。それ以来、ベネディクト氏は何度もヴィガンを訪問するうちに、クルース家の次女ジョセフィーナと会う機会も増え、彼女の魅力に惹かれるようになった。

一九五〇年の朝鮮動乱が始まった頃になっても、まだ沖大尉は消息不明で、いつしか誰もが、やはり、どこかで、元ゲリラの残党に襲われて果てたのだろうと噂するようになった。

知事夫人で、クルース家の長女エレーナは妹ジョセフィーナに対するベネディクト氏の求愛の情が、沖大尉との過去の関係にも関わらず、かつ一粒種の娘シェリーがいるにも関わらず、真実で不動なのものだと確信するようになってきた。エレーナ夫人は夫のホセ知事を動かして、何とかジョセフィーナの再婚を実現させたいと思うようになった。

しかし、ホセ知事は慎重で、軽々には動かなかった。まず、ブルゴス神父の意見も聞くべきだろうと述べた。

「まず、ジョセフィーナを日本にまで行かせて、沖大尉の生死を確かめさせた方がよい。まず、その納得が前提となる。長年失踪していれば法的な死亡推定手続きが行われているに違いないだろう。神のご加護は永遠です。彼女が過去と決別することは不可能でしょう。また、奇跡を永久に待つことは無益でしょう。しかし、訪日は彼女に沖大尉の生還への期待を諦めさせて、女性としての新たな幸福を求めさせる契機となるかもしれません」

神父も重い腰をやっとあげて、エレーナ達の意見に賛成した。ジョセフィーナもシェリーの未来を考えて、自分達の将来の運命を何とか打開するための手がかりをつかみたいと悩み始めていた。ただ、その都度、沖大尉の面影と追憶が浮かび千々に思い悩んだ。

一九五五年四月のことである。ジョセフィーナはシェリーを連れて、マニラ港発のアメリカの客船〝プレジデント・ウィルソン号〟に乗船し、横浜港に向かった。

この旅で何よりも心強かったのはヴィガンで開業した河野軍医と妻ベティが同行してくれたことである。軍医にとっては十三年ぶりの帰国、つまり復員なのである。ベティにとっては勿論初めての国である。河野とベティは新婚旅行を兼ねたものになった。

ジョセフィーナにとっても日本は初めての土地だったが、何だか風景もそこに住む日本人もフィリッピンとよく似ていて、外国という気分があまりしなかった。ジョセフィーナにとって、沖の故郷の島根県津和野についても、夫から町並みや実家のたたずまいなどについて何度も聞かされていたので、初めてという感じがしない。なんだか無性に懐かしいという印象を受けた。

家業の醤油醸造を継いだ次兄が、沖大尉によく似ていたので、ジョセフィーナは思わず、その胸に飛びつき、強く抱きしめられたいという衝動に駆られた。彼女が何よりも驚いたことがあった。それは沖大尉のお墓だった。実家では沖大尉が戦死したと信じられていて、墓も建てられていたのである。母親が純白の納骨箱の中を覗き込むと、中に遺骨はなく、白いルソン島の小石が一個ポツンと入っていた。沖大尉の父は生前、息子がヴィガンで上司の命に従わず、抗命したらしいという噂を聞きつけて、苦り切っていた、という話をジョセフィーナは初めて知り、仰天した。昔気質の父は世間体を考えて、沖が生きていても故郷にはむしろ帰ってくれるな、と呟いていたらしい。それだけにジョセフィーナとシェリーが突然現れたことは父親にとって、迷惑ではないにしても、何となく気まずい思いがしたようで、実家では冷めた雰囲気が漂っていた。

父にとって何よりも先祖伝来の名刀を三男坊の沖大尉に託したことが悔やまれていた。この名刀は平時では自慢の種だったからだ。何しろ、日露戦争に参戦した父は、酒席などで、真偽のほどはともかく、酩酊が進むと、この名刀を戦場で存分に振るいロシア兵を多数薙ぎ倒したと豪語するのが常だった。

当然のことながら沖大尉の遺骨も、かれに託した名刀も、戻って来ないことが何よりも苦痛で、世間に顔向けができないような、不名誉な屈辱を味わっていたのだった。今では沖家の当主の座に収まっている次男は三男の沖大尉が戦後二十年も行方不明なのだから民法第三十条の規定で、当然、失踪宣告の事由に該当するとの見解を述べていた。

この状況を見て、河野軍医は長居は無用で、このままでは却って実家の方々にご迷惑をかけることになると判断し、ジョセフィーナ母子を説得し、名残惜しい津和野を後にした。

一行は河野軍医の故郷徳島に向かった。ここでは町中あげて軍医を歓迎してくれた。

傷心の思いで、ヴィガンに帰ったジョセフィーナは、ブルゴス神父とよくよく相談の上、数年後にバタンガス州の財閥の次男ベネディクト氏の求婚を受け入れた。勿論、半分大人になりかかっていたシェリーにも十分理解させた上でのことだった。

そして一九五八年のことである。盛大な結婚式がサント・ドミンゴ教会で行われた。ブルゴス神父は十五年前のことを思い出して、複雑な心境だった。新居はヴィガン西郊のサンタ・カタリーナ村にあるクルース家の先祖伝来の土地が選ばれた。ここに新築の豪華な邸宅が建てられた。実家があるサンタ村にもあまり遠くないので何かと便利である。

この新居で、ジョセフィーナとベネディクトとの平和で、幸福な生活が営まれた。それはジョセフィーナにとっては第二の人生というべきものであった。また、シェリーはますます美しく成長していった。ただ、ジョセフィーナの胸の奥底にはやはり沖大尉の面影が払っても払っても消えなかった。それはどうすることもできない沈鬱だった。それだけに現在の夫のベネディクトへの精神的な不貞に悩まされる日夜が続いた。彼女はやがて時間が解決してくれる、大尉の面影もそのうちにだんだんと薄れてゆくに違いないと思い込むことにした。

こうして一見平和な日々がヴィガンの町にも、ジョセフィーナの新居にも過ぎつつあった。ところが一九六五年のある日曜日に、とんでもない大事件が起きた。ジョセフィーナが再婚して七年目のことである。この日曜日の早朝にドクター・河野がブルゴス神父の館の玄関のドアをはげしく叩いた。ドクターは息せき切って駆けつけたらしく、ハアハアと言っている。

「神父！　神父！　沖大尉が！……」

「沖大尉？」

「そうです。そうです。あの沖大尉です。沖大尉が現れました！」

「ドクター、そう興奮なさらないでください。ゆっくりお話ししてください」

「神父！　これが興奮しないでおれましょうか！　昨夜真夜中過ぎに、あの沖大尉がひょっこりと私の家に姿を見せたのです。驚いたのなんのって、こんなに驚いたことはありませんし
「ほんとうに彼ですか？」

「ほんとうですとも！」

ドクターはその時の状況を細かく神父に説明した。

真夜中を過ぎて、ベッドに入った頃、裏口からドアを静かに叩く音が聞こえた。

「急患？」

そう思って、ベティ夫人がそっと裏戸をあけると、なんとそこに沖大尉その人が立っていた。ベティは大尉に会ったことはなかったが、本能的に彼に違いないと確信したらしい。

とにかくあまりにも意外な人物を目撃し、まるで幽霊に出くわしたかのように呆然とした。次の瞬間、ドクターに向かって叫んだ。

「貴方！　大変よ！　キャプティン・オキよ。早くきて、早く！」

「何だって！　人違いじゃないのかい？」

「間違いないわ！　あのキャプティンよ」

ドクター河野が半信半疑で裏口のドアを開けた。次の瞬間、ドクターは仰天した。まさにあの沖大尉その人が立っていたからだ。

すこし痩せて、頭髪に白いものが目だったが、昔と同じ柔和な笑顔を湛えている。年齢はもう五十台半ばの筈であるがそれより老けて見えた。ドクターは文字通り仰天した。二人は裏口の入口付近で立ったまま手と手を握り合い、相手の瞳を睨むように凝視した。感無量で、二人は声が言葉にならなかった。ベティが気を聞かせて二人を促した。

「お二人とも中に入ってくださいな」

彼女は台所へ向かい、有り合わせの材料で、ご馳走の準備を始めた。二人は夜明けまで尽きない話を続けた。

「それにしても、沖大尉殿。あまりにも遅すぎるではありませんか？」

「勿論、私は毎日毎時毎分毎秒、ジョセフィーナとシェリーのことを想い焦がれておりましたよ。しかし、ヨーロッパも

日本と同じように、万事が戦争のせいで、貧しくてね。万事が不便でね。とても絵の修業などと悠長なことは言っておれなくてね。生きるのが精いっぱいだったのさ。ヨーロッパ人も誰もどこでも同じなのだよ。私はヴィエトナム人になりすましてね。実際にはペンキ屋職人で何とか生計を立てることができたのだよ」

「しかし、手紙くらいは出せたでしょう？」

「いや、それも考えたさ。しかし、それはむしろ危険だと判断したのだよ。日米そして、フィリッピンやスペインの当局から追及されている気配が感じられたのだ。どこかで検閲に引っかからないとも限らないとの懸念がさきだったのだ。しかし、とにかく万事は私の責任だ。君にも深く詫びるよ」

「いや、いや。詫びることはないですよ。ところで、もう少し大尉の現在の生活を話してください」

沖大尉は自分の生活を河野とベティに詳しく話した。現在はマドリードで抽象絵画のスタディオを持ち、画業に勤しんでいるが、経済的に恵まれているとは決していえない。今回の旅費も長い間の貯金のおかげだという。勿論、ジョセフィーナとシェリーの様子を知るために決断した旅だったのだ。河野はジョセフィーナの並々ならぬ苦労話を沖に披露した。

「ジョセフィーナはね、戦後、随分と長い間、操を守り、大尉の帰りを待ち侘びていましたよ。私達は彼女のために、大尉の故郷の津和野まで行きましたが、消息はサッパリ分からず、失望したのです。彼女もこれ以上調査することは無理だと断念するようになりました。

そして、ついにフィリッピン人の実業家ベネディクト氏との再婚に踏み切ることとなったのです。これは慎重な神父の意見に従った末の苦渋の決断だったのです。シェリーも同じ家族となっています」

ベティ夫人が顔を出して、二人の会話の中に入った。

「シェリーのことですが、彼女は立派に成長して、それはそれは美しい少女になりましたよ。もう二十歳に近いのですよ」

沖大尉はだんだんと冷静な表情が内面の苦痛のせいで歪み、だんだんと泣き顔になった。しかし、沖は最後にキッパリと断言した。

「すべては自分が悪いのだ。最後にお願いがある。こうして私がヴィガンに密かに来たことは妻子には言わないでほしい。今までどおり行方不明としておいてほしい」

「そんなことをしてもいずれ分かるものだよ。神父に相談して、ジョセフィーナ親子の家庭に波風が立たないように、配慮してみたいのですがね。それも駄目ですか？」

「いや当分は是非内緒にしておいてほしい」

「了解した。ところで、昨年末、元米国人捕虜のエドモントン大尉がひょっこりとヴィガンに姿を見せてね。沖大尉の消息を知りたいと言って、神父やジョセフィーナに面会していたよ。彼は何でも、大尉の軍刀を直接返還したいのだとか」

「軍刀を？　そうですか。エドモントン大尉は奇特な人物なのですね」

「彼の熱意にはどう答えたらよいですかね？」

「いずれ、再会する機会もあるでしょう」

　沖大尉はドクターに対し、そう答えて夜明け前にどこへともなく姿を消した。ドクターとベティは、呆然として、沖大尉を見送るより他はなかった。しかし、親子再会の千載一遇の機会なのに、と思うと残念でたまらなかった。

　夜を徹して、沖大尉がドクターに語った逃亡生活の内容は次のような趣旨だった。それは苦脳と失望の連続だった。

　一九四五年の末、沖は米軍の日本兵捕虜送還列車から脱走し、沖に好意的なゲリラ隊長のおかげで、欧州への亡命の旅に出発した。

　第二次世界大戦中、ポルトガルとスペインは日本等枢軸国に対して、国際法上の中立を維持していたので、沖大尉はこの両国なら何とか入国できるのではないか、との淡い期待を持っていた。欧州の一角に辿り付けば他の欧州各国に行くことは何でもない。

　まず、ポルトガルの植民地マカオにはポルトガル船籍の貨物船が数隻停泊しているのを発見した。早速、交渉してみると、好意的な反応で、下級船員として、乗船を許可され、甲板の掃除や食堂の皿洗いなどをすることとなった。元対日協力者のガナップ党員がベトナム人とフィリッピン人として成りすますための旅券を作ってくれたので、その二冊を適当に使い分けることに成功した。

　ポルトガルの貨物船で、何とかリスボンに到着し、ここからバスでスペインへの入国が実現した。沖は当分は首都マドリードに住みながら情報収集をすることにした。幸い、どのスペイン人官憲も親切だった。スペインではベトナム国籍よりフィリッピン国籍の方が役に立つことが分かり、旅券もフィリッピン旅券を使うことにした。

　フィリッピンは四百年間もスペインの植民地だったせいで、当地にはフィリッピン人も多く住んでおり、ガナップの紹介状も、宛先の人物がマドリード市内に在住しているフィリッピン人だった。日本公使館との接触は却って危険だと考えて避けた。マドリードでは観光客用の手製の絵葉書を売り歩き、何とか生計を立てた。その傍ら、絵の修業も始め、大いに励んだ。そのうちちっぽけながらチャンスが到来した。

　一九五五年頃、土地の新聞で発見した絵画展の公募に抽象画を送ると、なんと奇跡的に佳作作品として入選した。そして、さらに幸運が続いた。沖の入選作品を偶然見たマドリード在住のイタリア人画商ロッセリーニが、沖を訪ねてきた。将来性があるからと激励され、彼の好意で、画商が所有する小さなアトリエを無料で使わせて貰うことになった。こんな幸運の日夜の間も、沖は遠く離れたジョセフィーナとシェリーのことを片時も忘れなかった。特に、娘の成長が常に気懸りだった。

（一日でも早く画家として成功して、経済的なゆとりが欲しい。その時は何としてもヴィガンに行くのだ！　そうだ、希望さえ失わなければいつかは夢は実現できる！）

沖は心の中で、そんな叫び声をあげては、みじめな現在の自分を励ました。そう思い続けて、日夜苦闘しているうちに、いつしか歳月が経ち、馬齢を重ねる結果となった。

この頃、沖は親切な画商ロッセリーニから彼の秘書でマリアという名の若いスペイン人女性を紹介された。彼女はやさしい人柄で、いつの間にか沖は彼女と同棲することになった。やがて同棲のマリアの後押しもあり、思い切って、ヴィガンにセンチメンタル・ジャーニーを試みたのだった。沖はマリア嬢の愛情と懐の深さには心より感謝するようになった。

六、沖大尉の苦渋の決断

神父は河野ドクターの話を聞き終わり、長い溜息をついた。そして呟いた。

「人生とは何という苛酷で、皮肉なものなのだろうか。これは果たして神の思し召しなのであろうか。それにしても……」

神父は沖大尉の人柄とヒューマニズムにあらためて感動した。万感の思いを込めて、艱難辛苦の上、爪に火を点す思いで貯めたお金を使って、やっとヴィガンにたどり着いたにも関わらず、万事事情を悟った沖大尉が、あっさりと身を隠したことである。

それはジョセフィーナ母娘を愛すればこそ、彼女達の現在の幸福な生活に波風を立たせてはならじと考えて、細心の思いやりを払って辛い決断を下したからであろう。神父はこれこそ真の愛の発露だと思った。改めて沖の崇高な人間性に敬意を表した。彼こそ、真に美しい日本人だと思った。

この頃、米国の建築家エドモントンはどうしていたか？　戦争が終わり、ワシントン州シアトルに復員したエドモントン大尉はワシントン州立大学建築学科に再入学し、卒業後はシアトル市内の一流建築会社に迎えられ、重要な仕事を次々と任され、活躍していた。

彼はフィリッピンのルソン島ヴィガンで日本軍の捕虜となり、あわや処刑される運命に直面したが、幸い、沖大尉という人道的な人物のおかげで、無事釈放されたことを決して忘れることはなかった。

日本がポツダム宣言を受諾し、日本軍が米軍に投降することになった。その結果、沖大尉の部隊がエドモントン指揮下の米比ゲリラ隊から武装解除されることとなった。その際、〝武士の魂〟というべき沖大尉の日本刀がエドモントン大尉に手渡された。戦後、エドモントンはかねてより、米軍当局の管理下にある沖の日本刀を何とかして、自分の管理下に払い下げしてもらうことに成功した。さらに、沖の消息を確認して、彼に直接に返還してあげたいと思った。

親日家のエドモントンは地元シアトルでも日米友好協会の会員となり、協会主催の行事やパーティなどで活躍していた。ある会合で、エドモントンは同じく親日家だというイタリア人画商のロッセリーニという人物と親しくなった。画商と歓談中に耳寄りな話を聞いて驚いた。才能ある画家の発掘をどうやってしているのかというエドモントンの質問に対して、ロッセリーニはこう答えた。

「これは至難中の至難というべきものです。モディリアーニにせよ、ゴッホにせよ生前は少しも絵が売れず、ほんとうに気の毒でした。私は年齢、性別、人種等に関係なく、才能の光を感じさせてくれる画家がいれば積極的に援助しています。ただ、これはギャンブルです。でも青田売買は一面楽しみでもあります」

「ではこれという画家がいれば今でも面倒を見ているのですか？」

「ええ、例えばマドリードに〝オキ〟という高齢の画家がいます。素人にしておくのは勿体ないほどの才能の片鱗を見せてくれます。そこで、私は無料で彼に〝スタディオ〟の使用を認めるなどの援助をしているのです。何時かは彼の才能が開花するだろうと、祈っています」

このロッセリーニ氏の言葉にエドモントンはハッとした。

「今、貴方は〝オキ〟という人物について触れられましたが、国籍は日本人なのでしょうか？」

「いいえ。彼はフィリッピンとベトナムの旅券を持っています。しかし、私は彼が多分日本人で、元日本兵であるような気がします。何かの事情で別の国の旅券を使っているのでしょう。欧州では珍しいことではありません。もっとも、私は一度もその点を聞きただすようなことはしておりませんがね」

「実は前の大戦で、私は米海軍の潜水艦に乗船し、フィリッピン人ゲリラに戦略物資を補給していたのです。その際、日本軍憲兵に捕まり捕虜となってしまいました。その時の日本軍守備隊長はオキ大尉という人物で実に立派な人物でした。まことに軍人らしからぬ軍人でした。彼は戦争が終わり、復員した後は画家の道を志望していました。ただ、彼は米軍の捕虜となっても、日本軍捕虜収容所へは行かず、送還の途中で脱走してしまい、どうやら日本にも帰還せず、第三国へ渡ったらしいという噂だけが残っているのです。実は彼が我々の捕虜になった時、武装解除されて、大事な日本刀が米軍当局に取り上げられてしまったのです。私は日本人にとって、日本刀は〝日本人の魂〟のような位置づけがあると思うのです。そこで、私は何とかオキ大尉に再会し、彼にその日本刀を直接返還したいと思っているのです」

「それは美しいお話ですね。幸い、私はオキと接触できる立場にいますので、もしかして橋渡し役ができそうな気がします」

「ご面倒をおかけします。オキ大尉との再会という長年の私の夢が叶いそうで、希望が湧いてきました。よろしくお願いします」

七、娘ジョセフィーナの執念

一九六六年、ヴィガンのシェリーが結婚した。相手はフィリッピン航空（ＰＡＬ）の国際線パイロットである。五歳年上の好青年で、ベン・レデスマという名前である。シェリーはマニラの名門女子大を卒業後、テレビのニュース・キャスターとして活躍中にベンと知り合った。

ベンもスペイン系のハーフなので、誰もがフィリッピン人とは思わなかった。フィリッピンではこんなハーフを〝メスチソ〟とか〝白いフィリッピン人〟とか称することがある。彼はフィリッピン航空の南回り国際線で、マニラ・ローマ間を飛んでいた。シェリーの方は結婚後も、美人ＴＶキャスターとして、引き続き茶の間で人気を集めていた。

一九八五年の春、復活祭の行事も終わった頃のことである。ベンがＰＡＬのローマ発南回り線フライトからマニラに戻ったが、妻のシェリーに向かって、妙なことを言った。

「実はね。ローマで滞在中の暇つぶしで、近代抽象画展が同じホテルの中の会場で催されるという案内状が部屋に配られたので、一寸覗いてみたのだよ。ところが、作品リストに〝オキ〟という日本人らしい画家の名を発見したものだから、オヤッと思ってね。だけどがっかりしたよ。まるでピカソのような絵でね。抽象画なので僕にはチンプンカンプンさ」

「オキ？　それは不思議ね」

「パンフレットを持ってきたので、見てごらん」

シェリーがパンフレットを見てみると、作者の顔写真と略歴が添えられていた。この日本人画家は年齢が七十歳を超えていることが分かった。どうやら日系人のハーフらしい。戦時中はフィリッピンにいたと紹介されている点が気にかかる。民間人としてか、または軍人としてかは分からない。写真は東洋人であることは明らかだが、フィリッピン人にもよくあるタイプでもある。そこでベンが提案した。

「まさか、あの激動の大戦中に日本兵の画家がフィリッピンにいたとも思えないが、フィリッピン人の絵画の大家であるレガスピー画伯に聞いてみようと思うのだが、どうだろうか？」

「そうね。放送局に知り合いがいるから、聞いてみるわ。そのあと、ママに聞いてもいいけどね」

翌日、シェリーがＴＶ放送局の知人を通じて、高齢のレガスピー画伯に照会した結果、画伯は当時、ヴィガンには確か日本軍将校で画家がいたことを記憶していると、断言したらしい。彼女は内心驚いた。一瞬気が動顚した。頭の中で何度も反復した。

「まさか！　日本軍将校の画家とは？　もしかして沖大尉、つまり私のパパでは？」

シェリーは老画伯が〝断言した〟と答えたことが驚きだった。そのことはベンには何となく言いそびれて伝えなかった。十二歳の時、ママのジョセフィーナと訪日した時の悲しい船旅を思いだしたからだ。父の消息のことでは万事臆病になっていた。ベンにもママにも、当分は秘密にしておくことにした。大きな騒ぎになることを恐れたからだった。

ヴィガンがあるイロコス・スール州は戦後、長年にわたり、クルース・ジュニア知事の天下であった。また、経済界はタバコ王のベネディクトが牛耳った。知事とタバコ王はそれぞれの夫人が実の姉妹なので姻戚関係となった。また、クルース・ジュニアとベネディクトとは性格上、ウマも合い、兄弟以上の親密さで、ゴルフなどいつも一緒にプレーしていた。

その年の夏のある日の午後、二人がゴルフをプレー中、草むらから突然銃声が聞こえた。知事はハッと身を伏せたが、ベネディクトは運悪く弾にあたり、血潮を吹いて倒れた。直ちに、救急車で市民病院に運ばれたが、途中で絶命していた。まさに一瞬の悲劇だった。知事を狙った政治的な暗殺だったが、誤って、流れ弾がベネディクトに命中してしまったのだ。ベネディクトは知事の身代わりの犠牲となってしまったのだ。

直ちに、知事の厳命を受けて、警察軍（コンスタビュラリー）が山狩りをし、プロの殺し屋二人を逮捕した。犯人が白状した結果、長年、ヴィガンで、知事のクルース家と対立してきたロハス家が雇ったプロの殺し屋であることが判明した。クルース家を憎むロハス家の怨念と執念深さは異常という他はない。

復讐に燃えるロハス家の執念は薄気味悪かった。まさに怨念である。しかし、黒幕のロハス家の二世は外国へ高飛びする直前にマニラ国際空港で逮捕された。裁判の結果、ロハス二世は終身刑の判決を受けて、モンテンルパ刑務所に投獄された。

この悲劇の結果、ジョセフィーナは再び未亡人となってしまった。彼女はサンタ村の実家には帰らず、ヴィガンのクルース家別邸に引き籠り、滅多に外に姿を見せなくなった。ただ、日曜の礼拝は欠かさず、ブルゴス神父の説教を聞くのが唯一の楽しみだった。そして、娘のシェリーがＴＶキャスターとして活躍する姿を見守ることが生き甲斐のようだった。また、シェリー夫妻の息子、つまり孫の成長も楽しみとなった。

お手伝いのアンジェラも七十歳を超えた。が、彼女はジョセフィーナに忠実に仕えた。この別邸はヴィガンでは観光名所なので、ジョセフィーナも時々ガイド役を勤めることがあった。

しかし、彼女は観光客から過去のことをあれこれ、聞かれると表情を硬くし、ただ、かすかにほほ笑むだけだった。そんな母の姿を見ると、シェリーは痛々しく思った。

夫ベンも同じ思いだった。シェリーとベンは何とかして、偶然発見した日本人画家〝オキ〟の正体を確かめようと計画した。

ただ、母には秘密にした。まず、ベンがヨーロッパ回りのPAL勤務の間を利用して、もう少し調べてみて、その結果をマニラのシェリーにテレックスで報告することになった。

シェリーはベンのテレックスを待ち侘びた。〝オキ〟という画家の正体は何か？　何だか実父の匂いがするような気がした。何だか心が躍る。やっとベンからの連絡があったが、それはローマでなく、マドリードからだった。不思議な文面だった。季節は晩秋になって、マドリード市内の街路樹から枯葉が散り始めていた。

「君の父らしき日本人を発見。至急ホテル・クスコに来られたし。ベン。マドリード」

シェリーは大急ぎでTV局に休暇届けを出して、旅の準備をした。実母ジョセフィーナには計画どおり内緒にした。これは母に反対されるかもしれないという懸念があったからだ。留守中の息子については、しっかり者のお手伝いのアンジェラがいるから安心だった。

マニラを出発する日の朝、お手伝いのアンジェラが気になることをシェリーに呟いた。

「お嬢さんは最近ますます母親に似てきましたね。容姿も性格もそっくりですよ」

「まあ、そんなに似ているかしら？」

マニラからマドリードへの長旅の機内で、シェリーはもしかしたら、実の父親に会えるかもしれない、と思うと言いようのない興奮を感じた。マドリードに到着し、ベンのいるホテルに行き、合流した。彼はローマで画商ロッセリーニから、日本人画家の〝オキ〟はマドリードに定住していることを知らされ、住所をメモしていた。

また、ベンは画商から不思議な話を聞いた。

「実は先月、アメリカのシアトル市に旅行しましてね。エドモントンという建築家がオキ大尉を探しているというのですよ。何でもエドモントン氏は前大戦中にヴィガンの日本軍捕虜収容所に囚われている時、所長のオキ大尉と知り合い、人間的な交流があったらしい。

オキ大尉の名刀をアメリカ海軍当局から預かり、本人へ返還したいと思っているけれど、なかなか消息が分からないというのです。すると、画商はもしかして、マドリードで自分が少しお世話をしている人物かもしれない、と答えたというのだよ」

「まあ、それは偶然ね。元アメリカ兵捕虜の話は、昔、何かの機会に噂話として聞いたような気がするけれど、よく思い出せないわ」

早速二人はメモを頼りに〝オキ〟の捜索を開始した。まず、マドリード市内のインデペンデンシア広場に行き、そこからレデイロ公園に向かって歩いた。最初の通りを左に折れて、路地の突き当りを直進すると、簡素なアパートの前に出た。

タウンハウスのような造りだった。入口を眺めると〝ＯＫＩ〟の表札が見えた。胸騒ぎを押さえて、ドアをノックすると、中から反応があり、シェリーより少し年上の、愛嬌のよい女が現れた。スペイン人らしい。シェリーが英語で話しかけると相手も英語で答えた。

「今日は。突然訪問して済みません。一寸お邪魔します」

「何の御用？　どなた？」

「セニョール・オキの絵に興味を持っているものです。セニョールはおられますか？　私はシェリー・レデスマと言うものです。こちらは私の夫です」

「ベンです」

「アメリカーノ？」

「いいえ。二人ともフィリッピン人です」

「フィリッピン人が何故〝オキ〟の絵に興味があるの？　彼の絵を買ってくれるの？　私の名はマリアよ」

「実は、ちょっと、お会いして絵のお話をしたいだけなのよ」

「それだけ？　まあいいわ。オキは今頃プラド美術館で写生をしている筈よ。もしかすると、美術館の裏手の酒場で、安ワインでも飲んでから帰るかもね。けれど、夜は遅くても必ず帰ってくるわ。ここしか寝場所はないからね。貴方達が来たことを言っておくわよ」

マリアというスペイン女は悪女ではなさそうだった。貧乏暮らしであることは一目瞭然だった。ただ、マリアは愛嬌があり、暗さがないのが救われた。沖は彼女と同棲しているのだろう。もしかして、結婚しているのかもしれない。

シェリーとベンは確かな情報を得て元気が出た。

「あと、もう少しで会えそうだ」

「今から美術館へ行ってみましょう」

二人はプラド美術館の方角を目指して歩いた。もう午後四時を過ぎ、陽が少し陰ってきた。空気が乾燥し、街路樹の葉陰に入ると、ヒンヤリとした。彼女は何だか緊張が高ぶり、押しつぶされそうな気がした。ベンの腕をしっかりと握って歩いた。

やがて、美術館の建物が森の中に見えてきた。周囲には人影がない。二人で入場券を買ったが、彼女だけが中に入り、ベンは入口で待つことにした。この美術館はパリのルーブルと並ぶ世界有数のものであるだけに、展示品は一流で、豪華絢爛である。画家五百人の手になる七千点のコレクションを誇っている。

グレコ、リベラ、ベラスケス、ムリリョ、ゴヤ、スルバラン、ルーベンス、ヴァン・ダイクなどスペインや諸外国が世界に誇る名画が一堂に集められており、壮観という他はない。

シェリーは初めての体験なので、全身が震えるような思いがした。暫くして気持ちが落ち着いたので、中をゆっくりと歩き、評判の大作をしっかりと眺めた。画学生や年配の画家らしき人物が、三々五々と好みの大作を模写している。

きっと、特別な許可を得た人達なのだろう。荘厳な雰囲気の画廊を巡回しているうちに、あるコーナーで何かインスピレーションが走った。白髪で長身の、東洋人らしい風貌の男性の後ろ姿が視野に入った。老人は誰かの絵を模写している。

彼女はハッとして、その男性の後方にソッと立った。彼女のからだは電気が走ったように硬直した。まるで全身が痺れたような感覚である。老人が模写している対象はゴヤの大作〝裸のマハ〟と〝着衣のマヤ〟だ。見学者が作品の周囲に立ち止まったまま凝視している。シェリーは足音を忍ばせてソッと後ろから老人に近づいた。

老人の横顔は若き日の父、つまり沖大尉を偲ばせるような風貌だった。しかし、それは母ジョセフィーナから遥か昔の幼少の頃に、古い写真を見せられた時の印象なので確信がない。目の前の老人はゴヤの大作の模写に没頭しており、その姿が何か侵しがたい厳粛な雰囲気を湛えていた。彼女は神経が張りつめて、とても声をかける勇気は出てこなかった。彼女はその場に立ちすくんだままだった。

すると、突然、閉館のベルが館内に響きわたった。入場者がドヤドヤと去り、老画家もキャンバスや絵具道具を片付け始めた。若い職員が足早に巡回し、全員に声をかけている。

「皆さん。閉館時間ですよ。中央出口から退館してください」

職員はゴヤのコーナーに立ち寄り、老画家にも声をかけた。

「セニョール・オキ（オキさん）。コモ・エスタ・ウステ（お元気ですか）。アスタ・マニャーナ（では、また、あした）」

「セニョール・カルロ（カルロさん）。ムイ・ビエン（元気ですよ）。グラシアス（ありがとう）。アディオス（さようなら）」

老人はニッコリ笑って若い職員に答えた。その会話の光景を見て、シェリーは確信した。

（たった今、職員が老画家に対して〝オキ〟という名前で呼びかけたわ。だから、この老人こそ、きっと私の父のオキ大尉に違いない）

シェリーはそう得心した。すると、急に頭がボウッと霞み、胸がドキドキと高鳴った。シェリーはスペイン語があまり上手ではないので、舌がもつれて声がでない。マニラではＴＶキャスターとして、堂々と振舞っているというのに、今は唇が痺れて意のままにならないのだ。

（勇気を出さなくては！）

彼女は自分を叱りつけながら、英語で問いかけようとした。その瞬間、老画家がヒョイと振り返り、棒のように突っ立っている彼女を見つけ、目を丸くした。

「ブエノス・ノーチェス（今晩は）。セニョリータ（お嬢さん）」

老画家は彼女に会釈して、かすかに微笑みながら、出口に向かって歩き出した。

シェリーは慌てて老人の後を追いかけながら、声をかけた。

「エクスキューズ・ミー・サー（一寸失礼します）。アーユー・キャプティン・オキ（貴方は沖大尉ですか）?.」

老画家はギョッとして立ち止まり、ゆっくりと振り向いた。

シェリーと老画家とはお互いにジーッと見つめ合った。随分と長い時間のように思われた。美術館の出口のホールはもう人気が無く、シーンと静まり返っている。

「イエス・アイ・アム（そうです）。ユー・マスト・ビー・シェリー（貴女はきっとシェリーでしょう）?.」

そう言い終わらないうちに、父と娘はまるで吸い寄せられるようにしっかりと抱擁した。その時、老画家の両手からキャンバスや絵具がホールの上に落下した。大きな音が波打ったように静かなホールにこだました。彼女は父の胸に顔を埋めて、無言のまま何度も泣きじゃくった。シェリーは自分がまるで母ジョセフィーナに代わって、というよりも、まるで変身して、父と再会しているような気持ちがした。

ベンがいつの間にか近づいてきて、ソッとシェリーの肩に手を添えた。シェリーがそれに気がついて、老画家に紹介した。幻の父を、彼女がベンに紹介すると父と夫ベンとは握手して、親愛の情を浮かべた。彼女はふと我に返り、三人を促してホールに散らばった絵具道具を拾い集めて、外に出た。マドリードの夜はもう薄暗く気温も下がっていた。シェリーはママのジョセフィーナと自分とが一体になっているような気がしていた。

（エピローグ）

この年の十二月十二日、マドリードの沖はシェリー宛てにジョセフィーナへの誕生祝いの品を空送し、母親への転送を依頼した。お祝いの品は絵画で、「ヴィガンの夢」と銘打ってあった。しかし、その直後にマリアからシェリー宛ての国際電報で、沖が脳溢血で永遠に旅立った旨の悲報があった。沖の散華である。

また、シアトルのエドモントン氏から、日本総領事館を経由して、島根県津和野町の沖の実家に軍刀が返還された。

ブルゴス神父の功績については、今さら強調するまでもあるまい。その後、多くの人々がこの美しいヴィガンの町を訪れては、この奇跡のような神父の話に感動し、人間性のもつ崇高な温かみに触れては、生きる勇気を与えられた。

この感動劇をたまたま知ることとなった、日本から派遣された西村神父の運動が実り、日本大使館が動いた。ブルゴス神父は天皇陛下から叙勲の候補者となり、その後、神父の身内が無事に授与されたもようである。

現在、美しいヴィガンは、ユネスコの世界文化遺産に指定されている。フィリッピンが世界に誇る古都である。（終）

「明治維新」学び直し

恩田統夫

【目次】

はじめに

日本人には明治維新が大好きな人が多い。とりわけ、中高年男性に多いという。一九世紀央、日本は欧米列強からの圧力を前に開国を決断し、近隣アジア諸国に先駆けて欧米を手本に文明開化・富国強兵・殖産興業・海外進出に邁進、信じられないスピードで近代化を成功させた。国会開設、内閣発足、憲法制定、条約改正等も実現させ、アジアでは最初の国民国家を創り上げた。さらに、隣の大国、清やロシアとの戦争にも勝利し、世界を驚かせた。この明治のサクセス・ストーリーには日本人誰しもこの上ない心地よさを覚える。明治維新により心の奥底に秘める自国の歴史への矜持の心を刺激され、多くの人が至上の快感に浸ることができるのだ。

私の本棚にも何冊かの明治維新関連の書物が並んでいる。司馬遼太郎をはじめとする幕末の志士や維新の元勲たちの活躍する時代小説や評伝などで、いずれも心を弾ませて読んだ。私の維新観はこれ等の本や大河ドラマなどから大きな影響を受けている。だが、本棚には専門の歴史家による維新の通史はなかった。僅かに、慣れ親しんだ薩長中心の史観を厳しく批判する人々により書かれた激烈な批判本の類が二〜三冊並んでいるだけだった。

日本の近代史については高校の歴史授業でも殆ど教えられず、その後の不勉強もあり、薩長の志士の個々の活躍ぶりにはそれなりに知識はあるものの明治維新という大変革の本質や歴史的意義などについては今一つ理解不足だった。史上稀な大変革であるにもかかわらず、なぜ革命と呼ばれないのか、連発された大変革の肝は何か、そもそも維新大変革の原因は何なのか、歴史的にはどう評価されているのか、昭和の挫折との関連性は、などいくつかの素朴ながら根源的な疑問を抱えたままだった。

私は明治維新を学び直してみたいと思い立ち、書店で教科書として四冊の歴史研究書を順次手に入れた。購入順に、三谷博の「明治維新を考える」、北岡伸一の「明治維新の意味」、苅部直の「維新革命への道」、坂野潤治＋大野健一の「明治維新1858‐1881」である。各著者の専門分野は近代日本史、日本政治史、日本思想史、開発経済学と異なり、夫々が独自の視点から維新史の本質を論じている。何れも専門書であり読解には努力を要するが、複雑で錯綜とした幕末維新の出来事を斬新な切り口で大胆に解剖し論旨は新鮮かつ明解、随所で目から鱗が落ちる思いで充実感を覚えつつ読み進めている。

題名に魅かれ最初に購入した三谷本は難解ではあるが、これをベースに他の三冊とも読み比べつつ、長年の疑問への客観的で納得できる解に辿り着きたいと考える。

Ⅰ．三谷博の「明治維新を考える」

（二〇〇六年有志舎刊）

（三谷博）一九五〇年生。日本近代史。東京大学大学院総合文化研究科教授等歴任後、東京大学名誉教授・跡見学園大学教授。アジア地域研究にも精通。

一．明治維新「五つの謎」を解く

明治維新は世界の近代革命の中で最も注目に値するものといえる。世襲身分制を覆す大革命であったが、犠牲者は極めて少なかった。平和的変革のお手本として維新は世界的にも大いに参考となるに違いないが、一体どんな変革であったかは実はよく分っていない。アジア全域に影響力のあった事件だけに、多角的視点から普遍的理解が得られる枠組での分析が必要であると考える。先ず、分りにくい明治維新のいくつかの謎の解明に挑戦している。

1．第一の謎：なぜ武士は社会的に自殺したのか

維新で最も印象的な変化は支配階級たる武士身分の消滅であろう。王政復古後一〇年間に徳川将軍や大名だけでなく、それまでの支配身分であった武士一般が、世禄（世襲の家禄）を奪われ身分としては存在しなくなった。

王政復古後の戊辰内乱への動員では大名は武士の家禄を削減し、次いで中央政府は大名国家「藩」を廃し県に変え、これを機に多くの武士を公務から解職した。最後に、武士が世襲してきた家禄も期限付き国債と引き換えに解消する。新政府の官僚は武士身分の出身者が殆どだったが、庶民でも能力があれば高位に引上げ登用し、従来の被差別身分を含め世襲身分制一般を国制から排除し、四民平等を実現した。例外は、皇族と華族身分を付与された公家・大名約四〇〇家だけであった。こうした改革を当時の日本人は概ね歓迎した。「天は人の上に人を造らず、人の下に人を造らず」で始まる福沢諭吉の「学問のすゝめ」が爆発的に売れた事実がこれを象徴的に示している。

武士身分と世禄の剝奪は商人や農民などの庶民によって行われたのではなく、武士出身の政治指導者が自らこの急進的変革を実行した。維新の中で庶民の果たした役割は極めて小さかった。中国やロシアの革命が階級間の戦闘で実現したのと比較して大きく違う点である。一体、どの特権層が自ら進んで特権を放棄しようとするだろうか。武士が社会的自殺を試みることは不自然である。だが、多くの歴史家はこの謎を無視してきた。三谷の知る限り、この謎に言及している人は二人のみである。

一人は、小説家の司馬遼太郎。彼は維新の核心を武士たちの「崇高な自己犠牲」と見た。日本という国家・国民を生きながらえさせるため、徳川家を筆頭に犠牲を甘受したという。だが、あれほど大規模な変革がごく少数のエリートの高邁な精神のみで行えたというのは余りにロマンティックな想定だ。なぜそうなったかも説明していない。あと一人は、米人日本史学者トマス・スミスだ。彼は武士の身分的自殺の要因として、庶民からの挑戦がなく、武士身分内でも下級武士が行政能力を欠く上級武士や贅沢な私生活に耽る商人の双方に不満を持っていたことと近世の武士は官僚化していたと指摘する。つまり、下級武士は庶民の代わりに挑戦し、対君主関係もドライな情誼抜きのものとなり国家を強く意識するようになっていたとする。だが、なぜ身分と俸禄の喪失という多大な犠牲を受容できたかの問いの答えにはなっていない。

三谷の解答の一つは、維新の改革者は無意識のうちに「間接的アプローチ」の経路に入り込んだということである。ある目標Aを達成しようとし、反対が強いと予想されるときに

はより受け入れやすい目標Bを提示、そこからAへの漸近を図ろうとする方法である。その例に、版籍奉還がある。それを実行するに当たって、先ず、薩長土肥の四藩から自発的に上表（天皇宛奉呈文書）を提出させ、他大名の追随を誘うという政略をとっている。

しかし、幕末から明治に至る変革の多くはこのような意識的な間接的アプローチに基づくものではなかった。政治家たちは流動する状況の中で発見した短・中期目標を追求し、そのいくつかが中期的な不可逆的変化を生み出したに過ぎない。彼等は各目標を愛国主義で正当化していた。この「大義」には誰も抵抗できなかった。公議、王政復古、版籍奉還、廃藩置県、秩禄処分も全てそうである。「愛国」のレトリックこそ、個々の改革において、大名や上級家臣が抵抗を試みることを妨げたものである。もし、廃藩の以前に、武士たちが、それが武士身分や家禄の廃止などに繋がると気づいていたならば、家禄廃止は無論、廃藩にも必死に抵抗し、その実現は不可能であったであろう。時々の小変化に一歩一歩押し流され、ついに、一度もその世襲的特権の剥奪に抵抗する機会をもたずに終わってしまったのである。

2．第二の謎：大きな「原因」が見当たらない

明治維新の理解に階級闘争のモデルは使えない。明治維新は小さな変化の累積が巨大な変化を産んだと理解した。これを、別の角度から見ると、維新には単純・明白な原因（反体制イデオロギー）が見当たらない。少なくとも幕末初期には、近世の政治体制を否定するような主張は存在しなかった。農民や町人が武士の支配を容認していただけではない。武士や知識人の中にも、現体制は本質的に誤っているという信念を持つ反体制グループはなかった。ロシア革命とは大いに異なっている。幕末政界を風靡した王政復古の主張ですら、一八五八（安政五）年の政変以前には稀であった。また、経済的原因を探しても無駄である。近年の研究では維新を挟む前後の経済的発展の連続性が明白になっている。このように、当時の日本には目立った変革の内因は不在であった。

従って、もし西洋からの使節が開国を求めなかったら、この巨大な変革が起きなかったのは確実である。しかし、この開国の要求自体も外部からの小さな刺激に過ぎなかった。米国や英国の使節や外交官は決して日本の内政改革を求めたわけではなく、むしろ条約の締結が国内の混乱と激変を招来したことに当惑している。きっかけではあったが原因ではない。ウエスタン・ショックも国内体制の激変を説明できないのである。

では、この目立った原因のない大変革をどう理解すべきか。ここで三谷は一つの解決法として「複雑系」の適用を提案している。筆者には十分に理解するだけの知見はないが、コンピューター内に人工世界をプログラムすると、複数の要素の

相互作用によりシステムが変化、それも予期せぬ変化を産むことが示されたという。つまり、大きな変化が、何ら特定の「原因」なしに、多くの要素の相互作用だけで生じる「カオス的遷移」現象が確認されたという。二百年以上に亘り続いた徳川の平和の世も、鎖国政策の強化は、西洋が開国を要求したとき、外交政策のみならず体制全体に破壊的影響をもたらすこととなり、巧緻を極めて整備された儀礼は見捨てられ思考と行動の自由は一気に解放されえたと解釈できるという。筋道は表面上普通の歴史解釈と一致している。複雑系は未だ発展途上であり、人間社会、特に革命現象を理解する指針とするには多大の歳月と努力を要するに違いない。以下が『維新変化』の鳥瞰」に関する三谷試案である。

○発端（1853）：ペリー来航（開国要求）

○崩壊（1858）：安政五年の政変（大老井伊直弼就任、将軍家定薨去と第一四代将軍家茂誕生）で徳川一極体制崩壊。

○変容（1864）：朝廷＋徳川＋一会桑の公武合体派、薩摩＋越前の公議派、長州の攘夷派という三極体制に分化。

○飛躍（1867）：「朝廷＋薩長土肥」の単極構造で大政奉還。

○周辺へ（1868～77）：政権の単極化は変化の終点ではなく、堰を切った如く急進的大改革が連発され、廃藩置県で大名国家「藩」と武士身分の廃止へ。抵抗は言論化。

3．第三の謎：「復古」なのになぜ「開化」なのか

明治維新のハイライトともいえる王政復古の宣言の中で、新政府の指導者は「神武創業の始めにもとづき」大改革を行うと宣言し、その後、周知のように政府は文明開化の名の下に西洋をモデルとした改革を連発した。これは栄光の過去への「復古」を理想とする人々の「大義」を裏切る行為となるのではないかという謎が生じる。しかし、立ち返るべき過去が鎌倉や律令の時代を遥かに超えた神武創業の時代と書かれているのがみそである。実体がない神話時代に戻れというこ とは、ある意味でフリーハンドを得たと同様といえなくもない。

一方で、我々は近代の革命や改革を一八世紀のヨーロッパ人の見出した「進歩」の象徴によって理解しがちであり、「過去への復古」というとスローガンを見るとき違和感を覚える。だが、「復古」はむしろ普遍的な変革の象徴であったとも考えられる。フランス革命のときでさえも、ローマへの「復古」象徴が「進歩」と並んで用いられていた。江戸時代でも将軍が根本的な大改革を構想するときの正当化に「祖法」への復古という象徴を用いている。歴史上も変革の正当性を象徴する言葉として復古、再臨、創業の始等の言葉が進歩とともに使われている。

4. 第四の謎：「革命」なのになぜ死者が少ないのか

明治維新は大規模な権利の再配分が行われた大変革であったにもかかわらず、変革に伴う死者が少なかった。流血が少ないことはそれ自体好ましいことであるが、他国の革命の事例と比較すると圧倒的に少ない。維新当時の日本の人口は、大革命時代のフランスの人口の約一・二倍であったが、犠牲者は多めに見積もっても約三万人である。フランスの百万人以上、ロシアや中国は一千万以上だったのと比べ桁が違う。不思議である。なぜなのか。

明治維新で死者を多く出した武力衝突は戊辰と西南の二つの内乱である。死者は夫々、八千二百人と一万五千人と推計され、その他の衝突での死者を含めても精々三万人に過ぎない。基本的には、明治維新は小さな変革の連続で、衝突の多くは武力衝突ではなく当事者間の妥協で決着が付けられており、敗者に寛大な革命でもあった。これがロシアや中国の階級闘争による革命と比べ、犠牲者が圧倒的に少なくなった理由であろう。だが、三谷は日中戦争での中国人犠牲者の多さを考えるとその余りの格差に「なぜ」という新たな謎も提起している。

5. 第五の謎：「万世一系」なのに「維新」とは

「維新」という言葉は、幕末から頻用されてきた「一新」という言葉を、明治初期に、政治指導者が中国の古典「詩経」の中の詩句「周は旧邦なりと雖も、天命維新たなり」を由来とする「維新」に置き替え用いるようになり、現在も我々が日常的に使用するようになった。維新とは元来天命の更新、即ち、中華世界での易姓革命（＝王朝交代）と同義語であった。そうであれば、後に制定される明治憲法の王朝交代のないことが前提の「万世一系の天皇」という思想と齟齬が生じ不適切ではないかという謎が生じる。これはどう解すべきか。

三谷は維新の指導者は「維新」の引用を詩経ではなく、大学の引用文脈に即し「維新」とは「日々の革新や作興」という解釈でとらえたと推測する。これであれば「維新」と「王政復古」は矛盾を起こすことがない。皇統の連続の上に改革を連発する言葉として相応しいといえる。

二. ナショナリズムを育みつつ西洋を受容した鎖国

1. 一九世紀央以降、東アジアの地域環境は大きく変化していた。日本の対応は、他の東アジア諸国と違い、中華秩序から離脱するという顕著な特徴が見られた。日本は国家を自明の単位として行動しかつ当初から西洋国際体系を構成する「主権国家」たるべく適応を図っている。日本は西洋諸国が文明の先進国であることをすんなりと認めており、その核心的思想「国民と主権」を受け容れる素地が徳川二五〇年間に培われていた。

（1）境界管理の権力：近世の日本がそれ以前の日本や同時

代の東南アジア諸国と大きく異なる点は、「日本」という国家の境界が強く意識され中央権力によって実効的に管理されていた点である。鎖国はその極限に他ならない。日本人の出入国が禁止され海外渡航からの帰国日本人もごく少数であった。ここで重要なのは対外関係の閉鎖性ではなく、権力による管理の強さである。

対外的窓口は長崎、対馬、薩摩、松前の四つに限定され、日本人の出入国は原則禁止。対馬藩吏の釜山渡航、島津藩吏の琉球渡航、漂流民の帰還のみが許された。

（2）国民統合の進行：二五〇年続いた大名国家連邦制の下での戦争のない平和な時代の中で全国一律の石高制、戸籍簿の整備（宗門人別帳）、全国的な市場の拡大、出版業の急速な発展、教育の普及（藩校・寺子屋等）等があり、日本国民の統合が進んでいた。

（3）対外観の変容：外交面では、日本は明や清とは断交を続け東アジアの中華帝国秩序に疎遠だった。一八一一年に朝鮮使節受け入れを「これが最後」と通告、一段と離脱の度を強めた。その後、清のアヘン戦争惨敗なども目撃、政治指導者や一般の知識人も西洋諸国の発展ぶりに驚き、憧憬を抱くようになっていた。また、蘭学などを通じ西洋の先進的学問への関心も高まっていたが、一方では国学への関心も高まり一部では日本中心主義、内尊外卑という考え方から攘夷論と結び付きも見られた。だが、この攘夷論は西洋との実力差を正しく認識していた武士の間では多数意見とはならなかった。日本は西欧諸国の先進文明を素直に認め積極的に受け容れていた。

2．ナショナリズムとはある国家を基準に「我ら」と「他人」とを差別する思考慣習が人々の間に広がることである。中華秩序からの離脱という特異な対応から日本には逸早くナショナリズムが醸成されていた。思想面でも山鹿素行や本居宣長らの国学が静かに育まれ、日本という国家が意識されるようになっていた。尊攘運動は旧体制の破壊と庶民の巻き込みの役割を果たし、古代王権再利用などによりナショナリズムの枠組みを作った。これに駆動された革命が明治維新であった。日本では仏英との下関や鹿児島でのちょっとドンパチをやっただけで一気にナショナリズムが沸騰、幕府を崩壊させていた。

三．「愛国・民主の革命」論

明治維新の特徴は「武士の消滅」と「犠牲者の少なさ」の二つであり、三谷は新たな酒を古い革袋に盛るには新たな方法が必要であるとし、伝統的な主体中心の記述をやめ、新しい用語（以下太字表記）と「課題の認識とその解決の模索」という野心的な分析手法を試みる。一九世紀央の日本人が気付いた問題状況を再現し、彼らがどのような課題を設定し、解決を模索したかを辿ってゆく。この模索の中で課題が修正され、新たな課題も発見され、それに伴い政治的な提携と対抗の関係も再編成され、変化が把握しやすくなる。とりわけ、維新のように個々の時点での変化は微小ながら、安政五年政変から西南内乱まで二〇年間には巨大な変化が生じていたというタイプの変革の理解には都合がよい。これにより、政界に登場した様々の主体を公平に評価できるようになるとする。

具体的には、明治維新を一八五八年の**安政の政変**から一八七八年の**西南内乱**までの二〇年間と定義し、前半の一〇年の政治課題は**公議・王政**（=愛国）、後半の一〇年は**集権・脱身分**（=民主）だったとし、明治維新は**愛国・民主の革命**であったとする。そして、維新の闘争は多くは武力ではなく議論を尽した多数派形成で決着し、手本のドイツより早く議会開設に漕ぎ着け立憲君主制に結実させた。これが日本の今日のリベラル・デモクラシーにも繋がっている貴重な遺産であるとする。以下に、三谷維新通史を要約する（三谷著「維新史再考」より）

「一八五八（安政五）年、アメリカと修好通商条約の締結と将軍の養継嗣選定の問題が複合して近世未曽有の政変が勃発し、それを機に近世の政治体制が大崩壊を始めた。その時、認識された政治課題を集約する象徴は、**公議・公論と王政**であった。幕末一〇年の政治動乱はこの二点を軸に展開した。それが、**二つの王政復古案**（一つは徳川中心、あと一つは薩長中心）に集約され、徳川支配を全面否定する方が勝利したときには、次の課題が発見された。それは**集権化と脱身分化**である。近世の日本は天皇と将軍という二人の君主と二百数十の小国家群からなる**双頭・連邦の政治体制**をもっていたが、これを天皇のもとに単一の国家に変える。これが**集権化**である。また、政府の構成員は生まれを問わずに採用し、皇族・大名・公家四百家余り以外は、被差別民も含め、平等な権利をもつ身分に変える。これが**脱身分**である。新政府は成立の三年半後には廃藩や身分解放令によってその枠組みを作った。極めて急進的な施策である。

後者が社会で実現するまでには多大の年月を要したが、廃藩も実は円滑に進んだわけではない。**戊辰内乱**が発生、これに勝利した薩・長・土の兵士たちが東京の政府を奪い取ることを夢見始めた。政府は弥縫に努め、それに失敗した結果、**西南内乱**が発生したが、以降、反政府運動は武器を放棄し、言論のみに頼るようになった。その後、現在まで日本では国内に関する限り、政治的理由で殺された死者は極めて少なく、一千人に満たない」。

四．維新史家たちの史論

1．遠山茂樹（一九一四～二〇一一）:「できそこない」革命論

三谷は戦後の日本の歴史学界を席巻し多数派ともなっていた遠山説（マルクス主義史観）を、①大変動の発端が天皇と

幕府との対立だったという事実を黙過している、②国際環境（開国要求）よりも国内条件（農村疲弊）を重視している、③昭和史のイメージを維新史に投影しファッシズムが維新当初より存在していたとする、④政治運動で長州を維新の主体として重視する一方で幕末に薩摩と越前などにあった公議政体論を軽視している、⑤外国勢力ではイギリスのみを排他的に重視する、⑥幕府の開国策につき一貫して消極的と低評価する、など階級史観の影響からか過度に単純化しており、明治維新の複雑性を説明するには不適切であると批判する。

2．司馬遼太郎（一九二三～一九九六）：国民史観

司馬は維新のハイライトは王政復古ではなく廃藩置県に伴う武士と大名たちの自己解体だったと見る。全国二百万の士族からみるとバカにした話ではあったが、大名の側には一例の反乱もなかった。司馬は維新の最大の功労者は徳川慶喜だったという。なぜなら、最初に徳川将軍、次が大名、最後は士族全員が国民を創るため自己犠牲を厭わなかった。維新には元々青写真がなく推進した思想としては尊皇攘夷という強い酒があっただけで、途中から「国民を創る」という目標が登場した。勝海舟や坂本龍馬は早い段階からこれを意識的に追及し始めたが大多数の武士は終盤になり、漸く気付いた。それが自らの権利を放棄するものであったが、彼らは淡々と受け入れ、国民創成に協力したとする。三谷は、学者でもない司馬がその多くの作品群で提示した近代日本の歴史像には限界はあるものの、多くの日本人にアカデミズム歴史学が近代を「救い難い」と語り続けた中で自滅の戦争により破壊された日本人の国民的アイデンティティー回復の役割をアカデミズムに代わり果たしてくれた、と司馬の国民史の役割を高く評価する。

Ⅱ．北岡伸一の「明治維新の意味」（二〇二〇年刊新潮選書）

（北岡伸一）一九四八年生。政治思想史。東大法学部教授、国連大使、JICA理事長等を歴任、立教大学・東京大学名誉教授、奈良県立大学理事長。

北岡は自らの専門分野である政治面を中心に維新変革の事実を時系列的に詳細かつ丁寧に叙述する。他の二人のものと比べ、内容的には教科書に載っている馴染み深い歴史的出来事中心の記述で、論旨も明快で読み易い。また、維新革命の成果は明治末まで持続していたとの持論からか、「明治時代史」「明治革命史」とも呼べる本だ。

世界の革命の中で「コストと成果の持続」という観点からいえば「最も成功した革命は米国の独立革命と明治維新である」という米国の経済学者K・ボールディングの論を「世界の多数説」として紹介する。以下、私の関心に焦点を当て北

岡維新論を簡略に取り纏めてみたい。

一．「江戸」の遺産

北岡は、明治維新を理解するためには、江戸時代を理解しなければならないとし、江戸時代の意義を叙述する。

江戸時代は色々な面で前半と後半とで様相が異なり、前半は人口増加もあり大きな経済的発展を遂げ、後半は確実に停滞に陥り、「米・武士・農民」を中心とする江戸システムは確実に行き詰まっていた。江戸の幕藩体制下の政治は、中央は幕府が担当、地方は二五〇前後の藩の大名が夫々の地域を担っていた。一見、鎌倉期や中世欧州の封建制に似ているが、中央政府たる幕府の権力はそれらより遥かに大きかった。大名は婚姻や家督相続にさえ中央の事前許可が求められ、築城や大型船建造は禁止されていた。この盤石な体制のもとで、日本は世界史上でも類のない二五〇年余の戦争のない平和の時代を享受していた。これにより、多くの平和の「配当」を受領できた反面、大きな「代償」も支払わされていた。

1．「平和の配当」として、次の四点を挙げる。

①人口増加：日本の人口は、一六〇〇年一二二七万人、一七二一年は三一二八万人と二倍半に増加した。

②経済発展：戦争がなく働けば自分の懐が豊かになる「勤勉革命」により生産性は著しく向上した。しかし、農業のみの貿易を欠いた経済には限界があった。

③識字率向上：幕末文字の読めない武士はいなかった。

④学問・文学・芸術の発展：中華文明圏の辺境にあった。日本は長く文化的影響下にあった中華文明と容易に決別し、朱子学の拘束を逃れ、国学も盛んとなり、蘭学・天文学などの先進西洋文明の受容にも躊躇しなかった。

2．「平和の代償」として、次の三点を挙げる。

①軍事力の弱体化：日本は鉄砲技術の停滞と航海技術の衰退とで軍事力は弱体化していた。幕府は大名の軍事力削減に注力し、大型艦建造を禁止、鉄砲は火縄銃レベルのままに止まっていた。ペリー艦隊は日本の船の二〇倍の二千トン級巨艦に射程距離三・五キロメートルはある巨砲を夫々二〇門近く備えていた。日本にはない巨大な蒸気船だった。戦国末期には鉄砲五〇万丁を有し日本は世界最大の軍事国家だったが、その軍事力は著しく凋落していた。だだ、幸いだったのは日本の指導者は引き続き武士だったことだ。彼らは軍事的視点を失わず、ペリーやプチャーチンの黒船を見て、「勝てない」と彼我の実力差を直感し冷静で的確な判断を下した。清や朝鮮の指導者の対応とは違っていた。尤も、日本でも武から最も遠い京の宮中の公家たちは「夷人は夷人、嫌いなものは嫌い」という現実離れした対応だった。

②幕府も藩も財政難に直面：米一本槍で勃興する商業への効果的な課税制度を欠き財政難に直面していた。

③国際情勢への関心喪失と尊王論の高まり：隣国の惨状を

知る者は一部知識人を除き少なかった。また、徳川支配の正統性にも揺らぎが生じた。平和の時代が続き中国との比較から「日本とは」の国学研究が水戸学派で進んだ。王朝が頻繁に交代する中国に較べ万世一系の天皇を頂くことや、不敗の伝統も加わり、日本書紀の神話などを根拠に日本を特別視する考えに行き着く。親藩が尊皇論の源泉となるというパラドックス現象が出現していた。

二．「ナショナリズム革命」論

北岡は冒頭で、当時二八歳の無名のジャーナリスト石橋湛山の明治終焉への惜別の辞を引用し、「多くの人は明治時代を帝国主義的発展の時代だったと見るだろうが、自分はそうは考えない。明治の最大の事業は戦争の勝利や植民地の発展ではなく、政治、法律、社会の万般の制度及び思想にデモクラティックな改革を行ったことにあると考えたい」との論に強く同感すると叙述する。

1．革命の実態は「民主化・自由化・人材登用」

北岡は、デモクラティックな改革とは、言い換えれば、政治参加の拡大を意味し、さらに、伝統的な制約からの解放であり自由化であったとし、その最も重要な鍵は西洋文明の導入であり学問と言論の自由であったと考える。

先ず、政治参加についてみると、江戸時代は国政に携わったのは将軍と幕閣だけであり幕閣は概ね数万石の小藩の譜代大名だけだった。外様や親藩の大藩は国政から排除されていた。しかし、ペリー来航以来、雄藩の国政参加の動きが高まっていた。さらに、朝廷も政治的意思を表明するようになる。雄藩の政治的台頭を支えたのは、多くの場合下級武士であり、有能な下級武士をよく利用できた薩摩と長州とが幕末期の政治をリードし、人材登用に遅れを取った幕府を倒し、天皇を頂点とする新政府を樹立することに成功した。ところが、新政府の中枢を握った下級武士出身の官僚は、王政復古から僅か三年で、藩を廃して中央集権制度を実現した。さらに、それから僅か五年で、新政府は武士身分そのものを廃止してしまった。一八七七年、旧武士による最大の反乱、西南戦争が終わると今度は自由民権運動が始まった。武力による抵抗はもはや不可能だと分ったところで、反政府エネルギーは自由民権運動に一元化していった。一八八五年、内閣制度が樹立され、足軽身分出の伊藤博文が初代内閣総理大臣になった。一八九〇年、議会が開設され、信越東北の地域からも議員が選ばれ、薩長と同じ立場から国政の議論に参加できるようになった。藩閥政府と政党との関係は、対立一辺倒から政策と権力を巡る妥協と取引へと変化し、政党の主張は国政に反映されていった。

経済、社会等の分野での改革も著しかった。中世以降の石高制は廃止され、田畑耕作や売買の自由が認められ、地租改正が行われた。職業選択が自由とされ、貿易は自由化されて飛躍的に拡大した。また、身分を超えた義務教育制度が導入された。併せ、西洋の最新の産業や技術や学問が導入された。その熱意を象徴するのが、一八七一年の政府中枢の要人多数を含む百人を超える一行が最長一年九ヵ月間欧米を視察した岩倉使節団であった。

このように、新政府の指導者は幕府による不当な政治を正すという主張から天皇中心の復古を掲げ、「維新」を主張、日々大きな変革を実行した。一般民衆はこれを「御一新」と呼び支持した。田口卯吉、竹越與三郎、福沢諭吉らの在野の知識人も新政府の改革を高く評価した。

2. 明治維新論の変遷と北岡の「民族革命」論

正統的な歴史学は、近い過去は史実が確定しておらず研究の対象とすべきではないという考えで、近代の研究には消極的であった。他方、マルクス主義経済学者の間では明治維新に関わる研究が進んでいた。革命は階級間の闘争であるのに死者が少な過ぎるし、さらには、維新の前後で武士の支配という構造は変わらなかったと論じ、昭和の初め以降、明治維新に対する否定的評価が定着するようになっていた。彼等はマルクス主義の枠組みでしか革命を捉えず、革命には「絶対主義の確立」「ブルジョワ革命」「プロレタリア革命」という三つしかないと主張した。このため、今からおよそ五〇年前の一九六八年、明治維新一〇〇周年を祝った頃、学界では明治維新を高く評価する人は少なく、明治維新は「不徹底な革命だった」という考えを支持する学者が多数派であった。

果たして、革命はマルクス主義者のいうこの三つしかないのだろうか。吉野作造や岡義武など政治史の学者たちは、明治維新はマルクス主義のカテゴリーに当てはまらない民族革命だったとの主張を行った。北岡はこの流れを引き継ぎ、明治維新は西洋の脅威に直面した日本が近代化を遂げなければ独立を維持できないとの思いからのナショナリズムの革命だったという立場に立っている。尊皇とは大名分国制を廃した中央集権を意味し、攘夷とは西洋諸国と並び立ちたいという対外独立を意味する。「尊王攘夷」はナショナリズムの内外の両面を直截的に示す言葉で、当時の人心に強くアッピールしたという。

三. 改革の肝「廃藩置県」の疾風怒涛

廃藩置県は維新改革の中で最も急進的、最も意義深い、誰も夢想さえもしなかった最難関の改革であった。にもかかわらず、僅か二年半という短期間に実現されてしまう。この疾風怒涛の改革「廃藩置県」の発想、決断、実行のプロセスを、北岡の叙述を敷衍しつつもう少し具体的かつ詳細に検証してみたい。

1．新政権スタート

一八六八年三月、五箇条の御誓文と同時に発布された政体書に基づき、天皇を頂く維新政権が発足した。同日付で、新政権は戊辰戦争での敗者の処分を決定。接収領地のうち、箱館、江戸、神奈川、越後、甲斐、京都、大阪の要地を「府」、その他を「県」とし夫々知事を任命した。その他の藩は本領安堵とし、一切手をつけなかった。

発足早々の新政権はその公約を進めるためにはカネとヒトの確保が喫緊の課題であった。当時、朝廷の領地は一二万石余、京都御所内には五百両しかなく、独自の軍事力もなかった。また、大名の多くは財政負担と権威の衰退に悩み苦しみ、統治権返還を模索する動きさえあった。各藩の借金は平均で藩収入の三倍あったという。

2．「版籍奉還」の実行

「全ての土地人民は天皇のもの」という王土王民の考えは古くからあった。前年一〇月の徳川慶喜の大政奉還はその思想に基づくものだったし、その一ヵ月後薩摩の寺島宗則は藩主島津忠義に建言し一〇万石を朝廷に献上する願書を提出した。さらに、一八六八年一一月姫路藩は朝敵の汚名を返上すべく新政府に版籍奉還を願い出た。この姫路藩建議がきっかけとなり、当時僅か二七歳で兵庫県知事となっていた伊藤博文は全国で版籍奉還を行うべしという主張を「兵庫論」として公表した。伊藤は郡県制への移行と戊辰戦争の兵士をそのまま常備軍に再編することの二点も主張し注目を集めた。さらに、同様の主張をしたのが、伊藤よりさらに三歳若い摂津県知事陸奥宗光だった。彼らには若さゆえの大胆さがあった。

一八六九年一月、大久保と長州の広沢真臣、土佐の板垣退助の三人が版籍奉還を合意、六日後、薩長土肥の四藩主連名で版籍奉還の上表を提出、「土地も民も天皇のもの」という原理を強調し天皇のもとに国家を統一しなければ海外と対抗できないとした。これにより、他の藩主も続々と奉還した。当時、封建か郡県かを大名に問うと半々だったが、郡県の賛成者は中小の大名に多かったという。全藩の奉還を確認した同年六月、天皇は版籍奉還を受入れ、旧藩主二七四名を非世襲の知藩事に任命した。当初、大久保は知事を世襲とする考えだったが、長州の木戸の反対で取り止めた。大久保は薩摩説得の難しさを知っていたからだった。この頃には、新政権による改革への抵抗勢力は意外にも、幕末変革を推進してきた薩長（特に薩）という戊辰戦争の勝者たる大藩となっていた。

3．西郷の上京

（1）版籍奉還後も中央政府は依然として小さな存在に過ぎなかった。さらなる改革のためには政権基盤の一段の強化が必要と判断された。このため、新政府は長州から前藩主毛利敬親、薩摩から前藩主島津久光、西郷隆盛の計三人を政権に参加させる方針で、一八六九年一二月、木戸と大久保が夫々両藩に派遣され説得を試みた。

困難だったのは薩摩だった。西郷は「藩政改革で忙しく上京不可能」といい、久光は「病気」を理由に上京を拒否した。元々久光は政府の方針に根本的に反対で、特に知事の非世襲を厳しく批判していた。当時、薩摩は常備軍一万八千人余りを擁していたが、新政府の方針では兵力は最大一千八八四人と定められ、兵力を削減した上、その分中央軍建設に協力することを求められていた。元々大久保の政治力の源泉は、藩主久光の強い信頼と盟友西郷との厚い友情の二つであったが、大久保はこの事態に遭遇、久光と真っ向対立することもやむを得ないと覚悟して臨んでいた。一ヶ月以上取り組んだ薩摩説得工作は不調に終わった。木戸も長州で失敗していた。
（2）一八七〇年一一月、政府はもう一度西郷説得工作を探り、留学帰りの西郷の弟従道の協力も求め、岩倉を勅使として派遣することとした。随員に大久保、山県、川村純義を揃え、最高の布陣で臨んだ。勅使でもあり薩摩側も折れ、病気の久光は翌年上京すること、西郷は中央政府入りを承諾し、さらに朝廷に一万人の兵権を設けることで同意した。その後、大久保は西郷を伴い山口で木戸と会談、集権化を急ぐことで合意し、帰途土佐の板垣も誘う。翌年二月西郷、大久保、木戸、板垣が揃って上京し、戊辰戦争の英雄西郷が初めて新政府に加わった。
（3）間もなく、薩長土の三藩に、御親兵招集令が出された。西郷は久光の代りの藩主忠義とともに一八七一年四月二九日、常備兵、砲兵計五千人を率いて上京した。山県は西郷に、仮に薩摩が反乱を起こしたとしても薩摩に対して戦う覚悟もって欲しいと言い、西郷の賛意を得ていた。長州出身者は予てより徴兵制を視野に入れていた山県をはじめ、井上馨も木戸も既に廃藩でまとまっていた。薩摩でも西郷が賛成の意を大久保に伝えていた。

4.「廃藩置県」の断行

一八七一年七月九日、西郷兄弟、大久保、大山、木戸、井上、山県の七人が集まり、廃藩の断行を決定、決行日を一四日とした。反乱があれば自分が兵を率いて叩き潰すという西郷の発言がダメ押しとなった。事前に知らされていたのは天皇への上奏役三條實美と岩倉具視だけであり、薩長土肥の土肥にさえも事前の連絡はなかった。
（1）一四日午前一〇時、先ず、長州毛利元徳、薩摩島津忠義、肥前鍋島直大、土佐板垣退助の四人が集められ「藩を廃し県と為す」と告げられた。次いで、名古屋、熊本、鳥取、徳島の各知藩事が呼ばれた。この四人は、既に、廃藩や知藩事辞任を建議していた知藩事だった。これまでの版籍奉還などは各藩の黙認があり実行されたが、廃藩置県については、天皇に直属する少数の官僚が藩の意向に反して実行した改革であった。最大の軍事力を有する薩摩の協力がなければ実行不可能だった。

廃藩置県を知った福沢諭吉は、新政府の本質は攘夷であると信じ深い懸念を持っていただけに、「この盛事を見たる上は死すとも悔いず」と狂気乱舞したという。一方、予てより新政府の改革路線に強い不満を表明していた鹿島の島津久光は廃藩置県の報を七月二九日に知り、激怒して一晩中花火を打ち上げ、憂さ晴らしをしたという。政府は久光慰撫のため明治五年天皇の薩摩行幸を行った。

その後も、武士は明治六年の徴兵制で職業を、明治九年の秩禄処分と廃刀令で家禄と誇りを奪われ、身分上の既得権を全て奪われた。だが、被差別民を含めた四民平等に一段と弾みがつき、国民の大多数はこれを支持した。

四．「昭和の挫折」との関連性

1．明治の強み

明治維新は人材登用革命でもあった。「日本が直面した最も重要な課題に最も優れた才能が全力で取り組んでいた」とし、身分上の制限なく優秀な人材を登用し最大限活躍させたことこそ明治の最大の強みだったと力説する。とりわけ高く評価する明治の政治家は、大久保利通、伊藤博文、原敬の三人である。いずれも下級藩士出身者で、いずれも暗殺されている。彼らは、長期的視野、不動の信念、断固たる実行力を兼ね備えた重みのある優れた政治家だった。特に、伊藤は日露戦争以後明治天皇も気力体力とも衰えが目立つようになっただけに天皇を輔弼する元老として活躍が期待されていた。原は伊藤が期待した若き政党政治家だった。三人の暗殺は大きな国家的損失であった。重石となる元老を欠いたまま、日本は大正、昭和の時代を迎えざるを得なくなった。歴史にＩＦは禁物ながら、三人が暗殺されることがなかったなら大正以降の政治も変わっていたのではないかと北岡は叙述する。原敬研究第一人者京大名誉教授伊藤之雄も、原があと一五年生きていたら日本は戦争の道を歩まなくて済んだかも知れないと残念がっている。

2．明治憲法の欠陥

明治維新の帰結たる明治憲法には二つの相互に関係する弱点があった。天皇と軍に関わる二つの規定である。

（1）先ず、天皇の問題は、イデオロギー上天皇は万世一系の権力と道徳の源泉として神聖不可侵であり批判は許されなかった。南北朝正閏論では異論を唱えるものは不敬罪として処罰された。実質面では、天皇大権を絶対とする規定があった。

（2）天皇の絶対性が最も直接的に現れたのが軍の位置付けである。軍人勅諭には兵士と天皇との関係は特別密接であると書かれ、憲法上も一般の統治権と軍の統帥権とは分離され、軍の統帥権は内閣総理大臣の輔弼事項の例外とされた。大久保も伊藤も軍の独立性には反対だったが、伊藤亡き後、軍の独立性は進み「軍部大臣現役武官制」が制度化され、後にこれが悪用され倒閣の手段として利用される。尤も、軍の進出も天皇大権イデオロギーも、一九三〇年代になってからのことであり、政党が難局処理に失敗したとき、軍が天皇に直結する集団であるという理論を背景に軍は政治に進出していった。明治維新の中に昭和の挫折の芽があったことは、全くの誤りではないが、日露戦争から昭和初期にかけての多くの動きを捨象してしまう議論で乱暴すぎると北岡は主張する。

3.「昭和の挫折」との関連性

北岡は明治維新と「昭和の挫折」との間には必然的関係はなかったという。明治の二つの戦争も周辺国との関係からやむなく行った戦争だった。特に、日露戦争は死傷者の多さ、膨大な軍事費、外債の大きさ、残された周辺国との摩擦の大きさ等からすれば、できれば避けたい避けられた戦争だった。日本を含めた関係国に賢明さが欠けていた。日本は勝ったものの正に辛勝だったが、時間が経つと実態以上のものとして記憶され満州権益は神聖不可侵の戦果と考えられ外交の柔軟性が失われてしまった。昭和の敗戦は日露戦争の神話化と驕りの中に胚胎していた。偉大だったのは、勝利自体ではなく勝利できるような国力を蓄えられたことであった。

Ⅲ．苅部直の「『維新革命』への道」（二〇一七年新潮選書刊）

（苅部直）一九六五年生。日本政治思想史。東京大学法学部教授。丸山眞男の孫弟子。

苅部は総合的な歴史変化の「勢」に着目し、明治維新を長い革命の一環として捉えている。日本が文明に遭遇したのは黒船来航が初めてではないし、日本の近代は明治維新により始まったものでもない。既に、江戸後期の社会の只中に日本の近代は着実にその萌芽が見えていた。日本の近代化は内発的なもので、明治維新は五代徳川将軍以降の封建制の緩やかな崩壊の終点に過ぎないとし、維新改革の核心は「世襲的身分制」の廃止と「郡県制」とであったと論じ、明治維新はlong revolutionの一環であり多くの江戸思想家の古典を読み解いた上でその中に日本古来の歴史・経済・制度などに関する神・仏・儒三道由来の旧思想への鋭い批判が溢れており西洋流の新しい文明への強い共感も芽生えていたことを実証する。

一．「ロング・レボリューション」論

1．「維新」と「革命」

一八六八年の政治体制の変化は、日本国内では徳川政権の「瓦解」と世の中の「御一新」として理解され、一般的には歓迎されていた。明治の初め、政治指導者たちは、この過程を「王政復古の大号令」にも明記されている復古を意味する「維新」と命名した。「革命」には中国の易姓革命という言葉から「王朝交代」のニュアンスがあり、これを最小限に薄めつつも君主が再び政権の中枢に復帰し根本的な改革に意欲的に取り組むという語彙として「維新」が選ばれた。この判断は便利で無難と当時の指導者は判断したのであろうし、変革の実態に沿うに相応しい選択だったと考えられる。

2．ロング・レボリューション

明治維新は「革命」と呼べるのか。同時代に生まれた歴史家竹越與三郎はこの問いに対し「政治と社会両面にわたって『革命』としか表現のしようがない事件であった。単に、『変遷』と呼ぶだけでは変化の激しさを表現できない。易姓革命の狭い意味での王朝交代にとどまらず、社会や文化の領域を含む大がかりな変動を呼ぶには『革命』の語がやはり適切だったのであろう」と指摘した上で、その原因については勤皇の志士が動かしたという「勤皇論」も西洋諸国の圧力が動かしたという「外交の一挙」も革命としての明治維新の本質を見落としている俗論であると強く否定している。その上で、明治維新は革命であり、イギリスの「復古的革命」とも違うし、フランスの「理想的革命」とも違う第三の類型である「乱世的革命」としか呼びようのないものだったという。「乱世的革命」とは騒乱状態が続いたという意味ではなく、「社会的潮流」が長い年月かけてゆっくりと変化してゆき、やがて政権の交代をもたらしたという事態である。むしろ、特定の人々の作為や計画によるのではなく、時代の大きな趨勢が世を「革命」へと押しやったという意味で、それは無政府的な動きであったという。苅部はこの竹越の見解に基本的に賛同する。

それでは、その潮流とは何か。苅部は徳川時代をがんじがらめに縛り続けた「封建制」に基づく社会秩序が一八世紀五代将軍以降徐々に崩壊する過程を辿っていたと説明する。「封建制」の第一の特徴は「地方分権」である。古代は朝廷が任命した国司が地方管理を任され現地に赴任せず管理していた（郡県制）。だが、頼朝の地頭設置により武士の世が始まり、以降、将軍は大名を領主として認め、大名は現地に定着、その身分を世襲するようになった（封建制）。封建制は世襲身分制が一体不可分なものになっており、それを支えていたのは圧倒的な軍事力と権威とである。「徳川氏」は諸大名に対し、「身分の高い武士」は低い武士に対し、「全体としての武士」は町人・農民に対し、夫々威力を見せつけることを通じて社

会の結合力を当初は堅く保っていた。

しかし、五代将軍以降この封建制度による結合力が次第に衰えてゆく。徳川将軍下の安定した秩序のもとで武士たちは贅沢な生活に慣れ次第に奢侈に溺れ借金を重ねてゆく。これに対して町人や農民たちは財力を蓄え武士に対して金を貸すようになる。表向きは封建制度の身分秩序を堅く保っていても、その内実においては町人・農民が武士の上に立ち上下の力関係は逆転してゆく。竹越が注目するのは、「町村都鄙の庄屋名主」たちだった。彼らは、年貢徴収や治安維持については、大幅な自治を任され、統治機構の末端を担う半官半民的な役割を担っていたが、経済力の上昇に伴い学問も身に付け為政者批判と身分制批判の論理が次第に浸透していった。実家が越後姉崎の酒造家だった竹越は、自身の見聞を基に維新革命の本質を深層においてゆっくりと進んでいた社会的革命と見たのであった。維新革命とは表面上の政治変動の時期を越えて前後に継続している長い革命だったとする。

この論法は、マルクス主義の歴史学が明治維新の解釈に際し用いた論法である。しかし、マルクス主義が経済領域の支配・従属関係にのみ焦点を当てているのに対し、竹越の視点はずっと広く、身分制という社会関係の在り方から、コミュニケーションの発展、思想の普及など多くの側面を考慮に入れた上で全体としての社会の変化の進行を論じている。竹越の慶應義塾での先生でもある福沢諭吉も「文明論の概略」の中で、同様に総合的な歴史変化への着目と長い革命の一環としての明治維新を捉える視角から、長い間に鬱積されていた「門閥を厭う心」が破裂しそうになったところで、幕末期一気に沸騰したのが倒幕の「革命」であり、さらに、「廃藩置県」による身分制の解体まで進行せずにはいられなかったと結論付けている。苅部もこの二人のLong Revolution説に賛同し、ペリーの来航はきっかけに過ぎないし、尊皇攘夷論が公儀を倒したように見えるが、その動きを支えた大きな流れは積りに積もった「世襲身分制」への批判であったというのが苅部の結論である。

二．古来の「神・仏・儒」思想の超克

一九世紀の日本人が西洋諸国を「文明」の先進国であると素直に認めたという事実は重視しなければならない。その背景には、一八世紀以降の日本において西洋思想と同様の考え方の萌芽があったからであろう。

1．歴史観の変貌……理想は「過去」から「未来」へ

理想の文明はどこにあるのか。儒学の歴史観では、中国古代の偉大なる「堯舜三代」の聖人の統治の中にあると信じられていた。一方、西洋近代の歴史観では、人類が無限に進歩した先にこそあると考える。日本はこの歴史観の相克を如何に克服し、西洋の文明の進歩史観を受け容れ文明開化に邁進

したのか。

（1）明治で進歩史観を主導したのは洋学派の福沢諭吉や西周であり、人類は無限に向上し続けるものと信じていた。福沢は人類にとって野蛮から文明への向上は天の約束であり天命であるとその必然性を表現し、重要なのは文明とは衣食住など生活の物質面での洗練化だけでなく人間の精神の知恵と徳もまた高尚になってゆく無限の過程として説いた。西周も、「古」に理想の姿を認め「今」を世の季《スエ》として低く見るのは誤りと、儒学、仏教、国学の尚古主義を批判、進歩史観を支持した。

（2）この明治の進歩史観の源流を探ると、一八世紀前半商業により未曽有の繁栄を続けていた大阪の商人学者たちに辿り着く。当時、大阪は三五万人の人口を擁し、同時代のイスタンブール、北京、江戸、ロンドン、パリに較べれば少ないが世界有数の大都市であった。人々は世の中が次第にいい方向に変化しているという実感を得ていた。大阪の私塾懐徳堂で学んだ富永仲基は神道、儒道、仏道の三道を、日本は中国やインドとは国俗も風俗も違うと徹底批判、「神代の昔」ではなく、「今の世」の「誠の道」を提唱した。加藤周一は彼を「大阪のヴォルテール」と高く評価している。また、仲基没後約六〇年、同じく懐徳堂で学んだ商人儒者山片蟠桃も「古は疎、今は密」と尚古主義を批判している。

2．経済観の変貌……「利の追及は悪ではない」

（1）江戸の経済は、元々、米中心であり、儒学の影響もあり、農業中心主義、反商業主義の思想が根強かった。また、公儀や藩の政策も、少なくとも江戸前半期には商業の発展を抑制するような立場をとっていた。

一八世紀を迎える頃になると江戸や大阪周辺は目覚ましい経済成長期を迎え、全国規模の米や特産品、特に工芸品のネットワークの完成等による商取引は活発化し、豪商も誕生していた。しかし、基本的に商業は武士の貧窮化と道徳的退廃を招くものとして厳しく警戒されていた。公儀は享保の改革により年貢増徴、倹約と緊縮財政、物価統制等の市場経済に逆行する施策をとっていた。

（2）山片蟠桃（一七四八～一八二一）は、二四歳で大阪の両替商升屋の「番頭」となり、傾いた経営をその才覚で再建させた。その実績を基に仙台藩の財政指南役となり差し米・大名貸し・藩札発行等を活用し得た資金を運用し巨額の利益をもたらし破綻した藩財政を再建させた。升屋は公儀から表彰され、全国五〇もの大名家と大名貸し取引をするほどに成長した。晩年は失明し、五〇歳半ばから著作に没頭、「商人に自由な売買活動を許し、市場の自律的な運動に任せるのが適切である」と「夢の代」の中で述べている。まるでアダム・スミスの如くである。

（3）また、山片より七歳下の「旅する儒者」として地方大名の政策コンサルタントにもなっていた海保青陵になると、富の追求を奨励する姿勢はさらに積極化する。財政難に苦しむ大名家に対し「金を賤しむな、商人を蔑むな」とビジネス感覚で統治せよと富国の策を授けている。さらに、隣国は藩のみならず、「支那も朝鮮もロシアも隣国なり」とグローバル経済への展望も巡らしている。

3．西洋の学問の浸透……無限の宇宙、進歩する文明

一七世紀の西洋で起こった科学革命では、天動説から地動説への転換は既になされていたが、それ迄維持されていた閉ざされたコスモスという宇宙像から脱皮し、ガリレオやデカルトらが唱えた「無限の宇宙空間」の姿が明確に打ち出されるようになっていた。

（1）日本では、享保の改革の一環として、将軍吉宗は漢訳洋書については、キリスト教と関係ないものの輸入を解禁していた。これにより、従来からの蘭学に加え、漢訳洋書が手に入るようになり、西洋の学問、特に、地理学、天文学、医学等の学問が急速に発展するようになった。西洋の無限宇宙観は、無限の空間に対する人間の微小さの自覚と宇宙の運動を慎重かつ着実に観測しようとする態度をもたらし、儒者たちにも大きな刺激をもたらした。例えば、山片蟠桃は唯物史観、無神論、地動説を「夢の代」の中で唱えるようになっていた。

（2）さらに、国学者たちは日本書紀の冒頭記述「天地のはじめ一つの物虚中に在り」を根拠に地球は無限に広がる空間の中心であり天照大神の子孫である天皇が統治する日本を特権化する考え方に辿り着く。日本の歴史への関心の高まりであり思想面での中国離れが進んでいた。

4．歴史を動かす「勢」

明治の人々は誰しも王政復古は必ずしも廃藩置県に結びつくものとは考えていなかった。思いもよらぬ廃藩置県の断行により、大名と武士は権力と利禄もともに失うこととなった。福沢諭吉は、「華士族が敢えて不平を唱えることをしなかったのはなぜか。ある人は、王政一新は『王室の威光』、廃藩置県は『執政の英断』によるというが、それは時勢を知らざる者の臆断に過ぎない」と否定する。もし、人々が王室の威光を慕い尊王の感情に溢れていたら、公儀による支配体制が二百年以上も続くはずがなかった。また、徳川の社会には門閥を基盤とした専制の暴政が続き門閥に恵まれない限りいくら才智があってもそれを発揮する機会がなかった。時代が進むにつれ人々は、世襲制に不満を持ち「門閥を厭う心」を膨らませ西洋文明に助長され王政復古で単に政権が江戸から京都に交代するだけではなく、さらには武士身分の解体としての廃藩置県にまでストレートに達してしまった。こんなに早い展開は福沢自身にとっても予想外だった。要は、社会を変

化させたのは少数の権力者によって左右することのできない「時勢」の不可逆的な変化の力であると結論付ける。苅部も基本的にこの考え方に賛同する。

三．さらば「封建」、ようこそ「文明開化」

1．現在の地方分権制度は、明治四年の廃藩置県によってその原型が完成されたが、二つの段階を踏んでいた。

先ず、慶応元年一二月の王政復古での幕府廃止に伴い、地方組織は、幕府没収地に新たに府・県を設ける郡県制とし、旧来の藩はそのまま藩として残す「府藩県三治制」となった。封建・郡県の混合型の国政に変わった。

次に、明治二年七月版籍奉還が行われ、大名は改めて新政府の官員としての非世襲の知藩事に任命され、実質的には「藩」における大名の統治権と大名と家臣との間の君臣関係とを維持した。

明治四年の廃藩置県により従来の大名家と家臣たちの世襲の君臣関係は撤廃された。これにより、地方行政制度は中央集権化され、軍事・財政上の基盤を確立させた。

この封建制から郡県制への転換はそれを推進しようとした者にとっては「文明開化」を進めるのに好都合な改革と考えられた。津田真道は「日本は、太古は封建・郡県混合の制、天智以後は郡県の制、武門が政権を握ってからは封建の姿、そして現在は富国強兵のため郡県制の導入が必要」と中央集権化策を支持していた。

2．無限の宇宙と無限の進歩、空間と時間の観念が大きく変わった時点で西洋の受容は始まった。この流れを明治の思想面で支えたのは「西洋事情」や「文明論の概略」を書いた福沢諭吉であり、オランダ留学経験もある西周であった。二人は儒学に代表される従来の尚古主義を逆転させ、理想の世界を遠い未来に求める進歩史観を導入することで「文明」へと立ち向かう世の動きを明確に意味づけることに成功した。

文明開化には「閉」から「開」という明るいところへの解放というイメージがある。この解放感は具体的に、四つの束縛からの解放を意味していた。第一に鎖国による文化的自閉性、第二に幕藩体制下の地域的閉鎖性、第三に蒙昧で非合理な因習、第四に封建的身分関係で固定された宿命からの解放であった。この解放で、西欧文化への新鮮で素朴な好奇心や地方在住のアンビシャスな青年層の上京衝動や文明の細片への性急で強迫的な模倣への欲望や社会各層の無限の上昇への幻想を生んだ。

遠山茂樹などマルクス主義学者による「明治の文明開化は政府による上からの強引な西洋化であり庶民にとっては迷惑だった」という評価を苅部は厳しく批判し、公儀の瓦解と新政府の発足は人々にとり生活全体に及ぶ束縛からの解放と感じられ、西洋の制度や文物の受容も歓迎されていたと強く反論している。

Ⅳ．坂野潤治＋大野健一の「明治維新1858 - 1881」

（二〇一〇年一月、講談社現代新書刊）

（坂野潤治）一九三七〜二〇二〇。近代日本政治史。お茶の水大・千葉大助教授、東大教授、東大名誉教授。安保闘争のリーダー。吉野作造賞受賞。

（大野健一）一九五七年生。一橋大・スタンフォード大卒。IMF勤務。筑波大・埼玉大・政策研究大学院大教授。海外で日本を積極的に発信中。

年齢で二〇歳違い、専門分野も異なる二人の学者の共著。コラボレーションは開発経済学でグローバルに活躍する大野の許へ英国ヨーク大学からの「途上国の開発政策」の比較研究の依頼が届き、偶々、この途上国に「明治の日本」も含まれていたことがきっかけで、近代政治学の権威と気鋭の学者との共同研究となった。この研究で、大野は韓国・台湾・シンガポール・中国も含めた開発独裁の分析と明治維新との比較を担当。坂野は日本の明治維新のモデル化を試みた。この研究成果のうち明治維新に関連するところを取り纏めたのが本著である。後発国の開発独裁との比較という切り口から、維新解明の手掛かりとして「柔構造」という新概念を提唱する。

一．開発独裁は「硬」、明治維新は「柔」

二人は、先ず、明治維新を欧米列強が支配する一九世紀の国際秩序に後発国日本が組み込まれる国際統合過程として捉え、途上国日本がペリー来航以降約半世紀で政治的、経済的、軍事的に目覚しい近代化を遂げ、二〇世紀初めにはついに一等国の仲間入りを果たす事実に着目し、他の途上国で日本同様欧米諸国に追い付き対等の扱いを受けた事例はないと明治維新の稀少性を強調する。

国民党の台湾、朴正熙の韓国、リー・クアンユーのシンガポール、鄧小平の中国は開発独裁の成功事例といわれるが、経済開発を最優先させ国民を貧困から解放し工業化を推進させてはいるが、何れも一人の独裁者あるいは単独政党による独裁政治であり政治の民主化は棚上げされていた。一方、明治政府には長期に亘り采配を振るった独裁者はいなかった。明治天皇は名目的な最高権力者ではあったが、政治の実権は多数の藩閥政治家が入れ替わり立ち代わり握っていた。また、経済開発を民主化に優先させるという一般的合意も形成されていなかった。

「明治時代とは天皇を戴いた強固で排他的な藩閥政権が立憲政治の到来をできるだけ遅らせながら経済と軍事の近代化に邁進した時代」とするこれまでの多数派明治維新論に対する痛烈な反論書ともなっている。

二．明治維新の真価は指導者の「柔構造」にあり

1．明治維新では個々の人物や事件を追うと極めてわかりにくい。幕末の志士や明治の政治家などは登場人物がやたらと多く、その政策論争や政治闘争が延々と展開される。国家目標も複数個あり、それが合体したり逆転したりする。指導者や各グループの目標もどんどん変わってゆく。例えば、薩摩は一橋慶喜の将軍就任を強力に推進するかと思えばいつの間にか武力による倒幕に走る。長州は尊王攘夷で凝り固まっているかと思えば新政府では開国進取の旗手となって近代化を断行する。板垣退助は征韓論を唱え敗れ野に下るや直ぐに議会開設運動を起こす。大久保は征韓論で西郷を抑えたが台湾出兵では先陣を切り強行する。元々富国強兵策は開国直後雄藩が藩単位でとった軍事強化策であったが、日本全体の工業化戦略へと展開を遂げる。これらの事実は単に指導者の節操のなさや政局の混乱からくるものではなかった。当時の日本の弱点ではなく世界史に殆ど類を見ない長所と捉えられるとし、これを政治の「柔構造」と命名する。

幕末開港期に商業活動と政治改革構想を通じて軍事力及び対外外交力を獲得した少数の雄藩は、藩を行動単位としながらも、明治維新の前後を通じて複数の国家目標をもっていた。幕末期には富国強兵と公議輿論の二つ、維新期には富国・強兵・憲法・議会の四つを追求し続けた。いずれの目標を標榜するグループも、単独では十分な政治力が得られず、他のグループとの協力関係を築くことによって自己の政策の実現を試みた。グループ間の政策闘争においては、国家目標、合従連衡、指導者という三つのレベルの可変性・柔軟性が顕著だった。だが、このことによって大きな混乱や消し難い遺恨を産むことは殆どなかった。この「柔構造」により明治の日本は、**複数目標を同時に達成する能力、内外ショックへの適応力、政権持続性**のいずれにおいても、開発独裁の単純な硬構造よりも遥かに強靭であった。

2．本著は雄藩の指導者には幕末・維新期を通じ「柔構造」があったと史実で実証を試みる。とりわけ、薩摩の「柔構造」は秀逸で維新をリードしたのは首肯できると。

3．この維新期を切り拓いた指導者たちの「柔構造」が明治の政治にダイナミズムを生み出し、経済開発だけでなく、同時に四つの国家目標、憲法制定・議会創設・殖産興業・対外進出の全てを明治半ばまでに達成していた。

このような「柔構造」は、硬構造の独裁開発にはなく、二一世紀の開発途上国でも実現不可能であろう。

三．「柔構造」を生み出した日本の諸条件

植民地主義が吹き荒れる一九世紀に、非欧米諸国の中でなぜ日本だけが列強の圧力に屈することなく僅か半世紀の間に後進農業国から欧米と肩を並べる一等国にまで駆け上がるこ

とができたか。その解が「柔構造」であるとし、それではなぜ日本にだけ「柔構造」が生み出されたのか。本著は、古来日本がもつ歴史的な体質とともに近世江戸社会の特性とに着目する。

一つは、地理的に日本は海を隔てて大陸と絶妙な距離を保ち外からの影響をそのまま受動的に受け入れるのではなく自ら咀嚼して適用する翻訳的適応とも呼ぶべき体質が長年に亘り培われてきたという。これが外部の先進文明を混乱なく受容できる「柔構造」に繋がった。

あと一つは、江戸という社会がもっていた色々な特徴が先進国からの植民地主義的攻勢を吸収するショックアブソーバーとなっていた。具体的に、本著は下記の七つの特徴を挙げている。①政治的統一と安定、②農業の質量両面での発展、③物流システムの発展と全国統一市場の形成、④商業・金融の発展(富裕商人層の台頭)、⑤手工業の発展、⑥地方政府(藩)による産業振興、⑦教育の普及といういくつかの条件が揃っていたとする。

V．「学び直し」まとめ

1．先ず、冒頭で私が提起した「五つの疑問」につき、四冊の教科書の中で見つけた私なりの解を整理してみたい。

(1) 第一の疑問、「維新」の命名については、やはり、王朝交代のニュアンスが滲む語彙「革命」は万世一系思想との兼ね合いから避けられたと私は理解した。同時に、維新には大変革の意味が含蓄されていることも知った。

(2) 第二の疑問、新政府が連発した改革の「肝」については廃藩置県ということで全員の見解が完全に一致している。世襲的身分制廃止と中央集権制確立により日本の封建制は崩壊、日本の歴史を近世から近代に転換させた。これが維新の歴史的意義であると理解した。

(3) 第三の疑問、明治維新の「原因」の特定は難問だ。三谷は小さな変化の累積が巨大な変化を産んだとし維新には単純・明白な原因、反体制イデオロギーなどはなく「カオス的遷移」により大変革が起こったとする。大きな事件には大きな原因がある筈との思い込みは捨てるべしという。苅部は江戸中期を始期とする長い革命の潮流の一環だったとしその勢いの中身が何であるかに気付いたのは明治も十年程経った頃だという。坂野・大野は目標は議論・妥協の連鎖でいつしか改革から革命へと進化して行ったという。維新の当事者は真の原因や目的を意識しておらず、初めから当事者間での共有もなかったのだ。そうであれば、原因の特定は至難だ。それでも、歴史家は隠された見えない真因を突き止める要がある。この場合、結果が唯一の手掛かりとなる。維新変革の肝が廃藩置県であることは一致しており、その具体的成果を、三谷は「集権化と脱身分」と、北岡は「民主化」と表現する。そして、北岡は、江戸後期には「米・農民・武士」を軸とする江戸システムはすでに破綻をきたしていたとする。苅部も同様で具体的成果を「世襲身分制の廃止と郡県制の導入」とした上で長い流れの勢いの中身は「封建制の崩壊」であったと総括する。ともに旧来の常套語だった「農村の疲弊」などの経済的側面にのみ着目した論ではなく、身分的平等や民主化などの経済外的要因を強調する。この点、三人の維新論がマルキストの主張する「経済が上部構造を規定する」とする論とは決定的に違う点である。革命を主導したのは武士であり農民ではないという点は明確で、主要な動機は経済外的要因だったという点では全員の意見が一致している。きっかけが外圧であったことは否定できないが、革命の真因となると「江戸のシステム」とか「封建制」とかと大きく捉えその破綻として考えるのが素直であると私は理解した。

（4）第四の疑問。明治維新の歴史的評価については、全員が「偉大な革命」であったと高く評価している。

（5）最後の疑問、「昭和の挫折」との関係も明解になった。北岡の「関係なし」論で私の気分はすっきりした。昭和の戦争と封建制の崩壊とは元々無縁であり、明治の二つの戦争も避ければ避けられた戦争でもあり、昭和の戦争が明治維新とは本質的関連性がある筈がない。三谷も幕末のナショナリズムには「愛国・革命・民主」の精神が満ちており、「昭和史」のイメージを維新史に投影し、ファッシズムが維新当初より存在していたというのは誤り」と見事に喝破している。勿論、明治体制には「天皇と軍」という法制上の欠陥があったことは認めなければならないが、昭和の悪用を明治維新と直接的に関連付けるのには大正・昭和の出来事を捨象する論理の飛躍があるという北岡の主張に納得した。

2．次に、私の四著の読後感をいくつか述べてみたい。

（1）先ず、「これだ！」と思い浮かんだのは、「啐啄同時」という言葉だ。明治維新では内発的な文明開化の勢いと開国要求という外圧とが、卵の中でヒナが鳴く声と親鳥が卵の殻を外から突くのが同時という譬え通り、ほぼ同時だったのだ。そして、これを可能としたのが日本には江戸時代という西洋文明を受容する長い準備期間があったからだと全員が揃って論じている。この江戸社会で醸成されたものを三谷や北岡は「ナショナリズム」と捉え、坂野・大野は「柔構造」と唱える。これ故に、開国に際しても日本は内乱による国の分裂も植民地化もなく、その後の民主化も早期に実現、現在に繋がっているとする。対応が遅れた中国は百年国恥の歴史を刻む。これも偏に、アジアで屹立した中華秩序への日本の対応が古来周辺国とは異なり、一貫して自主独立路線を歩んできた賜物であったとする。中華秩序に「順応」した朝鮮とも、「対決」し続けたベトナムとも異なり、日本は終始中国とは「対峙」し続けてきたからだといえよう。明治維新は後発国にとっての貴重な平和革命モデルとして世界に誇れる無形歴史遺産ではあるが、綱渡りの連続だったという事実も決して忘れてはならないと思った。

(2)二つ目の感想。四冊の本では明治維新の「期間」が夫々異なっていた。三谷は政治権力の変動に焦点を当て頻繁に変動した王政復古前後一〇年の計二〇年とする。北岡は政治変革の効果持続に着目し明治の終りまでとする約五五年とする。苅部は思想面重視からロング・レボリューションとし江戸中期からの約二百年とする。坂野・大野は題名にある通り、一八五八年から一八八一年(国会開設)までの二三年とする。四冊の本は夫々維新分析の切り口を異にしており、期間には、「三谷・坂野・大野の短期、北岡の中期、苅部の長期」という差が生じている。これはある意味で当然の帰結と思う。しかし、江戸と明治の「関連性」を考える場合には、そこに夫々の立ち位置が異なったものとして浮き彫りされる。江戸からの長い大きな「勢い」を重視する苅部は一八六八年前後に連発された大変革さえも過小視し、江戸と明治との連続性を重視する。著書の中には西郷や大久保など政治家に関する叙述は全くない。短期説は一九六八年前後の変革は激震であったとし、江戸との断絶性を強調する。北岡も維新の革新性を強調、偉大な革命は単なる勢いだけでは達成されず、大久保・伊藤など具体的な名前を挙げつつ「有能な人材が適時適所に登用され全力を傾けた」からこそ漸く達成できたと叙述する。

薩長礼賛の官製史観や英雄史観に与するわけではないが、苅部の史論には、政治思想史から論じた史観とはいえ、卵の殻を内部から突き破り「歴史を動かした人」の存在と役割とを過小視している嫌いがあるのではないかと私には思われた。

(3)三つ目。維新の英訳は変革の激烈さを考慮すれば、Revolutionが相応しい。因みに、日本維新の会発足時英文名Restoration Partyが海外で報道され日本に復古党誕生かと大騒ぎとなりInnovation Partyに変更された。外国語訳は直訳ではなく実態を見た意訳が必要である。

(4)四つ目に個人的感想。三谷は、幕末、士農工商いずれにも反体制的動きや他と連携する動きもなかったという。だが、末端ながら甲府勤番士の末裔を誇りとしていた私の祖母が常々「幕末、先祖が貧窮の末大事な家系図を売り払った」と幼い私によく話してくれたのを思い出す。江戸末期、経済的に困窮し世の中への不満が最も鬱積していたのは「武士は食わねど高楊枝」と揶揄されつつ我慢を強いられた下級武士階層だったのではないかと私は思っていた。今回、明治の知識人福沢諭吉や竹越與三郎なども同様の論を展開していることを知った。

3. 最後に、明治維新の評価について取り纏めてみたい。

明治維新については、異なった視点から色々な学説が唱えられてきた。私が見聞きするものだけでも、薩長史観、維新政府の官製史観、反薩長史観、怨念史観、外国による陰謀説、マルクス主義史観、占領軍史観、民族革命論等があり、これ等を如何に評価したらいいのか。

（1）先ず、明治維新評価に関し、通説を叙述する歴史事典の内容を手許で閲覧可能な三つの事典で確認したい。

①大日本史広辞典（山川出版、一九九七年版）

明治維新とは、絶対主義の形成、ブルジョワ革命、民族革命の三論併記であるが、民族革命論にのみ「非西洋諸国での近代化の成功事例」という好意的叙述が見える。

②日本歴史大事典（小学館、二〇〇一年版）

敗戦後長らく日本の近代天皇制の専制性や侵略性、社会制度の後進性への反発が強く明治維新に対する評価は厳しかったが、やがて、開発途上国の地球的規模での近代化過程との対比の中で明治維新は近代化や西欧化事例の中で数少ない成功例であると論証する論が内外で現れ、論争を呼び起こしていると記し、戦後の評価の変遷を淡々と紹介する。民族革命論にかなり好意的である。

③ウィキペディア（WEB、二〇二三年二月現在）

常時更新され最新の考え方が記述されており、一段と民族革命論に傾斜している。先ず、通説の変遷を記す。戦前は、官製史観（薩長史観に近い）が通説だった。戦後、占領軍が戦前の日本を批判し民主主義は戦後に初めて導入されたという見解をとった。この点が、奇しくもマルクス主義歴史学者の「不徹底な革命」論と一致し、国内では不徹底革命論が多くの支持を得て主流となり、少なくとも、一九六八年の明治維新百年まではこれが多数説となっていた。その後、西欧の市民革命やアジア諸国を含む地球的規模での開発独裁事例等との比較研究が進み、維新改革は農地改革や男女平等などの点を除けば、他の市民革命や戦後の内外の改革と比べてもその革新性に遜色がなく、開発独裁比では遥かに多面的で民主的であるなどの研究成果が出された。特に、二〇一八年の明治維新一五〇周年前後には、明治維新は「世界に稀有。偉大な革命」論が日本人歴史学者以外から数多く発表された。そして、この成果を取り入れた日本人歴史学者の新たな学説も数多く発表されていて、主要なものを紹介している。私が選んだ四冊も多くのスペースを割き紹介されている。今や、これらの論が歴史学界での多数説であると私には読めた。

（2）戦後八〇年、歴史学界では栄枯盛衰が顕著となり、人文科学の学説の儚さを思い知らされた。戦前に隆盛を誇った皇国史観は神の国日本の敗戦と天皇の人間宣言とにより沈没した。マルクス主義史観は本家本元ソ連邦の解体を機に「歴史は進歩し最終の理想社会は共産主義」という依拠する理論そのものに疑問が呈され一挙に失墜する。科学的を標榜し多くの若者の心を捉えた唯物論だっただけに虚しさを覚えた。さらに、薩長史観、官製史観、反薩長史観、占領軍史観なども視野が狭く史実に片寄りがあるなど、チェリー・ピッキングと学界では厳しく批判され、今や、いずれも俗説扱いである。

以上の通り、日本の歴史学界では「明治維新一五〇年」を機にその歴史的評価が大きく転換していた。この方向性を示し日本の学界を刺激したのが、海外での市民革命や途上国の開発独裁と明治維新との比較研究であったことも知った。そして、その成果も取入れ地道な実証を重ね通説を覆すのに大きく貢献したのが、ひょっとすると私が選んだ四冊の本であったかも知れないとも思えた。

4. 結論:「**明治維新とは、外圧が契機となり内発的なナショナリズムが勃興し封建制を崩壊させ国民国家をつくり上げた偉大な民族革命だった**」と私は理解した。（終）

文庫を読む⑯

小沢信男『東京骨灰紀行』（ちくま文庫）

斉田睦子

親しくしている方から「小沢信男さんは知る人ぞ知る稀有な作家」だと教えていただいて、この寡作な作家の著書は読むようにしていますが、三年ほど前になりましょうか、NHKのラジオ深夜便で、「私の東京物語」と題してご本人が語っているのを聴く機会に恵まれ、書くものと語るものがかくも一致する人がいるものだと感じ入った次第でした。

ここでご紹介する『東京骨灰紀行』は二〇〇九年に筑摩書房から単行本として刊行され、同書房から二〇一二年に文庫化されました。幕末から明治、大正、昭和まで、小沢さんはそれぞれの時代の記憶を「骨と灰」と化した各所を丹念に歩いて蘇らせます。本書の歩きはじめを両国（回向院）とし、日本橋、築地、谷中、多磨墓地、新宿を経めぐって終着を再び両国としたのは意味があり、その意図するところは本書を読んでのお楽しみとしましょうか。

小沢さんは二〇二一年、九十三歳で亡くなられましたので、本書は晩年のお仕事というべきですが、企画力と文章の切れ味は衰えを感じさせません。伊達に筆一本で食べてきたわけじゃない、と時の権力を斜めに切り捨てる江戸っ子気質がにじみ出ている本だと思います。同じちくま文庫の『裸の大将一代記―山下清の見た夢』もお薦めさせていただきます。

西洋の「死」の意味と日本人の「死生観」

自分自身の生と死の意味

村井睦男

はじめに

未だ子供の頃、といっても小学校低学年の頃のこと、巷に流れる流行歌に哀愁の感覚、寂しさが尾を引きながらそこに何か美しいものがあって、人への懐かしさのような渾然とした感覚を感じていた記憶が残っている。それは子供心に感じるやはり哀愁の感覚ともいうべきものであったと、いま振返って思う。そして、子供心にも大人たちが同じような哀愁の感覚に浸って、歌っているのではないかと思うことさえあった。それというのも戦後、敗戦の荒廃からようやく立ち上がろうという頃で、人々のひとりひとりの心のなかにも同様の感覚があったと想像される。それらは当時大人たちが口ずさんでいた流行歌の数々のなかにあった。記憶にあるのは、戦争体験に基づいた「異国の丘」であり、出征兵士の帰還を運ぶ「帰り船」であったり、「湯の町エレジー」やさらには「高原の駅よさようなら」などであった。戦前から戦後にまで繋がって人気があったものでは、「湖畔の宿」や「人生の並木道」などにもその新鮮さに、大戦の苦闘を経てきた後の明日への明るい希望が、哀愁という感情に繋がっていたのが記憶にある。

社会学者見田宗介氏は、『近代日本の心情の歴史――流行歌の社会心理学』（注①）で、流行歌のなかにある無常感と漂泊感について説明している。氏によれば、「無常感」は①自己を含めた現実世界の時間的変化に対する鋭敏な感覚的認知と、②去りゆくもの、亡びゆくものに対して注がれる限りない愛着、の二つの要素から成っていると指摘している。一方、「漂泊感」は時間的変化に対するというより空間的な変化の意識を前提としており、いわば去りゆく者としての自意識と定理することができると述べている。そして無常感・漂泊感に共通するもう一つの顕著な特徴として、変化が常に自我もしくは超越者の意志によってあらかじめ定められたスケジュールに従うものとしてではなく、未来に関する不確定性の意識をともなうことである、と指摘。この感情の歴史的変化について見田氏は、明治の後半頃から無常感・漂泊感は日本の流行歌の中心的なモチーフとなったという。この流れの位置付けからすれば、昭和21年～23年頃に筆者が抱いていた感覚は必ずしも的外れでなく、子供心に感じられた無常感・

漂泊感であったということができるだろう。それは敗戦直後の人々の感情のなかにあった特に喪失による無常感や漂泊感にことのほか強いものがあったに違いない。

戦後の大人たちはやがて米欧の近代音楽や活発な旋律に捕われ始め、若者たちがそれに合流していくなかで、日本の流行歌文化は全国的な現象から次第に縮小、あるいは変化していったように記憶している。しかし、日本的な悲哀、哀愁、無常の感覚は表面的には消えていったかのように感じられたが、その後も人々の心の底にはやはりこれらの感情は残っているにちがいないという思いが強くあった。当然のことながら無常感や漂泊感は、究極的には生命の終着・「死」、自らの「死」、親しい人との死による「別れ」の状況などに強く繋がっている。「死」に連なる思いが日本において長い歴史の中でこれらの感情を育んできたと言えなくもない。それは後半で論じる「日本人の死生観」の中で指摘することになるが、特に仏教との関連で色濃く繋がっていると考えられるからでもある。

本論では、最初に「死」とは何か、「死」の意味についてアメリカの哲学者の解説を一通り見ておくことにした。これは、西洋近代思想の内にある哲学的な「死」の意味を確認することのほか、人々の宗教意識が高いアメリカにおける実情なども垣間見ることができるかもしれないという関心からでもある。その後で、「日本人の死生観」の歴史的経緯について見ていくこととした。そしてそれらを踏まえて結論的に日本人の無常観の意味するところ、「死」をめぐる思いと、それに対する自分自身の納得できる「死」への対応について述べることとしたい。

第1章　欧米の哲学（形而上学）（注②）における「死」の意味とその位置付け

アメリカ人の手になる著書『ＤＥＡＴＨ――「死」とは何か』について。最近この書の日本語訳の出版（注②）に関心を抱いたのは、西洋近代思想や文化を当然のこととして受け入れてきた欧米の人々の考え方のなかで、ここに述べられているものが普通に見られるものなのかどうかに関心があったこと、そしてアメリカの哲学者が書いた「死とは何か」という場合、どのように説明されるのだろうかという点にも関心があったからである。

この本の著者シェリー・ケーガン（Shelly Kagan）はアメリカ人で、イエール大学の教授、道徳哲学、規範倫理学の専門家として知られ、この「死」をテーマにした氏の講義は、二十数年間継続して開講されており、イエール大学の人気コースと言われているようである。本書は氏の講義録に沿って忠実に平易に解説されているが、日本語訳は７４０ページにもなる大部なものである。

先に触れたように、この書を取り上げる理由が、哲学者であるアメリカ人の手で論じられている「死とは何か」を問うもので、その内容は哲学（形而上学）の立場から「死」について語られており、宗教的な分野に傾く可能性があるのを常に厳しく戒めて、あくまでも哲学議論の範囲を超えないという限界に強い注意がはらわれていることである。

というのは、アメリカは現代の先進国のなかでは、例外的に「宗教的な」国家であると指摘されているからである。政治学者の宇野重規氏によれば、アメリカでは90％を超える人々が神、または普遍的な霊魂の存在を信じていると説明されている。特に人口の8割を占めるのはキリスト教徒であり、その多くは神による天地創造を信じており、むしろ進化論を支持する人間の方が少数派であるとも述べていることに、今更ながら正直驚いている（注④）。

以下本書の順序に従って著者の講義内容を見ていきたい。

(1)「死」について考える

はじめに著者は断っている。テーマとして死にゆくプロセスや、死という事実を甘んじて受け入れるに至るプロセスなどは、本書では検討しない。また「死」という現象にまつわる心理学的な疑問なども検討外とすると、明確に断っている。そして対象とするのは、死の本質について考え始めた時に沸き起こってくる哲学的な疑問の数々を検討することであると述べている。

この前提にあるものは、私たちは何者なのか、人間はどのような存在なのか、私たちには魂があるのか、人間は死んだらどうなるのか、死が悪いものであるのかどうか、もし死がほんとうに悪いものなら不死は良いものなのだろうか、死を恐れるべきなのか、やがて死ぬという事実に絶望すべきかどうかなどを問うことであると明確にしている。そして本書の前半は形而上学（哲学的思考）で後半の一部は価値論（道徳的思考）と見ることができるとも述べている。

著者の問題に対するアプローチの方法として特徴的なことは、最初に著者が受け容れている見方・考え方を語り、それに賛成する意見を述べ、最善を尽くしてそれを擁護するに近い方法をとっていることである。

冒頭で、「死」についての世間で言われている一般的な見解・解釈を次のように説明しているが、これは非常に興味深い断定的な指摘である。

「私たちには魂がある。私たちは単なる身体（ただの肉と骨の塊）ではない。ことによると私たちの本質的な部分は、物理的な存在以上のもので、それは霊的で非物質的な部分である。私たちのほとんどが何らかの非物質的な魂が存在すると信じていることは確実である。この一般的な見方をたどっていけば、私たちは死後も生き続けられる可能性があることになる。死は身体の消滅であっても魂は非物質的なので死後も存在し続けられるのだ。私たちは永遠に生き続けることを望んでいる。不死はすばらしいものだろう。そして死は身の毛がよだつほど恐ろしく、生があまりにも素晴らしいとすれば自分の命を投げ捨てるのが理にかなうはずがない」と。

これが死の本質についての一般的な見方であろうと著者シェリー・ケーガン教授は述べている。これはアメリカでの一般的な受け止め方ということになろう。それゆえに著者は、この解説の中で宗教的な権威には訴えないことを重要視していることを強調している。そして死についての自身の見解として、魂が存在していないこと、不死は良いものではないこと、そして死を恐れるのは死に対する適切な反応ではないこと、死は特別謎めいてはいないこと、加えて自殺は特定の状況下では合理的に、同時に道徳的にも正当化しうるかもしれないと、自身の結論を冒頭で明快に述べていることにも留意しておかねばならない。

（2）魂の存在に関しての二元論と物理主義、「魂」は存在するかについて

ここでは、死後も存在し続ける可能性に関わるもので、「死後の生」はあるのだろうか、あると断言できなくても存在する可能性ぐらいはあるだろうかという疑問。これには二つの考え方があることを説明したあとで、「魂」の存在について論じている。

先ず、人間とは一体どういうものなのかという人間の形而上学についての疑問と二つの基本的な立場についての説明。二つの考え方とは、

① 二元論　これは　人間 = 身体 + 魂（心）で示される。

② 物理主義　これは　人間 = 身体　で示される。

①の二元論から見た「私」について、「魂」（心）は何か非物質的なもので、身体と魂は相互作用する。しかし、身体と魂は別個のものである。人間とは魂のことなので身体を失っても問題ない。身体は私のごく一部に過ぎず、本質的なものではないと見られている。

②の物理主義によれば、人間は特定の能力の組み合わせを備えた身体であり、特定の多様な活動ができる身体である。物理主義における「心」とは何なのかに対しては、身体の持つさまざまな知的能力の一切を指しているが、身体以外に心という何か別のものがあるわけではない。「死」はその種の機能が終わることに過ぎない。物理主義は魂の存在を全く信じていない。心は存在するが魂は存在しないと考える。

二つの考えに対する疑問と著者の主張は次のようである。

① に対する疑問　ほんとうに非物質的な魂があるのかどうか、仮に存在するとして、それが身体の消滅後生き延びるかどうか、しかしさらなる論証がないため魂が身体の死を生

き延びる保証はない。

②に対する意見として、人間は、特定の能力の組み合わせを備えた身体であり、特定の多様な活動ができる身体である。心（魂と使い分けをしている）について語るのもさまざまなことをするという身体の能力について語る一つの方法にすぎない。物理主義者の視点にたつと、心は脳ではないことを理解するのが重要。物理主義における「死」は心の機能が終わることにすぎない。（混乱を避けるために「魂」という言葉は二元論の立場に立って語るときだけに使うことにすると断っている。）著者は物理主義者の立場に立って、魂の存在は全く信じていない、心は存在するが魂は存在しないと明確に述べる。

著者はここで改めて「魂」は存在するかについて問題を提起している。

魂は観察できない。従って現に魂があるとしたら、その存在は何か別の方法を使って証明する必要がある。それは自然科学の認識の方法論から、目に見えないものの存在を推論することがあるので、この方法をとる（哲学でいう「最善の説明を導く推論」）。方法としては二つの方法が考えられ、日常的な現象（思考、感情、創造性）からと超自然的な現象（臨死体験、超感覚的な知覚）から考える方法である。

検討結果を示しているが、その代表的なものとして、魂と身体が切り離されると魂は身体に命令を与える能力を失うが、命を帯びた身体を持つためには機能する身体を持っている必要があること。また臨死体験は魂の存在を証明できないし、臨死体験以外の超常現象から「魂」の存在は探れないなど多くの理由を揚げ、結論として著者は二元論の主張からは現状では「魂」の存在は十分に説明できないということになるとしている。

（3）「デカルトの主張」と「プラトンの見解」について

これらはいずれも西洋哲学の歴史において岩盤の如く、「形而上学」（哲学思想）の強靭な砦として現在まで強固に存在し続けてきている基本構造ともいうべき近代思想の根幹を形成してきたものである。即ち、プラトンやデカルトの思想体系では「魂」の存在に近いものを想定していることから著者はそれらを否定する立場をとっている。しかし、ここでプラトンやデカルトにまで遡り本格的な哲学の議論を著者の説明に従って詳しくフォローする余裕はないので、この二講は割愛せざるを得ない。参考までに著者ケーガン教授の結論は、デカルトについては間違っているとして却下し、プラトンの魂の不滅性を支持する主張についても成り立たないと結論するのがもっともであると結論付けている。

（4）「人格の同一性」の問題、「身体説」と「人格説」のどちらを選ぶべきか

著者は物理主義者の立場の正当性を改めて確認している。魂の存在を信じるべき真っ当な理由は一つもない。存在するのは身体だけであり、「身体説」が心について語るのは、特定の特別な精神活動を身体が行う能力について語る方便にすぎないという前提である。魂の存在を支持するために提示される主張を検証し、反論し、それらには説得力がない理由を説明するだけでよい。魂の存在が不可能であることを証明する必要はない。なぜなら、魂が存在すると提示された様々な主張はあまり説得力がないからだと言う。

ここから先は、物理主義者の見方を受け容れることが正当化されるという前提で進めていくことになる。身体以外の何か別のものは存在しない。

次に問題とするのは、人格の同一性——「私」が「私」であり続けるための条件を探ることである。死を生き延びるためには何が必要なのかについて考えること、即ち、「私が存在し続ける」とはどういうことなのかを考えることであるという。

二元論を支持する主張に対して説得力がないと述べた以上、物理主義が正しいと信ずる理由を提示しなければならない。「時を隔てての人格の同一性」について、「私」が「私」であり続けるための条件（哲学にいう「人格の同一性」の問題）である。それは、第一に、私はただの身体なのか。第二に、死を生き延びるために何が必要か、の問題である。私とは何者なのか、私のような者が存在し続けるというのはどういうことか、という疑問にもなる。

身体説と人格説は次のように説明される。

私が私であることを決めるのは「身体」であるとする身体説、同じ人であることのカギは、同じ魂を持っていることではなく、まさに同じ身体（人格の同一性を持つ身体）を持っていることである。魂の場合は否定したが、身体は「私の死後」も生き延びられるかの疑問が存在する。

他方、私が私であることを決めるのは「人格」であるとする人格説。信念、欲望、記憶、目標など中身さえ同じなら身体さらには脳が変わっても「同じ人」か。形而上学的な見方では、身体が同じだから同じ人格が得られたとはいえ、人格が同じだからこそ、その身体はまさに同じ人だったのだということができる、と説明される。

ここで、身体説と人格説のどちらの説を選ぶかの問題が提起される。「人格の同一性の身体説」と「人格の同一性の人格説」のどちらが納得できるかの問題である。この場合最高水準の科学技術を駆使して人物Aの脳も含めた人格を人物Bに移転したとする。しかし、脳を含めた身体がその場に止まる一方、人格が移動することから「どちらの産物が私であるか」に関しては食い違ってしまうという問題がある。そこ

で別の種類の論拠を考察する必要が出てくる。ここでの結論は、「人格は一要素ではなく集合体である」、だから人格説は支持し難い、ということになる。

人格説より身体説を選ぶ理由として、複製について何か言う必要はない、なぜなら身体は分裂できないから、と身体説の支持者は言うだろう。しかし、「身体は複製できない」ことへの反論はある。事例として、Xが交通事故にあって脳を真二つに分けて二人の人間XAとXBが再生されたとする。二人が存在するが、Xは死んだのかとの疑問が残る。二人はまさに同じ人物であると主張。身体説は他に何というだろうか、人物XAもXBもXではない、と言うことができるが、著者はそれが一番受け入れ難い度合いが低いように思えると言う。どちらもXではないと判断したなら身体説を捨てることになる。著者が思いつくこれに対する最善の解決策は「分岐なし」（脳を二つに分割して人格と身体が形造られる可能性の否定）のルールを受け入れることだと言う。それでは身体説と人格説のどちらを支持するのかに対して、著者は「人格の同一性」のカギは同じ身体を持つことだと思いたいとしている。

しかし、著者はそのことよりもより重要なこととして「生き延びること」だけが、本当に大切なことなのかと問いかけていることである。私たちが本当に重視していることは、生き延びるためには何が「必要か」ということではなく「何が大切か」ではないのか。大切なのは、私のものに十分近い人格を持った人が存在することである。しかし、人格抜きで生き延びることは、結局無意味でしかなく、著者は死んだ後に自分の身体が蘇るとも、自分の人格が移植されるとも思っていないし、その逆で、死は本当に一巻のおわりで、死ねば全てが終わるのだと結論している。

（5）死の本質、当事者意識と孤独感(死をめぐる二つの主張)について

これまで死についておおよその議論（特に魂が存在するか否かについて）のなかで行われてきたが、ここではさらに厳密に確認作業を行う。

死は人格機能（以下P機能と呼ぶ）が停止したときか、身体機能（以下B機能と呼ぶ）が停止したときかについて、普通はP機能とB機能とは同時に停止するからどちらの機能をほぼ同時に失うからである。しかし、P機能は死んだのに、B機能は継続していると認められる場合があると、それはどのように考えられるか。（身体説によれば、特定の時点で私が存在するためには私の身体を持った人が誰か存在していなければならない。その人は私の人格を備えている必要はない、私の死体が依然として存在している以上私の身体も依然として存在していることになる。（私は死んでいるのに、それで

も存在していることになるのか。）しかし、死後も存在し続けることで何が得たいかについて、得たいものの一つが、「生きている」ことであるが、これに対しては生きていないということで大切なもの（人格）を欠いている、と身体説支持者はいうべきである、と著者は主張。

次に関連して、それでは「心臓移植」をこの身体説にいう存在している者（人格説では死んでいる）から心臓を摘出するのは道徳的に許されるかどうかの問題に逢着する。誰かの身体から心臓を摘出するのが道徳的に許されるかどうかを考えるときには、「ドナーの候補はまだ生きているか？」さえ問えば良いと考えられている。人格説を受け入れたとして、人の最後の段階で私はもう生きてはいないが、私の身体は生きている（身体説）というのが正しいらしい。これは道徳的に許されないのかどうかは判断が難しいと著者は言う。

少し詳しく言えば、もし私の身体が生存権を持っているとしたら、私がすでに死んでいるときにさえ、心臓を摘出するのは不道徳である。だが、生存権を持っているのが私だけなら、（身体ではなく、人格を持った人間がその権利の持ち主だとしたら）私の心臓を摘出するのは、おそらく許されるだろう。たしかに、人格説を受け入れても道徳性にまつわる疑問は解決しない（そのためには道徳哲学の議論が必要となるが）。しかし「人格説を受け容れることで、（即ち身体を殺すのは、それによって人格を持った人間を実際に殺したりしない限り許される）」と主張することでの扉が開かれると言う。重要な問いは、私が生きているかどうかではなく、やはり人格を持った人間かどうかである。最後の段階では私は依然として生きてはいるものの、人格を持った人間ではないという異常なケースでは、私を殺すことは結局道徳的に正当化できるかもしれない、と著者は主張している。

著者は改めて物理主義者の立場から、結論を述べる。科学の観点から解明すべき詳細は多くあるかもしれないが、哲学の観点に立つと、ここでは何一つ謎めいたことは起っていない。いずれ身体は壊れ始める、P機能を実行する能力を失う。その時点で人格を持った生きた人間ではなくなる。身体はさらに壊れていき、B機能を行う能力も失う。それが身体の死である。ここでは何一つ謎めいたことは起こっていない、身体が作動し、その後壊れる。死とはただそれだけのことなのだ、と。

著者はさらに「死をめぐる二つの主張」について述べている。一つは、死に対する当事者意識の問題であり、今一つは孤独感についてである。

主張①〝自分が死ぬこと〟を口ではいうものの、本気で信じていない。しかし、「自分が死んでいるところを」簡単に想像できるはずである。また、「自分の身体はいつか死ぬ」とは本当は信じていないから、それと「今から死ぬ」という実感とは別物になる。

主張②「死ぬときはけっきょく独り」というが、ここでいう「独り」の意味の吟味は必要かもしれない、死は絶対に「共同作業」になりえないのか。死に行く本人は、他の人々に囲まれているかもしれないが、それにも拘わらず他者から引き離され、遠く、疎外されているように感じている。死ぬ時の心理状態は、一人でいる孤独感に類似していると指摘している。

（6）死はなぜ悪いのか、不死が可能だとしたら「不死」を手に入れたいか

これまでは「死」をめぐる形而上学的な事実について明確にしようとしてきたが、ここでは倫理的な疑問や価値判断に関わる疑問について見ていく。

死は悪いものと誰もが信じている。なぜ死は悪いのか、どうして死が悪いということがあり得るのか、などの疑問が出てくる。ここでは価値論に目を向けて考える。もし死が本当に一巻の終わりならば、死は本人にとって悪いものであるはずがないように見える。死は、死に行く人にとって悪いというのがどうして真実であり得るのか、存在しないことが一体どうして悪いことになり得るのか、を問う。

剥奪説の考え方は、非存在は「機会を奪うから悪い」というもの、と理解されている。死に関して最悪なのは、生きていれば享受できたかもしれない人生における良いことを死が剥奪することと主張する説である。

これに関して、古代ローマの哲学者ルクレーティウスの主張が紹介される。

自分が生まれる前に非存在の時間が無限にあることを残念がる人は誰もいない。ならば、死んだ後に非存在の時期が無限に続くことを残念がるのは、全く理屈に合わないと結論する。著者はこの前提として生まれる前の時間も死んで失う時間もどちらの時間も悪くないと結論しているが、どちらの期間も悪いと考えるべきかもしれないと考えるのも一つの可能性だろうと述べている。

「生まれる前」と「死んだ後」の時間は同じ価値を持つのか、持たないのかについて、私たちはなぜ人生の生まれる機会可能性よりも人生の喪失をもっと気にかけるのか。直感的には過去は定まっているのに対して、未来は開かれており、時間には過去から未来へという方向性があるように見えるからだろうか。

結論として、著者には剥奪説こそが進むべき正しい道に思える。死んだら人生における良いことを享受できなくなる点だとして、この説は死にまつわる最悪の点を実際にはっきり捉えているように見える、と言う。

それでは次に不死が可能だとしたら、あなたは「不死」を手に入れたいと思うかという問題である。

先に剥奪説でみたように、死は本人にとって悪い。そこか

ら最善なのはまったく死なないこと、不死こそが人間にとって最善なのかが議論される。私たちは年をとるにつれて、身体が弱り、不自由になっていくという事実について考えるのを忘れている。不快なことがどんどん増え、すさまじい勢いで老衰が進み、身体はすっかり衰え、病に蝕まれていて何一つできない状態も考えられる。「不死」と「生き地獄」は紙一重ではないかという問題に逢着する。仮に永遠の命が保証され、一応健康な状態が維持されたとして、そして快楽を得て続けられるような状況に置かれたとして、100歳、150歳、200歳と生き延びる場合、人が抱える不死と退屈、人格のジレンマに責められるのではないだろうかと指摘。

そこで不死が望ましいと考えることへの疑問。

第一の疑問として：剥奪説を受け入れながら不死の価値を否定する自己矛盾。論理だけでは不死は良いことだと信じなくてはならないことにはならない。

第二の疑問として：「不死」と「生き地獄」は紙一重。不死は素晴らしいこととは程遠く、ぞっとするような代物なのだ。これこそが、自分が永遠に続けたいと願うような人生は一つとして思いつかない。

著者は最後に次のように述べている。最善の形の人生は、不死のものではないだろう。不死の人生は望ましくない。最善なのは自分が望むだけ生きられることではないか。剥奪説は私たちがいずれ死ぬのは悪いことだとしてはいないというのがこの説の最善の解釈である。私たちが死ぬのは実はよいことで、なぜなら私たちが不死に直面しなくて済むことを保証するからだ、と著者は不死の考えに全面的に強く反対している。

（7）死が教える「人生の価値」の測り方について

人は生き続ける価値があるのか、生き続けない方が良いのか、人生がうまくいっているとはどういうことか、人生を良くするものをどう評価すれば良いのかなどには、人生の価値の理論が必要になると主張。そして哲学でいう内在的に価値があるものとはどういうものかを問うている。本質的に良いもの、悪いものとは何か。例えば快感はそれ自体を得ることで価値がある。本質的に価値ある唯一のものは快感であり、本質的に悪い唯一のものは痛みだとする前提は「快楽主義」と呼ばれて、快楽主義は古くから存在し、哲学者の間で人気が高かったと説明している。

科学者が、脳内にある小さい特定の快楽中枢を刺戟する方法だけでなく、何から何まで現実そっくりの完全そのものの疑似体験ができる方法を開発したと仮定してはどうだろう。この体験装置は頭の中をふさわしい状態にするが、この体験装置が与える体験が人生で望むに値することのすべてではない。人生には頭の中でふさわしい状態にする以上のものがあるとして、快楽主義が間違っていると著者は結論する。

また、人生そのものを生きていることの恩恵に価値を与えると主張する人や考え方もある。これに対しては、「生」自体に価値があるかもしれないが、それは単に生きていることではない。それは人間らしい人生、人格を持った人間としての生涯の類である筈だと言う。生きていること自体がどれほどプラス価値を持っていたとしても、いずれ不死の人生のマイナスがそれを凌ぐだろう。著者は繰り返し、「みんないずれ死ぬ」というのは恩恵である、なぜならいずれ不死は身の毛もよだつようなものになるだろうからと強調している。

（8）私たちが死ぬまでに考えておくべき、「死」にまつわる六つの問題

著者はここで私たちが死ぬまでに考えておくべきこととして、次にあげる六つの問題を提示している。

（イ）「死」は絶対に避けられない、という事実をめぐる考察。

スピノザは、人生で考えることはすべて必然的であるという事実に気づくことができさえすれば、私たちはその事実から一種の感情的距離を置くことができると言っている。人生に他の展開はありえないといったん気づけば、それについて悲しむことはできないとスピノザは考えた、と著者は説明している。これをしっかり根づかせれば、死はそれほど悪くなるかもしれない、と言う。

（ロ）なぜ「寿命」は平等に与えられないのか。

私たち全員が死ぬというだけではなく、どれだけの長さの人生を与えられるかには大きなばらつきがある。ほとんどの人はこのばらつきについて不平等で道徳的にあるまじきことと感じる傾向にある。あまりに早く死ぬ人と、平均より長生きする人とは、死の悪さについてはプラスマイナスゼロかもしれないと著者は言う。

（ハ）「自分に残された時間」を誰も知りえない問題。

「いつ死ぬか」がわからないから悪い、わからないから良いという両論が存在する。

（ニ）人生の「形」が幸福度に与える影響。

これは「人生の浮き沈み」がその全体的価値を変えるかというもの。「良いこと」と「悪いこと」の総量が同じでも、幸不幸に分かれる理由があるようだ。悪いことを未来に経験するか過去に経験したかに関して、私たちは人生の全体的な形と道筋を気にかけるというのが事実のようであるとも述べる。

（ホ）突発的に起こりうる死との向き合い方。

死の可能性は遍在している。だからそのせいで事態は悪くなるのか。死とは無縁の場所を想像するとか、無縁の時間を想像することは素晴らしいと言うが、他方で死ぬ可能性こそが快さの根源というケースがあるとすれば、ひょっとすると死の偏在性は悪いことではなくて、良いことかもしれない。

（ヘ）生と死の組み合わせによる相互作用。

ここには一種の形而上の複合物、生と死の特別な組み合わせがある。組み合わせの全体的な価値について問う必要がある。生の後に死が続くという人間の境遇の全体的価値を理解するために、生自体の価値を明確にし、次に死の悪い点を明確にし、それらを足し合わせるべきということになる。しかし、人間の境遇を全体として評価するのに人生の良さと死の悪さをただ合計する以上のことが必要であると言う。二つの評価（プラスとマイナスの相互作用）があって、この問題は、私たちはどう生きるべきかというより一般的な疑問を投げかける必要があり、実際私たちの生き方は死に影響されるべきかどうかも問う必要があると著者は述べている。

（9）死に直面しながら生きる

「いずれ死ぬ」という事実に生き方が影響を受けるべきであると考えるのは自然だ。しかし、死に対する恐れは適切な応答かどうか、理にかなった感情かどうかであるという疑問を投げかけている。

そこで人はどのような時に恐れを抱くべきかについて考え、次の三点を挙げる。① 恐れているものが何か「悪い」ものである。② 身に降りかかってくる可能性がそれなりにある。③ 不確定要素がある。

これらの状況で何を恐れるのか。死ねば人生の「お代わり」にありつけないので、死そのものが悪くても、人生がいずれ終わらざるをえないのを知っているのだから、最終的に人生が欠如するのを恐れることはやはり不適切であるという。不死について著者の見方に基づくならば、自分がいずれ死ぬという事実自体は悪いことではない。死そのものは悪くはない、むしろ良い。したがって、死そのものに対して、どんな種類であれネガティブな態度を取るのは、理にかなっていないと思うと言う。

最後に著者は、いずれ死ぬ私たち ―― 人生で何をすべきかについて訴えている。人生は何もしないには長すぎるが、何かをするには短すぎる。このような人生であなたは何を目指すべきなのか、しかしこれは（哲学の話ではなく）別系統の話になるとして、ここで著者は、最後に死を免れない私たちに採れる最高の人生戦略として次の点を示している。① 達成することが事実上保証されている種類の目標を目指すこと。② 目標を価値の高いものに目を向けること。③ 第三の戦略（大小の良いことを適切に取り混ぜる）をも考えるべきである。

最後に著者の本心の率直なところを述べている。結局人生は、本当は大切に受け入れる価値のある、潜在的価値に満ちた貴重な贈り物ではないなら、それを失ったところで、実際には全く喪失ではないだろう。剥奪説によれば、死が悪いのは主に、生きる価値があったであろう人生のさらなる時期を剥奪するからだという。それならば、もし悲観主義者が正しくて人生は送る価値がないなら、人生を剥奪されるのは結局悪いことではなく良いことであるわけだ。だとすれば人生をできる限り価値あるものにするのではなく、むしろ人生は全体としてプラスではなくマイナスだと気づくことがカギとなるのではないか、と。

この講義の終わりに、著者は死についてのおおまかなキリスト教と仏教の考え方について簡単に説明している。西洋的な見解（キリスト教的）として、人生は良いもので、そのため人生の喪失は悪いことであり、生きているうちにできる限り人生を有効に過ごすべきである。これに対して東洋的な見解（仏教的）は、じつは人生は通常思われているほど良いものではない、そのため人生の喪失は結局悪いものと見る必要はないということになる。

（10）「自殺」について

最後の講義は「自殺」というタイトルで自殺についてかなり紙幅を使って説明している。これは著者が、道徳哲学、規範倫理学を専門としていることから「死」の問題とからめて自殺の問題をより詳しく講義している結果と思われる。しかし「自殺」の問題は、筆者の関心ある「死」の意味の議論とは若干対象を異にしていると思われるので、ここでは著者の「自殺」に対する結論的なところのみ紹介しておく。

自殺は「私という罪のない人間」を殺す反道徳的行為か。また、「自分自身の賛同」という重みがあるが、同意さえ得られれば何をしても許されるのかという問題もある。哲学は結局自殺に対しては無力でしかないのだろうか。著者の結論としては、自殺は常に正当であるわけではないが、正当な場合もあることを認め、この結論で締めくくっている。

以上シェリー・ケーガン教授の『ＤＥＡＴＨ――「死」とは何か』を一応カバーし著者の考え方を中心に見てきた。純粋に哲学（形而上学）の立場に立ってさらに忠実に解明されており、その範囲内の結論しか述べられていないことにやや不満めいた感想を抱くが、あくまでも哲学の立場を厳守すればこういうことになるのだろうということも了解できる。後半部分では、道徳的な側面との混合する分野の問題意識もあって、さらに結論が複雑に曖昧なものになるところも感じられる。「死」をめぐる関心は多岐に亘り複雑化しているが、形而上学の範囲内で極力平易に解説され、明快に論じられているのは大いに参考になると感じている。

著者シェリー・ケーガン教授の結論に同意させられるところが多く、特に「死は悪くない」との事例説明でむしろ死は良いこととする主張が一貫してなされていることが非常に興味深く感じられる。シェリー・ケーガン教授自身西洋文化圏の中で特に西洋哲学（形而上学）の下でトレーニングや研鑽を続けてこられた人物が、西洋の人たちが考える「生は素晴らしいもので死は忌むべきものである」という基本的な認識とは異なり、それらから批判的な立場にたって死というものを眺めているというのは大いに考えさせられ興味深い。明確に表明されていないが最後のところで説明されている東洋的な見解（仏教的）・死の考え方に十分に理解を示していることにも気づかされる。

もっとも西洋哲学（形而上学）の下でのアメリカの哲学者の解説とはいえ、ケーガン教授はプラトンやデカルトの考えを否定する立場である。形而上学の立場からの「死」についての異なった様々な意見も当然存在している。したがって哲学（形而上学）の立場からケーガン教授の主張が主流であると断言はできないことは理解しておく必要がある。同じ哲学の立場にあってもプラトンやデカルトの主張をうけいれ支持する人も多数存在するであろう。また、「死」の問題は宗教的な関わりからも逃れられず、むしろ宗教と深く関係して人々の生活の中に浸透している部分が大きいと考えられる。それぞれの国や地域における歴史的な展開のなかで、「死」をめぐる宗教の対応についても併せて見ていく必要があるとも感じている。

第2章　日本人の「死生観」について

次に日本の歴史のなかで日本人の死生観がどのように形作られていったのかについて見ていくこととしたい。

先ず「死生観」そのものの言葉について島薗進氏の説明（注⑤）によれば、この語が使われるようになったのは、日露戦争前後の時期からと説明されている。それによって様々な立場の多くの人々の生死観が語られ、目にするようになったことにより関心ある人々自らも死生観を表出するようになっていったのが、一九七〇年代以降であるとしている。この言葉の意味は、死と生についての考え方、生き方・死に方についての考え方である。より具体的には、自らの死を予期してそれに備えること、死を間近にした経験を支えとして生きる生き方、死後の生についてまとまった考えを持つこと、死者と共にあることを強く意識する生の形、他者との死別の悲しみを重く受け止めて生きることなどは、死生観を生み出す様式の主なものである、と説明されている。

（1）万葉時代の「死生観」について

この時代、仏教の影響はそれほどではなかったが、一部指導者やいわゆるインテリ層では仏教の影響は見られたようだ。一般大衆は未だかなり素朴な対応であったと見られている。指導者たちの間では「もがり制度」（後述）が廃止され火葬方式に変更されたり、仏教方式で埋葬されたりして時代の様相は変わりつつあった。しかし、一般庶民は山野に遺棄、埋葬されていたようである。一方指導者層、インテリ層の中では平城の良心は政治的・思想的・宗教的諸問題のせめぎ合いの中で個人の生死や倫理の問題意識・解決に迫られていた。一例を挙げれば、大伴旅人がその思いを読んだ歌、「世の中はむなしきものと知る時しいよよますますかなしかりけり」が万葉集に残されている（注⑥）。この歌はよく知られているが、この世に生きていることの虚しさ、死にゆく先に期待できるもののない諦めが如実に表現されている。

一方、一般庶民の状況はどうであったのか。庶民も同様にこの世で生きることの虚しさ・諦めの意識は強く感じていたようで、万葉集には防人から大道芸人、遊女や一般農民・漁師に至る人々の素朴な歌も、詠み人知らずとして多数取り入れられているなかに、同様の思いが多く記録されている。また山折哲雄氏は「挽歌」の意味ににについて、もともと死者というよりも死者の魂に向かって語りかける心の叫びであったと指摘し、それは万葉人の作法であって先祖たちの日常における暮らしのモラルでもあったと説明している。（注⑦）

（2）平安、鎌倉時代の「死生観」

次に平安、鎌倉時代の人々の「死生観」についてその概略を見る。この時期仏教の思想が定着しつつあって、この考えを個人的にも深く追求する人々が現れるようになる。仏教の思想は拡大し定着し深化し、「死生観」に大きな影響を与えたことはいうまでもないが、それが今日の日本人の「死生観」として脈々と影響し続けていることが理解される。この時期人々が新たに経験した死生観は仏教の教えのなかにあって、それに真摯に取り組んだ高僧たちなどによって切り開かれたものであった。

ここでは亀井勝一郎氏と山折哲雄氏の指摘の概略を見ることとする。かつて亀井氏は次のように指摘していた。（注⑧）「仏教は無常観をひとつの基本として、人間の死生とは何かという問題に応えようとしてきた。同時に古来、日本人の宗教的発心と帰依（入信）の重要な動機ともみなされてきたものである」と。仏教が日本化されるとともに、無常観がどんな形で、日本人の心に染み込んでいったのか、それは今なお我々の心情にどのように潜んでいるのかを明らかにし主張したのは亀井勝一郎氏であったと言われている。平安朝から中世を経て近世に至るまで、日本人の精神史をつらぬくひとつの強い線があるとすれば、それは無常観であると指摘、その無常観が無常感となり、さらに無常美感に移転していく過程と、無常美感となってはじめて日本人の心にしみわたって行ったと説明している。そして、無常観は本来それだけで成立する観念ではなく、諸行無常に対するものとして、常住真実なるもの、即ち仏性に裏付けられているのだ、と。そして無常観は「感」として「美感」としても深く作用していったとも指摘している。

仏教について独自の思索を深め、かつ著述するようになったのは平安朝で、特に鎌倉時代になってから本格化した。平安朝になって大宮人の悲哀から、情感として、歌や物語のなかにまず消化され始めたと言えるが、やがて時代は半僧半俗「隠者」の出現、その住まいの草菴は隠遁の場であり、無籍亡命の民の身を置くところで、その根底にあるのは無常観であった。その典型は、隠者・鴨長明で、生そのものが泡沫のごとく観ぜられ、あらゆる野心を放棄し、捨てうる限りの財物を捨て、欲望の最少限度においてなかば自然に没した形で生きることであったと説明される。吉田兼好の生き方のなかに鴨長明への憧憬が見られるが、同時に無常美感が窺われると指摘しているのは興味深い。

一方、山折哲雄氏は、本誌「あとらす」前号でも触れたが、主として鎌倉時代の高僧の生き方、思想について述べている（注⑨）。時代を画した鎌倉時代の思想家・仏教者として特に親鸞、道元、日蓮を挙げる。彼らは現世に生きている自分の姿と仏教の教えの中にある真実を追求し、平安を得る飽くなき努力を続ける中で得た結論は、座禅の継続であり、一人で生きる強力な精神の持続の追求であったと説明される。これは言うまでもなく厳しい仏教修業の中で到達した死生観に対応する生き方であったのである。

（3）武士道における「死生観」

島薗進氏は武士道の死生観について先に挙げた著書の中で、加藤咄堂の『死生観』について説明しているが、「大和民族の死生観」から武士道の「死生観」への変化について触れている。武士道の精神は、禅宗、浄土諸宗、日蓮宗によっても明確にされていったが、来世を当てにするような死生観ではなく、宇宙的な実在に帰一することで、泰然自若として死につくという死生観が目立っていると指摘している。禅的な表現をとった武士の精神のなかで、大和民族の死生観は「宇宙的な実在に帰一する」という点で一貫しており、それが具体化していったと説明されている。例えば『平家物語』に示された武士たちの最後の姿のなんと見事な振る舞いであったことかが伺われる。

その後、新渡戸稲造の『武士道』の日本語訳が刊行されたのが一九〇八年であったが、『武士道』という言葉が広く用いられたのは明治中期以降であったとされており、近代日本の死生観言説の有力な潮流は、この明治武士道と歩調を合わせて登場したと言えると島薗氏は説明する。大日本帝國憲法と教育勅語を核とする新たな国民国家、日本の精神的秩序を固めていこうとするうえで「武士道」という概念をよりどころとしようとしたわけは理解しやすい。軍人やエリート層にとって精神的なよりどころを提供する概念として魅力的であり、国民国家の精神的基盤を確立することが目論まれていた、とも説明されている。

（4）一般大衆（「常民」）の死生観について

日本人の死生観を新しい観点から切り開いたのは、柳田國男や折口信夫らの民俗学の創始者であったと島薗氏は指摘。戦後、1960年代頃まで日本の民俗学は活況を呈していたが、氏はさらに掘一郎氏の『民間信仰』を取り上げて、日本の民間信仰の主要な要素は、死霊信仰が二方向に分化していったと解説している。

一つは氏神と祖先が一体だとする考え方、時を経て死霊が清められて、祖先神となったもので、地域共同体の氏神信仰の系譜である。柳田國男はこれこそが日本の固有信仰だと考えた。いま一つは、シャーマン（巫者）が媒介して世に現れ、力を発揮するもので折口信夫はこれを外から訪れる「マレビト」（客人神）と捉えていると説明している。

柳田のいう氏神信仰は万葉の時代以前、かなり古くから存在していたと考えられるもので、この説明は次のようである。共同体において人が亡くなると、人々は「もがり」という手順を行う。これは人が亡くなったとしてすぐに埋葬するのではなく、亡くなった人を一定期間が経過するのを待って、これを確認した後に、埋葬の儀式を行うという手続きで、古くから行われてきていたものである。これは明らかに「死」の意味の確認手続きである。「もがり」の儀式は現在においても実践されている。共同体において人が亡くなったと認識したとしても、それが間違いなく「死」の境界を越えたか否かの断定は困難であることを人々は十分に理解していたのである。一定の期間「もがり」儀式が行われ、それが明け、埋葬後さらに一定期間の経過の後に、宇宙に迎えられ、やがてそれが祖先の神となるという説明の繋がりである。人々は死後を信じていた霊のなかで、氏神は氏の神であり、家の先祖であるとの説が強く支持された。死後の霊魂の存在と先祖から子孫への連続の意識を持っていたのが、日本の一般大衆（「常民」）であり、この日本固有の信仰が定着してきたのだと説明されてきた。

（5）加藤周一／ロバート・リフトンによる日本人の死生観

次に、加藤周一氏ほかアメリカの精神歴史学の開拓者と称されているロバート・リフトン氏らとの共著である『日本人の死生観』（注⑩）から紹介する。この書は論理的に明瞭に表現されていて、他の同様の主張に比して興味深い視点も感じられることから触れておきたい。

この書は日本において幕末を経て明治以降偉大な業績を残した人物六人（エリート）を選んで、彼らの思想や「死」に対する基本的な考え方を通じて、そこに共通して形成されている「死生観」を論じたものである。興味深いのはアメリカの学者であるリフトン教授がアメリカ人（ヨーロッパ人も含めた）の視点から日本人の死生観について述べている点である。

加藤氏の全体を通した総括的なコメントの部分から特徴あ

る指摘を紹介しておきたい。最初に氏が強調しているのは、近代日本の「エリート」六人を取り上げて論じているが、これについて言いわけがましく断っている点である。氏はこの本を通じて彼らの「死」に対する態度がどれほど普遍的なものであるか（一般の庶民を対象とした場合も同様）を繰り返し指摘しているところである。加藤氏は、大多数の日本人が徳川時代の世俗的な文化から受け継いだものは、集団志向性を中心とする現世主義であって、その意味で近代日本の文化は、個人主義的で一神論的な西洋文化、特に近代欧米の個人主義的、プロテスタント的、市民社会の文化とは異なる、と指摘している点である。そしてその理由を次の四点に説明している。

① 日本の場合、市民社会の現実としての「現世」は個人が所属する直接集団、特に地域的、職業的集団であり、その集団への個人の組み込まれの度合いが高いこと。集団の内部の調和は成員の信条・目標に優先し、集団の外部に対する閉鎖性は著しかったこと。そして日常生活のなかで死との親密さがあるのは、社会の中で死が隠されず死の恐怖が少なかったからである。

② 集団的価値の強調と集団に超越する価値への消極的な態度とは密接に関連しており、従って、宗教的ないし非宗教的な態度とも密接に関連していた。当時の「エリート」の多くが同時代の大衆と同じ現世主義的な世界（個人の死後に来世を考えない習慣と、社会の将来にユートピアを構想しない傾向）の中に生きていた。

③ 日本の大衆感情のなかでは、「明日を思いわずらわない」ことは賞賛すべきことであり、時間はあくまでも現在の継起として表象される。これに対して近代社会の西洋人にとっての存在の継続は、時間は達成すべき目標として意識され、中心的な位置を占めていた。集団が中心的関心である日本人にとって、所属集団の継続性は与えられるもので当然として達成すべきものではなかった。

④ 日本における大衆的な世界観の特徴として、調和的宇宙観がある。これは自然ばかりでなく、すべての生物を含み、死者の魂さえも包摂する。観察者自身がその中に含まれるから、明瞭な認識の対象にはなり得ず自分自身を包み込む宇宙的な感情として与えられる。この宇宙は調和的であり、幸福の場ではないとしても少なくとも悲惨の場ではなかった。

「死」の哲学的イメージは、「宇宙」のなかへ入っていき、そこにしばらくとどまり、次第に融けながら消えていくことであると説明。「宇宙」へ入っていく死のイメージは個人差を排除する。人間の死に介入する超越的な権威はないから最後の審判はない。徳川時代の仏教的な世界では、あきらめを伴った社会構造の受け入れと死の受け入れとが共存し、たがいに他を補強することであった、と。

さらに、「死」に対して仏教が日本の大衆に提供した概念は「無常」というものであった。ここでの「無常」の機能は、①人生のみならず、自然的、文化的な対象すべてが変わることで、人間の死を相対化してその衝撃を緩和すること。②無常は「常」の否定としてのみ成立するから「宇宙」の「常」を前提とせざるを得ない、という意味を持つ、とも説明。そして、宇宙は共同体の経験の象徴化されたものであるから、共同体の成員の死＝変化と、共同体の継続との密接な関係は「宇宙」の持続とそのなかのすべてのものの変化というイメージによって表象される。日本ではまず集団の不死があって、個人の死が象徴的に相対化される。一般に日本人の死に対する態度は、感情的には「宇宙」の秩序の、知的には自然の秩序の、あきらめを持って受け入れるということになる、という。

一方、この書の著者の一人であるリチャード・リフトン氏は、同じ総括的コメントのなかで次の点を強調しているのに注目したい。

①日本人には、西洋人に見られる自分が歴史に働きかけ、あるいは歴史をかたちづくりさえする、継続的な力の一部を成すという感覚が欠けているようだ。しかし、日本人は、その流れから離れて独自に存在するというのに近い、単一の永続的な人間集団の一部であるという感覚は西洋人より強いようだ。

②日本における死は、共同体のなかの出来事であるばかりか、調和的宇宙のなかでのできごとである。ひとつの集団および現世への帰属感に加えて、大半の日本人は臨終に際して、調和的宇宙に融合するという感情、あるいは死んでそのふところに入る——と表現しうるような感情を抱く。みずからの象徴的不死を自然のうちに置くというこの特殊な、拡大された形式は、死および究極的な継続の問題に対する日本人の接近法において、大きな役割を演じている。

③生において宇宙の一部であるという感覚は、死の中にも持ち越されていき、死が一般に「敵」として目されている西洋の場合よりも、死を避けられない運命として受け入れる姿勢が比較的強くなる。日本人個人は、共同体とともに調和的宇宙に帰属していると感じているところから、死んだあとも「やって行ける」という楽観主義に近い考えをもって、現実人生をおくることができている。

加藤氏やリチャード・リフトン氏の意見は現代的な感覚の中で捉えられており、現代人のわれわれには非常に近しいものとして理解しやすいと感じるものがある。

第3章　自分自身の死生観（生き方・逝き方の結論）について

老人問題を論じる場合、二つの側面があることに留意しなければならなかった。「あとらす」前号の拙稿ではこの二つの側面に触れ、概略説明した。例えば、上野千鶴子氏は社会派で山折哲雄氏は自己中心（の死の受け入れ方）派として簡単に提示するところで終わっていた。

課題は、歴史的・社会的な趨勢のなかで老人問題に関わるこの問題がどのように社会的枠組みの中で変化し、今後改善修正されていくべきものかという側面と、もう一方の問題として自身の生き方と死をめぐる問題への納得と対処であった。

後者は他人事ではなく、自分自身の問題として自から決着をつけなければならない待った無しの課題である。いうまでもなく筆者にとっても喫緊の課題は、後者の問題であることは間違いない。というより、それ以上の順序の位置付けはないと考えられる。従って、ここでは自らの「死」の意味を探り締めくくることとした。

しかしこの問題は、個人それぞれによって受け止め方は異なるだろうから、統一的に断定することはもちろん、その試みさえも意味が無いのかもしれない。ましてそこに宗教的な要素が加わるような場合、様相はさらに複雑になることが予想される。したがって、ここでは単なる筆者個人の思いと理解・納得に留まるものであることを断っておきたい。

結論的に言えば、自分の死に対しては次のように心得ている。命の終焉に対してただ淡々とそれを受け入れるのみ。それですべては終わる。生命の終結はそれ以上のものでもそれ以下のものでもない、ただ終結の事実のみがあるだけ、と了解する。これは最初に見て来たアメリカ人哲学者シェリー・ケーガン教授の考えに類似したものでもある。教授は「死とは何か」のなかの各所で、「死」に至ればまさしくそれまでですべてがそこで終わる、それ以外の何物でもない、というそっけない結論を繰り返し述べている。

そして、ケーガン教授は本論の最後の感想文のなかでキリスト教的と仏教の考え方について触れている。繰り返しになるが、西洋的な見解（キリスト教的）として、人生は良いもので、そのため人生の喪失は悪いことであり、生きているうちにできる限り人生を有効に過ごすべきである。これに対して、東洋的な見解（仏教的）は、じつは人生は通常思われているほど良いものではない、そのため人生の喪失は結局悪いものと考える必要はないということになると述べていることである。これは鋭い指摘である。これに繋がるのは、仏教に影響された死生観のなかでの人生の儚さであろう。ここで山崎正和氏の日本人の無常観についての言葉が思い出され、人生の儚さについてまたしても想起させられたのである。

「あとらす」前々号でも紹介したが、山崎正和氏が亡くなる直前に発表された論考の中で言及されていた感動的な部分を、ここで再度確認し、その意味を筆者なりに思い返し、解釈してみたいと思う。次の文章である。

「日本人の無常観は独特の感性であって、特定の宗教宗派を超えてこの世と我が身の儚さを見明らめ、そのことをおびただしい歌に詠んで、諺にも記して自らに言い聞かせてきた。……今回の（コロナ）経験が伝統的な日本の世界観、現実を無常と見る感受性の復活につながってほしいと考える。無常観は国民の健全な思想であって、間違っても感傷的な虚無主義ではない。現実変革の具体的な知恵と技を発揮しながら、にもかかわらずそれを無常の営み、いずれは塵芥にかえる束の間の達成にすぎないと見明らめる、醒めた感受性なのである。」（注⑪）

この文章に感動するのは、ここに山崎氏の死生観そのものが極めて明白に示されていると感じられるからである。そして筆者自身この考えに素直に賛同するからでもある。自分自身これを受け止め、理解し、指摘しておきたいのは特に次の点にあると感じている。

（1）日本人の無常観は独特の感性であるということ。

多くの人によって論じられてきているが、無常観は日本の歴史の中で長く受け継がれ形成されてきた日本独特の感性（感覚によって呼び起こされ、それに支配される体験）である。即ち、歴史的な変遷を経て日本人の心の中に定着してきている日本独特の感性なのである。

（2）特定の宗教宗派を超えてこの世と我が身の儚さをはっきりと見極めるものである。

日本は歴史的に外国から多くの宗教の影響を受けてきたが、なかでも仏教の影響が最も大きかった。仏教の影響については多くの議論が存在するが、山崎氏はその影響は否定しておらず、むしろこの影響を積極的に評価しているところがある。特定の宗教・宗派（特に仏教）を超えた人間の普遍的な宿命であることを充分に認識・覚悟していること。結論は、これまで生きてきたこの世界と我が身の生と死に関しては、生の終わりに死があってそれ以上のものは何もない、すべては終わりに尽きる、後は何もない、という儚いものであることをはっきりと見極めることである。

（3）無常観は国民の健全な思想であって、感傷的な虚無主義ではない。

無常観は感傷的に形成された感覚ではなく、また人生や世の中はただ空しいものと一方的に考えるようなものでもない。もっと広い世界（宇宙）の中での自らの死を認識するのが無常観であって、これは日本の歴史の中で形成されてきた国民の健全な思想である。これはまた山崎氏が自ら生み出したリズムの哲学の思想に基づくものでもあり、これは日本において歴史的に人々の心の奥底に息づいている無常観の基本とするものである。

（4）現実変革の具体的な知恵と技を発揮しても、いずれは塵芥にかえる束の間の達成にすぎない無常の営みであると明確に理解すること。

生前の世の中での努力は長い歴史的な時間の経過の中で、或いは今後連綿と続く将来の時間のなかではどれだけの意味があっただろうかと考えると、その一瞬の努力は束の間の達成に過ぎないものであって、結果的にはそれは無常の営みであったとむしろ理解すべきである。これは長く歴史的に継続する時間の経過の中で、常に起こり、変化してきている歴史的事実を踏まえたものである。これだけの社会貢献をしてきたという実績も、明日には評価の外に置かれ、やがて忘れ去られ消滅する運命にあるという無常の営みと明確に認識すること。

（5）結果的には無常観は醒めた感受性の認識である。

これらを総合すれば、無常観は極めて醒めたそのものの感受性の認識なのである、ということ。ただあるがままの姿の認識、それがすべてである。あれだけ渾身の努力をしてきた経緯は、歴史的な長い時間の経過の後には儚く塵芥にかえる束の間の達成に過ぎなかったと認識すること、それこそが無常観の醒めた認識なのである。この厳しい無常観は日本の歴史の中で人々がおびただしい歌に詠んで、諺にも記して、自ら言い聞かせてきたことなのだ、と明言している。

ここにあるのは世の中と人生のそっけない「無」である。その儚さをみずから充分に認識し感じ取り、しかし虚無的になるのではない考え方である。そこには自分が宇宙に抱かれた存在で、宇宙と自然の営みの中に包摂されているという穏やかな認識がある。

世の中の儚さ、自らの生が集結する儚さは、近代西洋哲学（形而上学）の解説において哲学者シェリー・ケーガン教授が述べている結論、死は時期が到来すればそれですべて終わりであって、それ以外の何物ではないということまでは、ほぼ共通していることを改めて認識させられる。

山崎氏の言葉の中には仏教的な影響について触れられていないが、それがなくても十分に納得できる。そこに仏教的要素が加わることでより意味深い認識が可能になる。もちろん山崎氏は平安期から鎌倉期における仏教の影響について無視しているというより、氏自身、その影響が日本人の死生観や無常観に与えていた状況をいろんなところで触れていることで明らかである。

亀井勝一郎氏が日本人の無常観に与えた仏教の影響への指摘は先にも触れた通りであるが、この点についての氏の主張をもう少し詳しく見ておこう。氏は、無常観は本来それだけで成立する観念ではないと言い、諸行無常に対するものとして常住真実なるもの即ち仏性がある、仏教の教えと切り離して考えることはできないと主張している。また、これは日本人の自然に対する態度にも関係しているとも指摘。西洋の思考が「対自然」（自然に挑み、これを変革して自己のものたらしめようとする強烈な意志と活動）であるのに対して、東洋の思考が「即自然」（自然に抱擁され、その中に自己をできるだけ没して瞑想し、静寂に達しようとする態度）から伺えるという。この後者の解釈は、日本人の死生観の問題とも繋がるものであり、その長い歴史の中で人々の経験と思索の中で生まれた対応の方法であったと見ることができる。また、すでに触れたように日本人の感傷性の特徴を考える上で無視できないものは、無常観が「感」となり、「美感」となる一方に、他方で「哀感」となって日本人の気質に深く作用していったとも指摘していることである。

山崎正和氏の「リズムの哲学」については、これまで本誌「あとらす」で解説してきた。山崎氏のその出発点は、西洋哲学における「一元論的二項対立」へのこだわりであった。一元論が必ずその反対物を呼び起こし、二項対立を生じさせる原因となる思考の限界を指摘し、この解釈に取り組んだ。この解決には、最初から内に反対物を含みこみ、反対物によって活力を強められるような現象を発見し、これを森羅万象の根源に置くほかない、と考え、このような現象が多分リズムだろうと考えたのが出発点であった。それが拠点となりその後リズムの哲学の構想が形成されていったことは、これまで紹介してきた通りである。

このリズムの発見は、日常行動からそれが関わる世界への広がりから、さらには森羅万象を通じて見られる現象であり、さらに大宇宙にまで広がる現象であるとの認識に至る。このリズムの確認は、一日一日の毎日の生活のなかに生きて感じられ、それを受け止める中で自らの生の営みを静かに認識できる時間を享受できるのである。それは平穏な静けさの中に満足した淡々とした生の連続でもある。これは言わば生と死の認識が宇宙世界に繋がっているという理解を可能にする。氏のリズムの哲学のもとで死をめぐる無常観は大宇宙の中に包摂されると受け止めることができるのである。

ヨーロッパの宗教家マルチン・ルターの言葉と言われているものに「明日、地球が滅びるとしても、今日、林檎の木を植える」というのがある。これについて山崎氏は次のように解釈し、結論している。「林檎の木を植えるという毎日の実用的な作業でさえ、もしそれをリズミカルな手順を踏んで淀みなく成就し、今日一日を一日として完結させることができれば、明日があるかないかはさしあたり問題ではないだろう」と。

了

注① 見田宗介『近代日本の心情の歴史——流行歌の社会心理学』見田宗介著作集　第4巻　岩波書店　２０１２年8月
注② 西洋哲学の「形而上学」

一般的には現象を超越し、その背後に在るものの真の本質、根本原理、存在そのものなどを探求しようとする学問をいう。ここでは西洋哲学においてギリシャのプラトンに始まる「イデア」論からアリストテレスによる体系化された認識の体系から、中世「神」の存在へ、さらに17世紀のデカルトから始まる知性主義を貫く一連の哲学の流れを他の哲学と区別する意味で、西洋哲学「形而上学」と呼ばれている（佐伯啓思）、と説明される。

注③ Shelly Kagan著（柴田裕之訳）『ＤＥＡＴＨ――「死」とは何か』文響社

本書は原著の完全翻訳版である。縮訳版は２０１８年に刊行されている。それは形而上学的な部分が割愛された形であったが、好評で、完全翻訳版の形での出版の要望が強く、２０１９年７月に完全翻訳版が出版された。

注④ 宇野重規『保守主義とは何か』中公新書　２０１６年６月

注⑤ 島薗 進『日本人の死生観を読む』朝日新聞出版　２０１２年２月

注⑥ 本田義憲『日本人の無常観』ＮＨＫブックス　１９７７年12月

注⑦ 山折哲雄『「ひとり」の哲学』新潮選書　２０１６年10月

注⑧ 亀井勝一郎『日本人の精神史』第４巻　文藝春秋社　１９６７年７月

注⑨ 山折哲雄　同上

注⑩ 加藤周一・Ｒ・Ｊ・リフトンほか『日本人の死生観』上・下　岩波新書　１９７７年５月・10月

注⑪ 山崎正和「21世紀の感染症と文明」中央公論　２０２０年７月号

大江健三郎の「戦後の精神」

茅野太郎

本年三月三日、大江健三郎氏が八十八歳で死去された。一九三五年四国愛媛の山間の村で生まれ、東京大学フランス文学科在学中に東大新聞に載った「奇妙な仕事」が注目され、在学中に文芸雑誌「文学界」に書いた「飼育」で芥川賞、一九九四年にはノーベル文学賞を受賞した。

訃報を知って、あらためて八百四十頁もある『大江健三郎自選短編』（岩波文庫、二〇一四）を手に取った。

本書の「あとがき」で大江は、これらの短編のいちいちから、自分の生きた「時代の精神」を読みとりうる、と述べる。その上で、漱石の『こころ』は、「時代の精神」をはっきり表現しえた小説として特別な作品だと思うとして、「漱石の「明治の精神」を僕自身にあてはめると、「戦後の精神」になる」と続け、それを以下のように語る。

「十歳で戦争が終わり、（略）十二歳で日本国憲法が施行され（略）「良い時代」になったと思った」。そして、「今七十九歳の僕にとっては、六十七年間ずっと「時代の精神」は不戦と民主主義の憲法に基づく、「戦後の精神」でした」。

それから九年経って接した訃報である。

彼とともに、戦後というひとつの時代と「精神」が終わったのかもしれない……。そんな寂しさを感じながら、憲法記念日の五月三日、「あとがき」を何度も読み返した。

田澤佳子さんからのお便り

小誌47号では故、田澤耕さん所縁の方々の追悼文を載せました。この号にたいしてご夫人の佳子さんから謝意を込めたお便りをいただきました。小誌がめざす「文芸の場」が表現されているお便りでした。ここに田澤佳子さんの了解を得て掲載いたします。

（「あとらす」編集部）

＊

寒い日が続いております。

この度は「あとらす」をお送りくださりありがとうございます。耕の追悼のために皆さんが多くの時間を割いて、心のこもった文章を書いてくださり感謝しています。どれもこれも心に沁み、耕と過ごしたさまざまな時間を思い出させてくれます。

例えば金井さんの文章を読んだときには、耕が突然、サッカーについての単語を調べ始めたこと、金井さんのファンになり楽しそうにその作品について話していたこと、そして金井さんのイラストの入った本が出たらいいのにと、呟きだしたことなどを思い出しました。そして、ついにはいつもの粘り腰で、その願望を遂げたことを改めて確認し、これが耕のすごいところなのだと思いました。金井さんにイラストを描いてもらえることになったのですから。

「あとらす」を送っていただいたおかげで、耕との時間を再び生きたような気がします。ありがとうございます。

さて、私はというと、耕がいなくなることは分かっていましたが、それが現実のものとなると、予想を超える寂しさで困っております。

そんな中、バルセロナの耕の編集者からメールがきました。耕と元大統領のJordi Pujol氏との共著が仕上がり、「出版披露会を一月末頃にするから来ないか」というものでした。

まるで「東京へ来ないか」くらいのノリで、やっぱりカタルーニャ人はすごいな、思い立ったらすぐに行動に移す、と思うと同時に、もう少し前から予定が立てられないのか、とも思いました。一月末まで十日余りしかないので、躊躇しましたが、こんな機会はもう二度とないだろうと考え思い切って行くことにしました。そんなわけで一月末から三月半ばまでカタルーニャに滞在します。あちらには私同様伴侶のいない、離婚した友人や未亡人の友人がたくさんいるので一緒に散歩でもしてこようと思っています。

コロナばかりか、インフルエンザまで流行っているそうですので、どうぞお身体お大切にお過ごしくださいませ。

田澤佳子

＊

ご無沙汰しておりますが、お変わりありませんでしょうか？

私はお伝えしていたように、耕と元大統領のJordi Pujol氏との共著の出版披露会に出席するために一月末にスペインへ思い切って行きました。

あたふたと大急ぎで行ったのですが、結局、披露会は三月一日でした。日本の学士院にあたるカタルーニャの学士院、Institut d' Estudis Catalansで行われました。耕の指導教官で、現在の言語学部門の代表、M.Teresa Cabré先生と、元大統領、耕の編集者、私の四人が壇上に並んで座りました。私は準備していった五分余りの原稿を、涙が出て少しつまりましたが、なんとか読むことができました。

これにとどまらず、三月十一日には、耕と元大統領との会話の舞台となったピレネーの村でも披露会が行われ、さらに三月十四日には耕へのオマージュを込めた会がバルセロナの書店で開かれました。これらの会のおかげで、皆が耕の死をこころから悼み、業績を評価してくださっていることが分かり、とてもありがたかったです。バルセロナでの披露会への出席者である、Cabré先生始め、元大統領、そのご家族、編集者の人たち、そして会に出席してくれた多くの友人たちにとてもやさしくしてもらい、カタルーニャへ来てよかったとつくづく思いました。すべての会に出席してくれた友人もいました。あまり注目されることのないカタルーニャとカタルーニャ語を一生懸命勉強した耕に、カタルーニャの人々は深く感謝してくれているようです。

皆さまにもそれらの会のポスターを見ていただけたらと思いますので、お送りします。

すっかり春で暖かいバルセロナから帰国してみるとその寒さに驚いています。

どうぞご自愛くださいませ。

田澤佳子

編集後記

■小社が神保町から西神田へと所を変えて約半年。新旧のビルは150メートル程しか離れていないので、やはり神保町文化圏にくくられるのではないでしょうか。ちなみに徒歩約五分のＪＲ水道橋駅は東京ドーム文化圏といえる雰囲気がありますが、西へ五分程の九段下から靖国神社周辺にその雰囲気が感じられないのは、飲食店がないせいで、文化はある種の雑居性が醸すものなのではないか、と思えてなりません。

■その雑居性は週刊誌に表れていますが、先頃（五月三〇日）、もっとも歴史があるといわれる「週刊朝日」が幕を下ろしました。「週刊文春」を代表とする出版社系の週刊誌は健闘しているようですが、用紙の値上がり、広告費の減少などが部数減につながり、今後「紙の雑誌」がどうなるのか、予測がつきません。

■予測がつかないと言えば、本誌編集顧問川本卓史さんが前号で採りあげた、徳仁親王著『テムズとともに――英国の二年間』。この現天皇が若き日に著した本が、なんと僅か三ヶ月後に復刊されるとは、誰が予測出来たでしょうか。紀伊國屋書店から刊行された新装版は、瞬く間に一〇万部というベストセラーを記録しています。この本を他誌に先がけて紹介したのは、本誌「あとらす」をおいて外にありません。嬉しいニュースでした。

■前号で「文学フリマ」に触れましたが、過日（五月二一日）出店を果たしました。目的は「あとらす」の宣伝です。販売に過剰な期待は禁物、あくまで宣伝に努めるため、チラシ、試し読み冊子などを来場者に手渡しました。その中で感じたのは若い人たちが「紙によせる思い」です。東京会場には一万人以上が詰めかけ、数多の同人誌が並べられ、「ものを作りたい」「何かを表現したい」という人達の独特なエネルギーに満ちていました。この文芸イベントは毎年、全国の主要都市で開催されますが、ウェブ上では出来ない人間同士のやりとりが、自由に楽しく行われていることを肌で感じられたのは、大きな収穫でした。

■その意味で本誌は、雑誌の特性、雑居性を発揮し「総合文芸誌」として表現する場、小さい場を形づくっていると思います。新参加の青木さん、中井さんの紀行文、恩田さん、村井さんの重厚な論旨、桑名さんの「反時代的＝根源的」といえる漢詩ワールド、岩井さん、ブリンクマンさんの年季のはいった文章、……ｅｔｃ…。いまが旬の書き手、旬のテーマをならべる商業誌は、そこから生まれる旬の書き手を「作り上げ」て単行本として売り出しますが、「書きたいことを書く」が基本の本誌は、自由に楽しく肩ひじ張らず、次号に向かいます。投稿心よりお待ちいたします（Ｓ・Ｎ）

あとらす48号

2023年７月25日初版第１刷発行

編　　集　あとらす編集室

発 行 人　柴田眞利

（編集顧問）熊谷文雄・川本卓史

発行所　株式会社西田書店

〒101-0065東京都千代田区西神田2-5-6　中西ビル3F

Tel 03-3261-4509 Fax 03-3262-4643

e-mail : nishi-da@f6.dion.ne.jp

URL：https://nishida-shoten.co.jp

印刷・製本　株式会社エス・アイ・ピー

あとらす48号執筆者（50音順）

青木桂作（愛知県名古屋市）
岩井希文（大阪府茨木市）
大河内健次（東京都世田谷区）
岡田多喜男（千葉県我孫子市）
隠岐都万（京都府京都市）
恩田統夫（東京都渋谷区）
川本卓史（東京都世田谷区）
熊谷文雄（兵庫県伊丹市）
桑名靖生（茨城県鹿嶋市）
関根キヌ子（福島県鮫川村）
タカ子（兵庫県明石市）
田澤佳子（兵庫県神戸市）
中井紅弥（兵庫県神戸市）
H・ブリンクマン（福岡県福岡市）
星昇次郎（栃木県宇都宮市）
村井睦男（神奈川県藤沢市）

（コラム）
大津港一（東京都台東区）
茅野太郎（長野県茅野市）
斉田睦子（茨城県土浦市）
宮崎ふみ（東京都足立区）

＊執筆者への感想、お問合わせは下記小社宛願います。
＊本誌からの無断転載、コピーを禁じます。
（編集部）

「あとらす」次号（49号）のお知らせ

［発行日］　２０２４年１月２５日
［原稿締切り］　２０２３年１０月３１日（必着）
締切り以降の到着分は次号掲載になります。
［原稿状態］　ワード形式（出力紙付き）を郵送、またはメール送信。
ワープロ原稿、手書き原稿の場合は入力します（入力代が必要です）
［原稿枚数］　１頁　２７字×２３行×２段組で５頁以上３０頁以内。
見出し８～１０行（俳句と短歌は例外とします）
※原則として初校で責任校了
［投稿料］　下記編集室へ問合せ下さい。
［問合せ先］　東京都千代田区西神田２－５－６ 中西ビル３F
西田書店「あとらす」編集室　担当者　関根・儘田
TEL 03-3261-4509　FAX 03-3262-4643
e-mail : nishi-da@f6.dion.ne.jp
URL：https://nishida-shoten.co.jp

読者各位
本誌への感想や要望などは、上記、西田書店「あとらす」編集室へお寄せ下さい。各作品に関する感想や批評も同様です。